他问兄妹二人
北斗，还是另择
明采毫不意外地选择了北斗。
十六岁的东野昀却摇摇头，
说他不入北斗。
东野辞没有意外，只笑着问：“
你想去哪里？”
东野昀看了眼庭院外的天，
认真道：“哪里都行。”
天地之大，他想要每一处都走遍。

U0598860

欣梦享
ENJOY LIVING

归山玉 著

海峡出版发行集团 | 海峡文艺出版社

图书在版编目（CIP）数据
师弟. 故人归 / 归山玉著. — 福州 : 海峡文艺出版社, 2025. 6
ISBN 978-7-5550-4090-3

Ⅰ. I247.5

中国国家版本馆CIP数据核字第2025D9N051号

师弟·故人归

归山玉　著

出 版 人　林　滨
出版统筹　李亚丽
责任编辑　邱戊琴
特约监制　杨　琴
特约策划　孙一民
出版发行　海峡文艺出版社
经　　销　福建新华发行（集团）有限责任公司
社　　址　福州市东水路 76 号 14 层
发 行 部　0591—87536797
印　　刷　三河市兴博印务有限公司
厂　　址　河北省廊坊市三河市杨庄镇大窝头村西
开　　本　880 毫米 × 1230 毫米　1/32
字　　数　160 千字
印　　张　9.25
版　　次　2025 年 6 月第 1 版
印　　次　2025 年 6 月第 1 次印刷
书　　号　ISBN 978-7-5550-4090-3
定　　价　49.80 元

明栗：“你为什么会？我看你也没有画眉。”
周子息：“以前见别人画过，我学东西很快，看一眼就会。”

第八章 未婚妻 154

第九章 禁地圣物 172

第十章 七院会审 191

第十一章 潮汐之地 211

第十二章 曾经少年 233

第十三章 暗影浮白 254

第十四章 南雀婚宴 274

目录

第一章 济丹城 001
第二章 八脉觉醒 021
第三章 天罗万象 043
第四章 入朱雀 064
第五章 入山挑战 086
第六章 七星令碎 109
第七章 地鬼初现 134

周子息，我不要你消失。

你要记得，我喜欢你，很喜欢你。

第1章 济丹城

“师姐。”清朗的少年音语气温柔，自然地叫着她，“不要睡在外面。”

明栗睁开眼，以为还是和往常般第一眼就能瞧见把她叫醒的周子息。

然此刻目之所及，却是染红了天空的大片火烧云，像极了她死在北境鬼原的那场朝圣之火，是那般浓烈，压迫感十足。

明栗从草地坐起身，视线从天际落到草地下方那大片望不到尽头的湛蓝江河。她不知道这是哪儿，但能肯定不是在北境内。

明栗抬手摸了摸头发，下坡来到江边，低头捧水洗了个脸，望着水面倒映的人仔细瞧着。

是她没错。

北斗七宗，摇光院弟子，明栗，只不过模样是她十六七岁的。

在北境鬼原时，她还遗憾不能再回北斗与故人相聚，如今不知为何还活着，心里倒是松了口气。在北斗的人们肯定着急坏了，她得赶紧回去报个平安。最快的办法就是召唤远在北斗摇光院里的神木弓，因某些不可说的原因，她去北境作战时并未将其带走。这天下只有她的星脉力量能唤醒神木弓，所以只需要调动星力——

咦？掐诀的明栗蹙眉，发现体内的力量熟悉又陌生，星脉虽完整，境界却通通归零，不再是她从前的模样。

相当于从一个八脉满境、融会贯通的顶尖至尊强者，突然间变回刚开始修行、才到感知境的稚子。

身体变小了，就连力量也重归最初，而且她的星脉力量还被北境鬼原的朝圣之火克制着。她不调动力量，这灼人的朝圣火焰便安安静静，一旦感知到她的星之力活跃，那朝圣之火也随之躁动起来。

明栗在江边静立良久，仔仔细细检查完才接受了这个事实。

在通古大陆，修者有八条星脉，靠汲取天地间的星之力提升修为，若是将八条星脉修到满境，便可成为通古大陆实力最强悍的朝圣者。

明栗曾经便是八脉满境的朝圣者。

在北境鬼原一战时，明栗以为自己会死，如今看来，似乎是体内星之力发生变化，修复了她重伤濒死的身体，才让她看起来像是回到了十六岁。

明栗此时的星脉境界依旧是巅峰，只不过由于被朝圣之火克制，她难以使用这份巅峰力量，所以无法召唤神木弓告知北斗自己还活着的消息。但能活着就算是赚到，至于需要从头开始修行这种事她倒是不怕。

使用星之力时，她就像站在一个火圈中，朝圣之火隔绝了她原有的力量，所以她现在只能吸纳新的星之力从头修炼。

明栗看向逐渐黯淡的天色与望不到边界的水域，这里荒无人烟，想要出去只能走水路。以前她想都不用想，直接瞬影便能到千里万里之外，如今却要为如何渡水而愁。这对在修行上从小就顺风顺水的明栗来说还是头一遭。

明栗强制调动星之力，脚下掀起小旋风，她一脚踏在水面上，在水面点出一圈波纹。

她在水面行走两三步后突然整个人掉进了水里。

明栗浑身湿漉漉地回到岸上。

她安慰自己，息水功是高阶灵技异能，需要消耗大量星之力，她现在无法长久掌握，那就换低阶灵技。

她选择的是行气脉低阶灵技游鱼。

明栗打算游过去，有灵技游鱼助力，她能在水下快速游动，如一支飞箭。明栗先在附近游了一圈看看环境，试探自己目前的力量极限。

这会儿天已经黑了，月明星稀，浑身湿漉漉的明栗重新躺回草地看夜空，她发现每一次使用星脉力量都会引来体内朝圣之火的强势压迫，禁锢着她的星之力，不让外泄出火圈的范围，也就导致她以星之力使用灵技时，还得用另一部分星之力来应付朝圣之火，相当于比别人多用一倍的星之力。所以，她才连使用最低阶的灵技都显得吃力。

曾经的力量无法使用，只好重新修行转化新的星之力。

明栗张开手掌又合拢，调动星之力时掌心闪烁着细长的火线，原本冰凉的手掌，因为朝圣之火的灼烧瞬间变得滚烫。

明栗已经很久没有尝过受伤的滋味。她从小天赋横绝，十岁那年刚入感知境就觉醒了星脉，并且在她觉醒的八脉中，有七脉是先天满境。十六岁她就修行到八脉满境，成为大陆上最年轻的朝圣者。从那时候起，就再也没有东西能伤到她。

朝圣之火带来的疼痛让她微微皱了下眉头，明栗没有停止，而是反反复复地张开手又合拢，冷静地去适应这份痛苦。最终因为星之力消耗过度，她有些头晕眼花，便合眼躺着安静休息。

明栗小睡片刻，梦见了曾在北斗的一天。

那天她从缚骨寺回来时才知北斗正在举办又一年的招新会，山门前北斗七宗的弟子们在筛选报名者。人很多，排着长队，年纪最小的看起来才十一二岁，最大不超过十八岁。

北斗七宗分为七院，分别是：天枢院，院长郸岣；天璇院，院长曲竹月；天玑院，院长邬炎；天权和玉衡两院则直接以院长之名命名；开阳院，院长师文骞；摇光院，院长东野狩。

北斗七宗里摇光院排在末尾，他们招生处的桌前立着一块长牌，写着：北斗七宗·摇光院招生处。桌后坐着的青年正慢条斯理地穿着弟子服，袖摆绣着一圈细细金纹，与周围部分弟子区别开。

明栗见她的师兄陈昼将衣服穿得松松垮垮，咬着腰带的一端，低头整理时还不紧不慢地说："刚到感知境没有觉醒星脉的去我左手边，觉醒星脉的去我右手边，有武院推荐信的直接来找我。"等陈昼系完腰带抬头时，明栗已瞬影一步登山，到了北斗群山之巅的天枢殿。

七宗院长都在等着她这次去缚骨寺带回来的消息。明栗到议事厅门口时，用余光瞥见不远处的长廊上正走过一黑一白两个身影。

着黑衣劲装，双手抱剑靠着廊柱的兄长，正对朝他变着花样撒娇的师妹青樱漠然以对。

明栗一入厅内就看见端起茶杯的父亲，他垂眸喝着茶，旁边的北斗宗主笑得慈眉善目，略带几分感叹道："回来得真快啊！"

"没有。"她摇摇头说。

各宗院长们陷入沉思。

北斗宗主说："辛苦你走这一遭，若是南雀那边有消息，会再次告知。"

明栗点点头，转身消失在议事厅。她直接回了在摇光院的住所。从北斗去缚骨寺虽有千里，可她却没去多长时间，只用了不到半个时辰，可之前说好要在她院里等的人却不见了。

明栗在庭院花丛中的露天竹席上躺下，在心中默数。数到十的时候她听见了熟悉的轻叹声。

院门口站着的青衫少年神色无奈，嗓音清朗："师姐，不要总是在外面就睡着了。"

明栗睁开眼，瞧见逆光站在院门前的少年，面若冠玉，俊朗非凡。她翻身坐起，眉目无辜地朝少年看去："我没有睡着。"

周子息端着食盘过来："也不能就这样躺在外面。"

明栗接过他递来的粥碗闻了闻："我还以为你走了。"

周子息动作自然地给她在另一只碗里的荷包蛋淋上辣酱："我算好师姐要回来的时间，先去把你想吃的东西做好，等会儿要去山下帮师兄。这几天都是招生日，会有些忙。"

大家都知道北斗七宗摇光院的大师姐明栗是个天才，也是大陆的七位至尊强者之一，却不知道她对吃的挑剔又古怪。

吃荷包蛋要把蛋白与蛋黄分离，不让放糖，喜欢放辣酱和醋。

目前北斗只有周子息一个人受得了明栗挑剔又古怪的吃法。

周子息收到山下陈昼传来的音符，催他赶紧下去干活，他面不改色地捏碎音符，转头对明栗说："师姐这次去缚骨寺有什么发现吗？"

"没找到。"明栗拿着勺子搅拌，若有所思道，"南雀的镇宗之宝被人偷了，逃去千里之外才被发现。南雀的人是不是太废物了些，就算恰巧同我一样的朝圣者不在宗内也不应该。"

周子息微笑道："或许偷东西的人也是八脉满境的朝圣者。"

明栗抬头冲他眨眨眼："朝圣者什么时候变成大白菜满街都是了？"

少年也朝她眨眨眼："丢东西的是南雀，让他们自己找不就好了？"

明栗摇头："若真是某个朝圣者偷的，那我们就看热闹，可南雀说偷东西的是只地嵬，我去缚骨寺也感觉气息有几分像，如果是真的，那就不能光看热闹不动手了。"

地嵬在通古大陆被称作不死的怪物，因为他们拥有极强的修复能力，星之力异于常人，哪怕被挖心砍头也能重新生长。然而地嵬的可怕之处除了其拥有极强的修复能力外，还在于他们不通人性，善于伪装，喜好杀戮。也正因如此，他们遭到通古大陆所有修者的追杀。目前已知能彻底摧毁地嵬的修复力量，将其杀死的，除了地嵬自己，就只有八脉满境的朝圣者。

周子息见她蹙眉认真思考的侧脸，喉结滚动，柔声说："我先去山下帮师兄，晚上再过来。"

明栗点着头，目送他离开。

走到门口的人又回头神色无奈地看着她，清悦的嗓音掺着不明显的温柔："师姐，若是累了想休息，回屋里，不要睡在外面。"

不要睡在外面。这话让明栗再次醒来，睁眼看见蒙蒙亮的天，她坐起身开始修行，吸收一日中最纯净的天地灵息化作星之力。若是知晓她战死的消息，周子息一定会很伤心，明栗决定快些回去，不能让他伤心太久。

明栗每日都在与体内的朝圣之火战斗，起初靠低阶灵技游鱼，三五天后用高阶灵技息水功硬干。

明栗不厌其烦地试着渡水过江，然而朝圣之火燃烧得越来越旺盛，她用尽了所有星之力，还是掉进了水里，可这一次她已经能看见远处的对岸。

明栗甩了甩脸上的水珠，想着游过去吧。靠着坚强的意志力，她游了许久，岸边的破烂渡口也越发清晰。

渡口有一艘小木船，似乎是注意到远处水里的异象，嘴里叼着根狗尾巴草的木船主人驾船朝明栗的方向驶去。

船家见竟是个小姑娘在冰冷的江水里游了这么久，忙靠过去拉她上船。

明栗上船后道了声谢，问船家是否知道这是哪里。

船家一边往回靠，一边答："这里是黑水江，在大乾的最南边。"

明栗听得面色有瞬间的古怪。

大乾的最南边，是南雀七宗的领域，她竟然回到距离北斗七宗最远的地方了。

通古大陆一共有四个超级门派，即四个拥有朝圣者的宗门。

大陆以北的北斗七宗，拥有最年轻的朝圣者明栗。

大陆以南的南雀七宗，有第一位女朝圣者崔瑶岑。

大陆以东的东阳七宗，拥有朝圣者宋天九。

大陆以西的太乙七宗，拥有朝圣者叶元青。

这四个超级门派平时互相牵制，偶有摩擦。

明栗沉默地拧着衣裳里的水。船家倒是热情，关切地询问她为何落在江水里，家在何方，父母如何联系。她飞速思考着，就算是南雀七宗的领域，大乾的最南边，北斗也有据点武院。

自己现在湿漉漉并且耗尽了星之力的狼狈模样，可绝不能让南雀的人认出来。

明栗上岸后再次与船家道谢便独自离去。

渡河后是崎岖的山林路，明栗靠着星象辨别方位。因为要休养恢复星之力，所以在山林中待了七八天。走出大山，与之相接的便是朱雀州。

明栗在白日入城，虽然过了十多天荒野生活，但因她很注重仪态，看上去还是干干净净的。

朱雀州是大乾以南最大的州域，涵盖大大小小数千个城池，繁荣昌盛，也是南边各国商队的必经之路。

明栗虽是入了朱雀州，却离中心城市还有很长一段距离，所处的位置只是某个偏僻的小城郭。她入城就开始找北斗武院，却发现没有，于是询问街边卖烧饼的老板。

卖烧饼的老板惊讶道："这是南边，武院不是大乾公办，就是南雀附属，怎么会有北斗武院？"

明栗以为是这地儿太小太偏僻，北斗武院没有涉足，便休整几日再次出发，去了稍大一点的城郭。

济丹城，沿海而建，依山而靠。

明栗刚到就见几名穿着武院弟子服的少男少女急匆匆地跑过，似乎是赶着回武院。她转了一圈后发现这地儿确实比之前到的要大不少，甚至找到了几家太乙和东阳的武院据点，就是不见北斗的。

我北斗何时落魄了不成?

明栗站在东阳武院门前陷入沉思。她一直找到晚上，虽还未将整个济丹找遍，却也找了一大半，仍旧不见一家北斗武院。

此时天色已彻底暗下来，明栗转悠回之前路过的街巷。这会儿早没了白日的冷清，变得热闹起来，填满来来往往的行人与街摊以及白日没有的各家武院招生办。

又是新的一年招生日。

明栗瞧见街巷边各家武院招生的热闹情景一怔，想起北斗招生的景象，可比这还要热闹得多。

围观的人最多的是南雀附属的武院，其次是大乾公办武院，好位置也基本被这两家武院占据，越往里面走越冷清。

明栗也不想跟南雀武院打交道，便往里面走，寻思或许能发现北斗武院的招生处，但走到底也没有瞧见。

通常没人会走到最后，所以排在末尾的武院弟子一个在看书，一个瘫在椅子上望天发呆数星星。

数星星的少年瞥见走到最后的明栗时一个鲤鱼打挺站起身来，热情洋溢地邀请道："姑娘来我们飞狐武院看看吗？我们飞狐武院正在招新，包一日三餐，住宿全免，三年零学费！"

看书的少年没什么表情地说："免费是因为要强制你参加各种赛事赚奖金。"

数星星的少年说："我们还是大乾星命司认证甲级武院！"

看书的少年说："走星命司后门开的，开证明的人已经被革职，所以是假的。"

数星星的少年说："我们与武监盟关系交好，每年都能有一个超级宗门推荐信资格！"

看书的少年刚要张嘴头就被数星星的少年按在桌上，他笑眯眯地看着明栗，露出一颗小虎牙道："加入我们飞狐武院，从此走向武学巅峰啊姑娘！”

明栗看着眼前少年的笑脸恍惚一瞬，想起了曾经也这么朝自己笑着的师弟，她上前问道：“没有北斗武院吗？”

已经扭打在一块的两名少年闻言同时转头看她，带着惊讶。

数星星的少年重新坐下道：“如今南边怎么会有北斗武院？三年前的四方会赛，南雀力压其他宗门武院拔得头筹，还让输了的北斗撤走了所有在南边的据点。”

明栗的第一反应是这种荒唐事怎么会有人答应。

“只是输了四方会赛就答应这种无理的要求？”

看书的少年整理着衣衫道：“谁让北斗那位年轻的朝圣者在五年前陨落了呢？虽没找到尸体，但大家都认为她已经死了。北斗七宗上下都因为北境鬼原的战事死的死伤的伤，自家镇宗之宝还被人偷了，北斗元气大伤，被正值鼎盛时期的南雀欺负也不意外。”

明栗听得沉默。

从这段话里她抓到了几个重点：

一、世人以为她死了五年。

二、由她看守，去北境没有带上的镇宗之宝被偷了。

三、南雀在欺负北斗。

五年时间不长不短，对北斗来说却发生了太多事。

数星星的少年又瘫回椅子上摇头唏嘘：“曾经的七大至尊强者，如今只剩五个喽。”

明栗问：“还死了谁？”

数星星的少年乐呵道：“北斗的朝圣者明栗死在北境鬼原，东阳的朝圣者宋天九后她一步也死在北境鬼原，这地方如今又被称作朝圣墓，意思是就连八脉满境的朝圣者到这儿也是有去无回。”

东阳的宋天九去北境鬼原干什么？

明栗感觉自己错过了很多东西，她刚想继续发问，却听数星星的少年说："这都是些人尽皆知的事，你怎么看起来像第一次听说？"他站起身双手撑在桌上，身体前倾凑近明栗，带着几分好奇的目光打量道，"你想去北斗武院啊？"

明栗撩撩眼皮，数星星的少年突然拍桌激动道："那现在就加入我们飞狐武院获取武院推荐信，超级宗门任你挑选！管它北斗还是南雀、东阳、太乙，通通不是梦！"

看书的少年面无表情道："谨慎选择。"

"别听他的！姑娘，我看你也不是刚入感知境的新手，又向往北斗七宗，肯定也不是个庸才，我们飞狐武院就需要你这种充满干劲的人才！"

看书的少年翻了个白眼，抬头打量着站在桌前的明栗：穿着朴素，身上红色衣裙有点显大，套在她身上较为宽松，便束了黑色的腰带，绑了袖口。柔顺的长黑发绑着几缕小辫子垂在肩上，虽然辫子松散得有些不像话，却不影响这姑娘看起来很漂亮，瞧着乖巧可人，姿态优雅端庄。她完全是不食人间烟火的富家小姐，在她身上根本看不出"干劲"两个字。

明栗微一垂首，礼仪周到："谢谢。"

数星星的少年怔住，见她转身要走，忙道："等等！你出了济丹再往前走就需要通关文牒，否则你只能一直绕路，甚至有可能一辈子都出不去朱雀州，更别提去老远的北斗。"

从没为通关文牒烦恼过的明栗停住了脚步。

"通关文牒，你没有吧？"数星星的少年摊手道，"我看人挺准的，我觉得你没有，你大概率就是没有。"

明栗回头眨巴下眼，数星星的少年感觉心脏被戳到，捂着心脏说："何况今年的四方会赛仍旧在南雀，到时候北斗也会来人，你入我飞狐武院，参加武院会试，说不定还能去南雀参加四方会赛。到时候你在会赛上大杀四方，完了当着南雀的面说你要加入北斗……这么一想还挺刺激。”

明栗觉得这样做至少比她去绕路要快，于是又回到桌前，说：“我加入。”

数星星的少年瞬间拿过入院表拍在桌上：“一言为定！来，填完你就是我飞狐武院的学生了！”他拍拍看书少年的肩膀介绍道：“他叫方回，我叫千里，我再说说咱们飞狐武院的各种福利——”

明栗拿着入院表，第一个问题就难住了她。

不能写本名，绝对不能写。

也不能用父亲的姓氏，那太明显了。

母亲的也不行。

沉思中不知为何她忽然想起自己曾在无聊时问过周子息，为什么取名子息，是父亲取的还是母亲取的，正在纸上制定阵法定标点的师弟笑道：“是母亲取的，子是子嗣，息是终结，她的本意是要诅咒我父亲一族断子绝孙。”

明栗鬼使神差地在纸上写下一个周字，等她反应过来时千里已经探头看过来：“周？”

这时候再改可就让人起疑了，她继续写着。

千里在旁边鼓掌：“周栗，好名字！欢迎你加入飞狐武院，从今以后我们就是有福同享、有难看情况再说的好朋友了！”

明栗填完入院表交给千里，抬头看了眼北方：对不起了爹，对不起了宗主，加入武院的是周栗，不关我明栗的事。

招收到第一个也是唯一的新学生后，千里立马收拾东西带明栗回武院。

路上的千里热情道：“来来来，你没有通关文牒，肯定也没有住的地方，既然是武院的学生，那从今以后武院就是你的家！”

于是明栗就跟着他一起去了济丹城最偏僻的地点，看见了一家中规中矩的武院。

武院大门前还亮着灯，满身酒味的男人拎着坛酒晃晃悠悠地出来。

千里朝男人招手喊道："吴老师！这大半夜的你去哪儿啊？"

吴老师抹了把嘴，懒洋洋道："去找新的武院。"

三人都停在原地看着他，方回没什么表情，明栗也是，只有千里纳闷道："找新的武院做什么？"

吴老师走过来，屈指在千里额头上弹了下："小子，飞狐的院长造假，勾结星命司和武监盟走后门，已经被武监盟查办抓走，收回了武院证明，明日就会来人将武院拆除。趁现在各家都在招生，劝你直接去南雀拼一拼，没准还真能混进去。"

"什么？"千里震惊道，"院长被抓了那推荐信名额呢？"

吴老师耸肩："都没有武院了，哪来的名额？"他扬首又喝了口酒，分开三人往外边走去，背对着摆摆手，"话已至此，你自己看着办，记得量力而行。"

"哎！吴老师你等等！"千里追过去。

方回那张厌世脸上写满了"我就知道会这样"几个大字，他用余光瞥见刚认识的漂亮姑娘朝武院走去，问："你不走？"

"他说明天才拆院，所以今晚还是能留宿。"她也没想到自己刚加入的武院第二天就要被拆了。

这天下也没有哪家武院能教她修行的事，所以明栗对这事没什么想法，只觉得今晚有个地方能休息就行。也不知道为什么，她在露天的场所闭眼休眠时总会梦见周子息，每次都在周子息那句无奈又温柔的声音中醒来。

方回带她去了武院学生舍堂，舍堂又小又破，勉强能遮风挡雨，这会儿还亮着几盏零星灯火。

方回说："院里人本来就少，空房间很多，你随便挑。"

明栗道了声谢，挑了间空屋子进去。

方回见原本黯淡的屋子亮起光芒，若有所思地看了片刻才走。

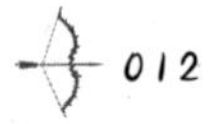

今日得到了许多新的消息，明栗没有立马休息，而是先将北斗的心法运行一遍，再进行八脉合体的修行，一直到朝圣之火带来的灼烧痛感无法忍受时才停止，之后躺在床上合眼而眠。

今晚也梦到了师弟，却与之前在北斗的日常不同。她先是在一片虚无之中听见了一声低笑，熟悉的声音，陌生的语调。呜咽的风吹动锁链丁零作响，也吹散了虚无的黑暗，带来浓稠的血腥味。有人双手被铁链吊起，半跪在满是碎尸残骸的圆形祭坛中央，他赤着的上身伤痕累累，垂落在地的墨发浸在血水里。

在风声越发尖锐，将祭坛周边的花树吹折时，男人缓缓抬起头，血水顺着他修长的脖颈滑落，喉结随着他吞咽的动作上下滚动。

不知他吃了什么，流过脖颈的血水越来越多。

风声尖啸似怒吼。

遮掩的墨发散开，露出一张满是血污的脸。

在明栗记忆中总是干净明朗的眼眸此刻泛着妖冶的光芒，他高高在上蔑视着，低笑着，轻颤着眼睫抬首看过来时充满浓厚的压迫感："你们就这点儿实力吗？"

明栗瞬间清醒，坐起身蹙眉沉思，这是她太担心做的梦还是说……不会，师弟本身实力就不差，又是北斗摇光院弟子，不可能会发生这种事。

何况梦里这人虽然与周子息长得一模一样，却与她记忆里的人没有半分相似。

从干净温柔的少年突然间变得血腥暴力，压迫感十足。

明栗闭眼回想，却记忆模糊，只隐约觉得那祭坛上的纹路，竟与南雀标志有些相似。

屋外响起铃声，是武院的召唤铃，一般用来通知上课，随后她的房门也被敲响，门外的千里喊道："周栗！你醒了没？"

明栗起身去开门。

门外站着千里跟方回两人，方回倒是没什么变化，千里却变得蔫巴巴，抬了下手跟她打招呼，又指着响铃的方向说："因为之前也来了些新人，所以莫愁老师准备在武监盟的人拆院前讲最后一堂课，你要一起去吗？"

明栗去了。

此刻天刚蒙蒙亮，学楼的灯只亮着一盏，周围有不少学生赶过来。

学楼大门前站着一名黑衣老者，他双手拄着拐杖，神色静静地等待着学生们全部到来。

人比明栗想的要少，毕竟在她的认知里，就算是小地方的武院最少也有上百人。

在黑衣老者前方站着的学生有二三十人，明栗几人来后就没人了。

千里小声跟明栗说："他，莫愁老师，是飞狐武院最严格的人，也是最负责的。"

明栗安静地站在队伍中打量着前边的黑衣老者。

黑衣老者开口音色枯槁："看来人已经到齐了，你们应该都知道，武监盟随后就会派人来拆院，在这之前，我愿为部分新入院的学生上最后一堂课。

"新入院的学生都是刚入感知境，还未觉醒，又或是刚刚觉醒，对八脉还不熟悉。"他环视周遭一圈后放缓了语速，"我们先讲讲何为星之力。"

黑衣老者伸出一根手指，指尖朝天："它来自日月星辰，天地之间无处不在，生生不息，取之不竭，用之不尽。

"人有八条星脉，与天地力量共鸣，若是能感知星之力，便可成为修者。

"感知境时，星之力的奇妙将会不同程度地影响你的身体机能，最常见的便是力气比别人大，能跑得很快，五感也比常人敏锐。"

黑衣老者抬首看了眼灰蒙蒙的天，沙哑道："此刻正是一日之中星之力最为磅礴明显的时刻，你们应当都能感受到。”

不少学生随后调动星之力，学楼前的两棵花树受此影响无风飘摇，发出沙沙声响。

黑衣老者满意地点点头：“星之力是最基础的，也是修者最必不可缺的存在。

“星脉，它承载着星之力的运转，将无形的星之力具化为不同的灵技异能。

“星脉有八，游走体内，掌管人体不同的领域，如五感、血液、阴阳、体术，每一脉都有着不同阶段的灵技异能，可分为七个境界，一境为二十八重天。”

一脉七境，说明力量已提升到极致，可这世间很少有人能做到八脉境界全通，至今，整个大陆只有七个。

北斗朝圣者，明栗；南雀朝圣者，崔瑶岑；东阳朝圣者，宋天九；太乙朝圣者，叶元青。

这四位朝圣者隶属四大超级门派。

剩下三位朝圣者，分别是武监盟总盟主，书圣；无方国国主，相安歌；散人朝圣者，元鹿。

“这时我们就要说到觉醒。”黑衣老者目光扫过那几名刚觉醒的学生道，“感知境只是修行的入门，只有感知星之力，才能觉醒星脉，觉醒星脉后，才能学习使用灵技。大家应该都知道，觉醒，就是修者的重要转折点。觉醒时，并非八脉都会给予回应，有的人也许只能觉醒单脉、双脉，而一脉全通七境，就会花上一辈子的时间。”

修行这种事，天赋与努力，总要有一个。

黑衣老者道：“只有极少数的情况下会出现二次觉醒。通古大陆几千年，迄今为止也就出现了一例。那就是大家熟知的——武监盟总盟主，当今大乾的书圣。”

听他提到这个人时，不少学生眼里都露出崇拜的目光，撇开四个超级宗门不说，在大乾普通人最崇拜最尊敬的就是书圣，连当今陛下也比不过。

因为书圣向所有人证明，尤其是那些七脉觉醒，只一脉之差这辈子定与朝圣者无缘的人证明，只要你不放弃就一定会有希望。

书圣已是每个武院在基础课上都会拉出来讲一遍的励志人物。

明栗只觉得书圣这人心思深藏不露，很危险，却无意中瞥见左手边站着的方回眼里露出的鄙夷。

这倒是新鲜。

明栗不动声色地收回目光。

黑衣老者道：“也有的人觉醒即是满境，这种人是千万里挑一、当之无愧的天纵奇才。比如当今大陆上最年轻的朝圣者，北斗七宗的明栗。”

明栗没想到会在这种情况下听见自己的名字。

“她十岁八脉觉醒，就有七脉是先天满境，短短六年时间便修到离八脉满境一重之差的生死境，一月后晋升大陆顶尖，成为朝圣者，那时她才十六岁。”黑衣老者神色略有感叹，“可惜……”

明栗默默望天，不用说她也知道在可惜什么。

右手边的千里遗憾道：“可惜天妒英才。”

黑衣老者收敛情绪后说：“无论天赋如何，修行总需努力刻苦，你们还很年轻，未来这天下都将是你们这些年轻人的。”

结语全是鼓励学生的话，学生们听得动容，气氛正好时，武监盟的人来了。

学楼上空传来雄浑的男声，威严冷酷：“武监盟拆院，闲杂人等速速离去。”

黑衣老者颔首：“去吧。”

明栗随着人群往外走，来到院外能瞧见武监盟的人已经着手布阵，一小队人进去巡查，确认没有活人在拆除范围内。

千里在远处望着即将被拆除的武院喃喃道："这简直是天要亡我。"

方回翻着手里的书道："你可以去加入别的武院。"

"那就来不及去参加武院会试，今年就去不了南雀了。"千里丧了没一会又支棱起来，"不行，我得想想办法。"

明栗说："你想去南雀，直接去南雀挑战入山不就好了？"

千里说："那不行，按南雀的招收规矩，就算不是经过武院会试出来的优等生，也必须是武院学生才有资格挑战入山。"

明栗哦了声，南雀的规矩跟北斗不一样，她又多了一个新知识。

她礼貌道："既然武院没了，那我也就先告辞。"

"哎！"千里喊道，"我还没给你通关文牒呢！"

明栗说："不是入了武院才会有通关文牒吗？"

"这玩意儿有专门的人伪造，入不入院关系不大。"千里挥挥手，"走吧，我带你去，你一个小姑娘行走在外，没有通关文牒很不方便的。"

明栗恍然，眨了下眼，千里捂着心脏道："你是不是重目脉满境，不然我怎么每次看着你的眼睛都觉得心跳得厉害？"

"不是。"

一直看书的方回问："那你是什么境界？"

明栗如实相告："八脉觉醒。"

"天啊！"千里猛地拔高音量，又捂住嘴小声道，"八脉觉醒啊，天才！"虽然跟明栗相处时间不长，但从她的言行举止来看她不是会夸夸其谈的人，所以千里不是很怀疑。

千里揽过方回的肩膀对明栗热情道："他是七脉觉醒，我是六脉，咱们仨加一块无敌啊！"

方回又问明栗："几脉满境？"

明栗轻轻摇头道："不好说。"

确实不好说。

明栗的星脉是巅峰状态，却被朝圣之火克制着，能调动的力量不多，虽说是八脉满境，却根本发挥不出这境界的实力，过于虚假。

千里跟方回两人却以为明栗的意思是不信任他俩，所以不愿意说。为了获取信任，千里积极道："那我们先说，我是三脉满境，还有三脉没怎么管。"

他歪头示意方回："这小子也一样，不过他比我快些，第四脉已经练到二十七重天，到临界点了。"

三脉满境和四脉满境，实力已不算太差，但实力的真正表现是掌握的灵技异能。

千里说完后跟方回一起看着明栗。

明栗还在思考该怎么回答。

千里哈哈笑道："你不想说也没关系，反正我俩这实力加起来也足够保护你了。"

明栗说："单脉满境，行气脉。"

方回落在她身上的目光收走了，千里摸了摸下巴，郑重道："看来你确实需要被保护。"

"你是第一个这么说的人。"

"是吗？那我还挺荣幸。"千里带着明栗去取通关文牒，因为被明栗八脉觉醒的话题吸引，他都忘记了被拆院的悲伤，一路上念念叨叨，"我是说真的，现在世道怪得很啊，这几年有个邪恶组织就是见不得天才，专门猎杀那些八脉觉醒的好苗子，武监盟都拿它没办法，所以你一个人出门在外是挺危险的，我很愿意为保护大乾未来朝圣者出一分力！"

明栗却没想听这些，她问："之前说北斗死伤众多，都死了谁？"

千里挠了挠头："听说是死了哪一宗的院长，宗主也是重伤回归，至于具体的，我这种外人就不知道了。"

方回没什么表情地说："天权与玉衡的院长死了，天机与开阳的院长各断一臂，摇光院长重伤不醒。"

明栗垂眸。

父亲没去北境鬼原，镇守在北斗，什么人能在北斗将他重伤？

千里乐观道：“这都好几年过去，北斗也已经慢慢恢复，人家上千年的超级宗门，没那么容易垮掉，也就南雀不知为何突然跟人撕破脸，正大光明地欺负起它来，像太乙和东阳对北斗还是挺不错的。”

南雀。

明栗若有所思地走着，千里忽然停住：“到了！”

这会儿天色已大亮，刚刚开门出来摆摊的男人赤着胳膊，鼓起的肌肉线条上还有薄薄细汗。

“徐叔。”千里笑眯着眼朝男人招手，“再帮我接两个活儿呗？”

被他称为徐叔的男人抱着两叠看起来就很重的木盒子走到门口放下，没理旁人，只看了千里一眼：“说。”

千里指着明栗说：“帮我朋友弄张通关文牒，再帮我搞一份武院参赛证明。”

徐叔听后沉默地回屋去。

明栗对千里刮目相看，他看起来年纪小，邪门歪道的渠道却不少。

千里扭头跟明栗说：“他答应了，等会儿就能把东西给我们。”

明栗问：“你要造假的武院证明去参赛？”

“这是我刚想到的办法，反正这种事也查得不严，只要参加会赛拿到名次，就能去南雀挑战入山，只不过……”千里摸了摸鼻子，朝明栗笑得谄媚，“每家武院至少得有三个人参赛，你看咱们，一二三，不多不少，刚刚好。”

明栗没说话。

千里双手合十可怜巴巴地说：“其实咱们目的是相同的，你要去南雀，也得先挑战入山才行，否则根本进不去，在会赛上大杀四方并加入北斗的刺激情节就更不会发生。”

明栗说：“我没说要参加四方会赛。”

“你可以参加！”千里坚定道，“不管如何，我们的共同目标都是去南雀！”

少年请求道：“天才妹妹你就答应我吧，否则我就跪下来求你！”

第2章 八脉觉醒

明栗没有拒绝，她现在也想去南雀看看，弄清楚南雀的人为何要如此针对北斗。

只要她能使用从前的星脉力量，她立马就能召唤远在北斗的神木弓，告知北斗七宗的人她还活着。

徐叔也没有让他们等太久，大概一刻钟的时间就出来，站在门口将千里需要的东西扔给他。

千里忙伸手接住，朝徐叔咧嘴笑道："谢谢徐叔！"

徐叔沉默地看他一眼，哑声道："这是最后一次，你若执意要离开济丹，谁也保不了你。"

千里丝毫不被这话影响，依旧笑得阳光："知道啦、知道啦，我的命我说了算，您啊就好好做生意多赚点钱娶老婆吧。"说完他拉着方回就跑："报名！赶紧去报名！今天就参赛！"

明栗站在原地没动。

跑了一段距离的千里又跑回来："天才，你不是答应我了吗？"

方回黑着脸道："你怎么不拉着她一起跑？"

千里疯狂摇头："我才不是那种见面第二天就牵女孩子手的轻浮之徒！"

明栗将视线从搬运箱子的徐叔身上转回千里身上，问："他刚才的意思是你离开济丹就会死？”

“哪有这么夸张？”千里摸着头哈哈笑道，“只是我仇家比较多，离开了自己的地盘出去有点危险而已，死不了的。”

方回面无表情地站旁边整理袖摆，完全没有要帮忙解释的意思。

明栗问：“你有多少仇家？”

“也不是很多啦。”

“不是很多是多少？”

千里为难道：“也就四五十个吧！”

明栗点点头：“确实不多。”

方回忍不住看了眼两个傻子。

明栗得到了想要的答案，迈步说：“走吧。”

“哎。”千里望着神色平静的明栗，一边心想天才都是这么捉摸不透的吗，一边叫住她，“走这边！”

明栗转身回来：“噢。”

千里忍不住问：“我说天才，你其实是那种，就那种贵族世家里娇养的大小姐出来体验人间烟火的吧？”

明栗惊讶地看他一眼：“不是。”

千里纳闷道：“不是吗？我看人挺准的啊！”

自从成为朝圣者，接管北斗镇宗之宝的看守任务后，明栗就没怎么出过北斗。偶尔闭关就是数月不与外界接触，对人间疾苦、尘世烟火确实没有太多体验，因为她接触的都是这个世界最顶端的存在。常与天地间最神秘又强大的力量博弈的明栗，倒是颇受身边的师兄弟姐妹的宠爱，大家从小一起长大，感情深厚，某种程度上看千里猜得也不错。

朱雀州有大大小小几千个城郭，济丹只是其中一个小地方，却也有上百家武院，有武监盟分部坐镇，监督并举办每年的武院会试。

武院会试场地前有不少人，负责登记记录的武监盟成员抬眼扫视桌前的三人，又看看手里的武院参赛证明，陷入沉思。

虽然是假的，但桌前的三人要么坦荡要么镇定，仿佛就算被看穿是假的也无所谓。

登记员说："天才武院，名字挺稀奇啊。"

方回与明栗都没什么表情，只有千里摸摸头："哈哈！"

"你们武院就三个人？"登记员问。

千里赔笑道："咱们武院不大，拿得出手的人少。"

登记员笑了下，将武院证明牌还给他，提笔道："名字。"

"我叫千里。"他指了指身边的两人，"方回，周栗。"

登记员很快就将参赛证明发放下来，让他们进会试内场。

明栗举起手看了看套在腕上的蓝绳，上面挂着所属武院的标志牌，牌子上还刻有"周栗"这个名字。她还是第一次参加武院会试，以前倒是听一些弟子说起过，每一个大州就有几千个城郭，武院更是数不胜数。

武院的学生每年都要经过各种院内比试，再到院外的会试进行提拔挑选，优胜的一部分人基本只有两个选择：

一、加入武监盟，进入武监盟继续奋斗，从小城分部到大州总部，再到大乾帝京总会盟。

二、加入宗门，努力修行，成为宗门弟子。

它们作为选择，是无数学生努力的目标。

会试内场是露天的武台，正上方有一座鉴赏楼，武监盟和部分有身份地位的人就坐在上边优雅地观看这一届武院学生的实力。

会试台是圆形的，围绕着层层交叠的观看台，一共有三圈，已经坐了不少人。

外围和内场都站着不少监管巡查的武监盟人手，他们着统一的黑红服装，腰间佩戴着代表武监盟的三叶牌，上面刻着他们的名字与职位。

千里在观看席长椅上坐下，靠着椅背姿态放松，望向场内正在比试的两人叹道："总算是赶上了，我们的目标不高，只要能进前十就行。"

明栗环顾四周，觉得这个目标确实不算太高。

千里解释道："武院会试可以看作团体赛，为自家武院争光，五局三胜，胜利的人可以连打，所以最低也要三个人才能参加。"

五局三胜，在他们只有三个人的情况下，必须每一场都赢才行。可如果胜者能连打，也就是说只要有一个人能连赢三场，剩下两个都不用动手。

千里解释完后问身边的两个哑巴："等会儿谁先上？"

方回说："她先。"

明栗说："好。"

话题结束。

千里鼓着腮帮子看了看两人，有点头疼。

明栗问："进前十会怎么样？"

千里解释道："前十可以直接去另一个中转点进行二次会试，一路保持优异成绩到整个朱雀州会试前十，可以免了入山挑战，直接进入南雀。前十外的人则会进行复试，耗时更久。"

明栗听得蹙眉："一直进行会试也很浪费时间。"

千里忙道："别急！咱们目标不是朱雀州的会试前十，只需要拿到一个区域内的前十证明，就可以直接去南雀挑战入山。一般对州选会试没信心的人就会选择这种方式，但我们不是没信心，只是赶时间，而且就算州选会试中途失败，只要在城郭会赛进过前十名次也可以去挑战入山，方法很多，就是必须是武院生。"

明栗对南雀的知识又增加了，以前她根本不会去在意南雀的入山规则是什么。

那时候南雀对北斗虽然没现在这么明显嚣张，却也有些端倪，比如南雀那位朝圣者，与她的关系并不怎么融洽。

明栗陷入往事中，沉思不说话。

千里生怕她心有不满当场散伙，一直在旁边说话安抚，直到瞧见朝他们走来的蝎子辫少女顿住。

蝎子辫少女眉目骄傲、姿态睥睨地打量了眼明栗后，目光落在千里身上脆声道："丧家犬，你从哪里忽悠来这么一位漂亮妹妹跟你参加武院会试？"

明栗与方回都抬首看去。

千里没了平时的嬉皮笑脸，脸色不太自然道："你管我。"

"我当然不管你，只是见不得别人受你蒙骗。"蝎子辫少女不客气地在明栗身边坐下，却绕过她去看千里，"这漂亮妹妹怕是还不知道帮你离开济丹的下场吧？"

千里冷脸道："江无月，回你的鉴赏楼发疯去。"

蝎子辫冷笑一声，起身居高临下地盯着千里："你就带着你这两个跟班好好表演吧，可别让我今日白来一趟。"说完用余光轻蔑地扫过明栗，转身朝鉴赏楼的方向走去。路过的武鉴盟成员对她毕恭毕敬，早已等待着的侍女跟在少女身侧。

明栗目送这嚣张的蝎子辫来到鉴赏楼上，同济丹城主等人坐在一起。其他人都对她恭敬不已，可见她的地位远在城主等人之上。

千里丧着脸不说话，三人之间的气氛一时跌落到冰点。

方回突然说："没想到你还有这样的外号，丧家犬。"

千里抓狂道："送你要不要？"

方回朝明栗抬抬下巴，千里立马转头去看明栗，解释道："你别听那疯婆娘胡说，我的仇家们还是有原则的，只会针对我，不会针对别的人，不然他早死了。"说着指方回。

明栗还在看鉴赏楼上的江无月，问："她也是你的仇家之一？"

千里肃容道："她是我最大的仇家。"

“谈谈正事。”方回终于放下手里的书，目光越过千里看明栗，“你有把握吗？”

明栗收回视线，望着下边的少男少女们说：“不会很难。”

毕竟这下边也没有什么六脉满境、七脉生死境，更没有八脉满境的朝圣者。

千里安抚道：“没事，你不要有压力，如今你只是单脉满境，还是最弱的行气脉……”

明栗听得蹙眉：“行气脉位掌管行气，不仅是人体运行之气，也包括天地行气。”

千里被她突然认真地讲解惊得蒙住：“我知道啊！”

明栗又道：“之前那位老师没有说到最重要的，许多人虽然觉醒了八脉，却一辈子都无法将星脉修炼到极致，不仅是因为觉醒的问题，还在于天赋就已决定了他们最适合修行的是哪条星脉。哪怕已经觉醒该星脉，若不适合，也无法修炼它。”

看书的方回目光微顿。

千里挠了挠头：“确实有这种事。”

“你认为最弱的行气脉，却是当今书圣最强盛的主星脉。”明栗在说起修行之事时显得十分从容又认真，“他的行气字诀能做到一字一城。”

这也是广为人知的书圣屠城。

当年，书圣随当今大乾陛下征战幽河，中途突破生死境，晋升朝圣者，在幽河王城大门外就说了一个字，便让城内上万敌军人头落地，光是清扫城中人头就花了一月有余。

千里摊手道：“书圣屠城我也知道，但那是朝圣者的实力才能做到的事。”

明栗说：“只要找对修行的方式，就没有弱的星脉。”

千里望天道：“我的行气字诀连渡水都做不到，就不消想屠城了。”

说完又看了眼明栗，带着好奇地问道：“你能吗？”

明栗道：“暂时不能。”

千里忍不住鼓掌：“‘暂时’两个字就很绝。”

明栗眨了下眼，她在这时候想起了师弟周子息。

周子息很擅长定制系的灵技异能，常常要用到行气脉的知识，所以总是往她这儿跑想要讨教。他是行气脉的天才，先天满境，明栗以前就觉得，他不需要像书圣一样成为朝圣者，却也能拥有书圣屠城的实力，可她在去北境前两个月就没有再见过周子息。

两个月前周子息与兄长一起离山，说是兄长请他下山帮忙做个定制，要去很远的冰漠。

明栗当时没在意，只问了何时回来，师弟也只说很快就会回来。

两个月后她去北境鬼原，一直没等到师弟回来。

明栗想起昨晚那个不好的梦，眉头不自觉地皱起。

“到我们了。”千里说。他和方回目送明栗起身下场，再看看与她对战的高个魁梧少年，开始担心起来，喃声道：“输了没关系，她可千万别被揍花了脸，不然我可就罪大恶极了。”

看得出来两人对八脉觉醒的天才并没有什么信心，八脉觉醒只能说明她天赋好，实际能力只是单脉满境。

明栗来到会试台上，面对高她好一截的少年没有半分怯场。若是连这些武院学生都打不过，她现在就该去死，别回这人间了。

高个少年朝明栗扬了下眉，调笑道：“让你先手？”

“不用。”明栗抬手，一指点他。

高个少年认出这是行气诀的姿势，便将脸上调笑收敛几分，打起精神来。

行气脉被大多数人认为是最弱的星脉，是因为双方在使用同样的灵技异能时，实力相差太大。

明栗认为不是行气脉弱，而是行气脉太过挑人，对星之力的消耗很大又难以掌握精准的度，所以需要非常细心、掌控度熟练、耐性高、精神力强韧，这些自己都不缺。她又在渡水和过荒野的时候被磨炼，与体内陌生的星之力和朝圣之火磨合，已经将行气脉练到满境。此时明栗认真的模样引来不少目光，都想要看看她会使出什么行气字诀，又能做到何种程度。

高个少年出拳时脚下掀起厉风，他是体术脉满境，速度之快眨眼已到明栗身前。

明栗只说了一个字："破。"吐字气音几不可闻，只有近在咫尺、拳风撩动她衣发的高个少年听见。

在他面露诧异之色时，两人之间的气流飞速倒转，高个少年释放的星之力被强势蛮横地破开，发出尖锐风声。然后听见嘭的一声巨响，他被这股气流撞飞到了台下。

这是今日会试结束最快的一场，快到台下的人们都还没反应过来。

鉴赏楼上的人们面露讶色，目光都落在明栗身上打量着，彼此窃窃私语。

江无月先是讶然，随后看了眼远处的千里冷哼一声。

裁判最先反应过来，高声道："天才武院一胜，下一个。"

千里正在揉眼睛，反复闭眼睁眼，一手抓着身边的方回摇晃："一招秒了？"

方回说："再看看。"

明栗站在台上就只用行气诀，开口一字，利用气流倒转卸掉对方的星之力将其击退至台下。

快准狠，只在对方出招的瞬间使用，因为行气字诀释放的那瞬间星之力磅礴强势，能够完全压制对手，使其毫无反抗之力。

明栗就这么毫发无伤地击退三人，获得三连胜，结束了两个武院的比试。

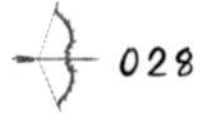

“这人的行气脉……满境吧？”

“不是满境我头给你拧下来！”

“一字诀啥时候这么厉害了，你俩别看姑娘长得漂亮就演啊？”

“你自己去试试！”

输了的武院学生们聚在一起叽叽喳喳。裁判清了清嗓子宣布：“天才武院三比零胜！晋级下一场！”

明栗在一众好事者的鼓掌欢呼声中走下台去。

千里殷勤地护着她回来坐下，顺手抢了隔壁武院学生的茶水给她，一口一个“我们的天才累着了，来坐下歇一歇”。

鉴赏楼上，江无月瞧着千里殷勤的样子面露嫌恶，对这丧家犬出了风头的场面不太乐意，脸色微愠。

江无月对身后站着的侍从道：“看出来了？”

侍从着素色灰衣，黑布蒙着左眼，垂首恭敬道：“应当有四脉满境。”

江无月眼中不悦更甚：“这丧家犬从哪找来的跟班儿？”

侍女上前道：“她昨日才入济丹，是外地人。”

江无月问：“来济丹做什么？”

侍女答：“在找武院，似乎也是为了去南雀。”

江无月轻哼声，望着远处的千里时嘴角勾着恶劣的弧度：“那还得看他们有没有这个命。”

侍女压低声音道：“他们的参赛证明是伪造的，是否要……”她抬首看主人，等待示意。

江无月眯了下眼：“不管，我还怕他一辈子都不愿踏出济丹半步，等他高兴地离开济丹那天，我可要好好看看热闹。”

“灰蝎，你去告诉长老院的人，这丧家犬马上就要离开济丹，还带着两个帮手，让他们多派点人来。”江无月说完单手支着下巴，心情甚好地望着千里的方向，已经迫不及待想要看到他离开济丹后被各路人马按在地上打的一幕。

千里正忙着将明栗夸得天上有地下无，明栗没受影响，倒是说："你最大的仇家在看你。"

"看见我出风头她这会儿恨不得把整个会试场都夷为平地，让她看，气死她。"千里嬉皮笑脸道。

明栗坐姿端正，捧着水杯说："她是朱雀州江氏的小姐，也就是说，你最大的仇家是江氏。"

给她扇风的千里顿住，抓着衣袖的手收紧几分，目光怪异地看她，小声道："你怎么知道她是朱雀州王的女儿？姓江的人有很多。"

明栗捧着水杯放到唇边，脑子里突地响起师弟的话："外面的东西不要乱吃，尤其是陌生人给的。"她把水杯递还给千里。

明栗说："她脖子上戴的是北境薄紫水玛瑙，只提供给朱雀州江氏一家。"这是她去北境后发现的事实。

千里听完扭头朝鉴赏楼看了眼又转回头来，问："卖得很贵吗？"

明栗点头。

千里肯定道："这都知道，你果然是富贵人家的千金小姐！"千里抬手摸着脑袋傻笑。

明栗看了眼方回，他又在捧着本黑皮包封的书看，上面的字密密麻麻，似咒纹又似远古密文，一眼看去奇奇怪怪。

千里再次保证："我的仇家只会针对我，我也不会让你俩牵涉其中，到时候有难你们各自飞，不用在意我。"

明栗没说话。接下来对战其他武院时还是让明栗先上场，全是一招秒，三连胜。

直到最后一场赢了就进前十时明栗说："你俩去。"

千里对她嘘寒问暖："累了还是饿了？要不要我去买点吃的回来？你先休息，这场让方回去，哎，别看书了，看人！"

方回把书合上起身对明栗说："星之力耗尽了？"

明栗正在活动手腕，张开五指又合上，闻言嗯了声，注意力集中

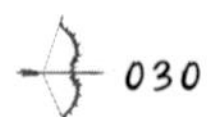

在体内的朝圣之火上。

方回的说法也算对，她确实是因为星之力才停下，倒不是耗尽了，而是她已经摸清现场武院学生的实力，觉得没必要再继续下去。

明栗的行气字诀用得很巧妙，她只在释放的瞬间调动星之力，快狠准，甚至在观看的人们还未回味过来时就已收回星之力，如果不是被击飞去台下的人，从她身上是感应不到半分星之力的。

明栗望着方回上场的背影，这人能看出她星之力消耗过多。

“他不是一直在看书吗？”明栗问千里。

“不。”千里深沉道，“他只是在装。”

明栗点头悟了。

方回腰间系着一个小竹筒，那是他的书筒，可以随身携带，书不看的时候就放进去。

方回此刻抬头看向他的对手，不太礼貌的厌世脸上仿佛写着“爱死不死”几个字。

因为明栗的缘故，其他学生们对天才武院这个听都没听过的武院产生了一定误解，以为这里面的都是些压级怪物，像明栗一样压迫感十足，抬手一个行气字诀就能把人轰台下去。所以，对战毫无信息可言的方回时，他的对手非常认真，目光满是戒备。

众人以为这会是一场充满力量与戏剧性的对战，方回却发现对方是体术脉满境，脸色更差。他身形很高也很瘦，捧本书往角落里一站，配上那散漫又厌世的姿态，活活一个苍白阴郁少年郎。

看起来不是很能打，事实上他也真的不经打。

方回被体术脉满境的对手压着打，抵挡那充满力量的攻击性招式就已让他精疲力尽，很快就被击中胸口退至边缘。他捂着胸口闷哼声，抬手喊道：“认输。”

握拳做攻击状态，却因为方回的认输而僵住的少年有些茫然地眨眨眼，这场未免也太顺利了吧！

明栗望着走下台的方回眨眨眼，问千里："这也是装的？"

"不。"千里沉痛道，"这是真的打不过。"

"之前说过他是七脉觉醒，唯一没有觉醒的就是体术脉。就算是单脉，绝大多数人都必定会觉醒体术脉，偏偏他却无法感应，加上他身体不好，所以遇上这种体术强的人是真的打不过。"

明栗问："他的主星脉是什么？"

千里悄声道："跟你一样，是行气脉。"

明栗有点意外，如果是行气脉，想要克制体术脉最简单不过。

千里说："说来也怪，行气脉是他的主星脉，可他却很难修炼，有时候还感应不到自己的行气脉，到现在才只有三境。"

难怪会遇上体术脉满境的人毫无还手之力。

千里唏嘘道："当初第一次见到他的时候，就看见他被一帮觉醒体术脉的混混揍趴在地上，要不是我出手他就被活活打死了。"

方回脸色不太好，回来一言不发地坐下。

千里伸手拍了拍他的肩膀，起身安慰道："别慌，小场面，看大哥帮你报仇。"

方回抬手擦了擦嘴角的血迹，靠着椅背抬首望天，一副要死不活的样子。

明栗去看千里，他大大咧咧地走上台，对手还是之前那位。少年还比较单纯，纳闷地问千里："你们是不是放水啊？"

千里摇头说："技不如人，甘拜下风，但这次你可要小心了。"他倒是挺认真。

少年也重新握拳摆出姿态："来吧！"

双方调动星之力的瞬间就已出招，彼此的拳风挥出造成猛烈碰撞，摩擦出肉眼可见的星火。

与方回不同，千里的主星脉虽然不是体术脉，他却也是体术脉满境，平时又努力强身锻体，加之他修行的灵技异能非常适合自己的强项星脉，战斗时整个人都迸发出强势凶猛的力量。

与之前方回单方面被碾压的场面不同，此时台上的两人拳拳到肉，互相博弈有来有回，十分精彩。

明栗觉得千里的力量充满一股难以言说的野蛮凶狠，与他平时表现的吊儿郎当不同，而战斗中他本人也十分冷静敏锐，几招之内就找到对手的弱点，猛攻将其击破，不给人还手之力。

被击飞摔下台去的少年拧着眉，捂着胸口扬了下身子，起不来。

千里吓了一跳，忙跳下台去伸手要帮忙，却被少年的同伴狠狠地瞪了眼，将他挥开。

“不好意思啊。”千里挠了挠头憨笑。

鉴赏楼上的江无月瞧见这幕脸色微沉，他竟变得比以前更厉害了。从万千宠爱的小少爷到流落乡野的丧家犬，他总是不让自己如愿，让自己觉得碍眼。

为什么从云端跌落泥泞里他还没有跪倒哭求，还能如此坚韧？这些年她认为这丧家犬在济丹该是每日痛苦挣扎，活成人下人，可他却还是如此生机蓬勃，甚至变得比从前更强，这让她无法接受。她不远千里从朱雀州赶过来是为了看丧家犬被他人万般嫌弃棒打跪下哭求的！

江无月越想越气，将手中杯盏狠狠地摔碎在地，惊得其他悄声讨论的人眼皮一跳。

千里越战越猛，连胜两局，拿下武院会试前十。

江无月又摔了个杯子后起身沉着脸离去。

千里回来后看得出来也很开心，舒服地靠着椅背，却听明栗说：“接下来的比试我都不参与。”

方回说：“我也是。”

千里立马直起身来：“意思是让我一个人去啊？”

方回面无表情道：“已经进前十了。”

千里扭头看明栗，明栗还在伸张五指跟体内的朝圣之火较劲，她说：“我要保存星之力，不能再动手。”

“好吧。”千里挠了挠头，“我好像也得保存星之力，那我就去办理会试证明，再回去收拾下东西就出发。”他去裁判席说明弃权情况后拿到了武院会试名次证明，开开心心地领着另外两个小伙伴回家去。

千里的家很小。

是在乡下田埂边的一座小木屋。

此时已是日暮，屋门正对的方向有大片瑰丽云彩，千里推门邀请明栗进去坐坐。

屋内有着淡淡木香，屋子的主人似乎经常从武院回来打扫，不见半点灰尘。

“等我拿点东西，不拖时间，今晚就出发。”千里往卧室走去，掀起门帘时说，“不过方回这身体素质得给他再买匹马赶路才行。”

被点名的方回瘫在椅子上放空大脑。

明栗站在中间看桌案上正对着大门的漆黑灵牌，上面雕刻着“赵婷依”三个字。

她隐约记得这个名字。

如今她“死”了五年，那算起来应该是十年前的事了。

朱雀州有两大世家，一个江氏，一个赵氏。

前者是朱雀州王，后者却有家族传承的神迹异能，与南雀七宗关系亲密。

赵家的小姐某天外出救了一个男人回来，并在悉心照料中同他渐生情愫。这男人并非修者，是个柔弱书生。因此其他人并未太过警惕。

可就是这么一个温文尔雅、手不能提、肩不能扛的柔弱书生，却将江赵两家玩弄于股掌之中。

他用计使得赵氏先内斗，又借赵氏的手杀了江氏的继承人，引起两家争斗厮杀。

赵氏不敌，又传来书生被江氏抓到的消息，赵小姐赴约去救人，自断星脉，成了废人。可她还是没能见到书生，却听闻家传神迹异能的修行秘诀被破解，还遭到大肆传播，朱雀州的街头几乎全是写着修炼详情的纸张，独属于赵氏的尊严就这样被人残忍地践踏在地上。

让赵小姐更绝望的是当她回到赵家，她发现所有人都死了，是被家传的神迹异能杀死的。

唯有她的孩子，双目呆滞地跪坐在族人的尸体中，面对母亲的质问，颤抖地说道："是爹爹……"

明栗之所以能看见这个名字想起这些事，是因为她的师妹青樱。

师妹青樱本该叫作赵青樱，她是朱雀州赵家流落在外的孩子。

赵氏灭门时，青樱与周子息刚巧就在朱雀州，于是拦下了要对赵小姐赶尽杀绝的江氏。

江氏对这二人动手，引来了远在北斗摇光山上的明栗一箭。

那是明栗得到神木弓后射出的第一箭。

江氏因此被震慑，不得不放走赵小姐。

后来的事明栗没关注，只听师妹说赵小姐拒绝她的帮助，独自带着孩子离开不知去向。

如今再看这灵牌，明栗倒是知道千里为何会说出江无月是他最大的仇家这话来了。

江家的妥协，也就是让赵千里一辈子不出济丹，若是踏出济丹一步，便杀无赦。

"好了！"收拾好东西的千里掀开门帘出来，明栗在门帘掀起又落下的瞬间瞥见昏暗的屋中墙壁上贴满了密密麻麻的纸张。

方回从椅子上起身，千里朝着灵牌双手合十弯腰，说："这是我母亲。"

明栗想了想道："节哀。"她没有点破千里的身份。

千里直起身笑了笑："娘，我走啦。"

三人朝屋外走去，千里走最后，他关上屋门的同时撒了火石粉，转身时点燃石粉，瞬间燃起熊熊大火吞噬木屋。

烈火与远处的晚霞相映。

千里朝站在田埂上的两人走去，扬眉笑道："走！"

三人离开济丹准备的第一件事是去给方回买马。

明栗因为要保存星之力，因此也要了一匹马，最后变成三人骑马出城。

出城后千里还在碎碎念："其实用逐风会比骑马还快，这马也不是什么精良马匹，速度也就……"

明栗说："只有你是体术脉满境。"

方回反问："你消耗星之力赶路急着去给你仇家送人头？"

千里闭嘴了。

离开济丹远了万家灯火，千里没有回头看过一次，他骑着马在最前面领路。

从朱雀州来济丹的路线被他牢牢记在心里，千遍万遍从不敢忘。

在夜色中穿越进丛林，周围都是些参天大树，入夜后毒物出行，还要小心避让。

明栗问："你的仇家要在哪里埋伏你？"

"不好说。"千里挠了挠头，"也许我们刚出来的时候就被盯上了。"

明栗抬头看了看参天大树说："这里就挺合适。"

千里瞧着挂在树干上色彩鲜艳的毒蛇，小心翼翼地避开："确实。"说完回头看落在后面的方回："你行不行？"

方回满脸郁色，赶上前道："不行。"

"好吧。"千里说，"那就在这休息会儿。"他投掷出锋利的小刀将树上毒蛇斩切成两半任其掉落地上，翻身下马走过去说：“把毒牙拔了就能吃，你们要吗？”

方回下马说：“死也不吃。”

明栗牵着缰绳看向丛林深处道：“你可以问问它的主人吃不吃。”

“什么主人？”千里回头，惊觉厉风声起，原本落在地上已经死去的毒蛇突然张口窜起咬向他脖颈。

千里反应极快，星之力瞬间释放形成护罩，那毒蛇却一口将他的护罩咬碎。千里得了反击的时间，本就悬浮在他身边的小刀飞转将毒蛇削碎。

“小子，反应挺快。”之前毒蛇缠绕的枝头出现一抹黑影，寂静无人的林中突然出现三五名实力深不可测的修者。

他们隐匿在林间树后，待平静被打破后悄然冒头，黑斗篷下一双双意味不明的眼打量着夜色下的少男少女。

明栗抬首看站在枝头的“黑斗篷”，他刚开口的嗓音沙哑，目光越过千里落在自己身上，并带着几分赞叹的语气道：“小姑娘能第一个发现我，了不起。”

小姑娘，这称呼再次提醒明栗重回十六岁的事实。

好在这世上见过北斗朝圣者的人不多，不然此时最危险的就是明栗而不是千里了。

千里挠了挠头，视线在周围一圈人身上转了转，感叹道：“不是吧，为了抓我一个毛头小子竟然出动这么多人？”

“黑斗篷”老者蛇骷说：“那都是来看热闹的，抓你一个毛头小子还不需要动用这么多人。”

“我觉得也是。”千里点头道，“那就您先动手？”

蛇骷朝另外两人看去：“这两个小朋友也一起上？”

明栗与方回默默牵着马转身走了。

千里抹了把脸，皮笑肉不笑道：“我们说好了大难临头各自飞。”

这两人可真守信。

蛇骷笑了两声，十分从容：“小子，看样子你是不肯乖乖束手就擒了。”

千里无奈道：“因为我还不想死啊。”

蛇骷蹲下身居高临下地看着他：“我不杀你，只需要留你一口气带回去。”

千里耸肩道：“那我可就生不如死了。”他眼角余光追随着越走越远的明栗与方回，见他俩当真没有回头看后收回目光说道，“说好只有你一个人动手的啊，你们都这么大年纪了，可别做以多欺少的事。”

蛇骷瞬影落地，其他穿着黑斗篷的人则上树待着准备看热闹。

“你有反抗意识，很好。”蛇骷颔首道，“那就让我看看，由赵氏族人使出的神迹异能会是何种威力。”

千里抬手握住悬浮在身侧的小刀，双手合十再伸展开时小刀变作一柄轻薄、有几分弧度的长刀。

“恐怕要让你失望了。”千里单手握住刀柄，却仍旧是握小刀的方式，刀刃朝着身后。

林间的气氛逐渐变得诡异。

明栗与方回走远，确保不会被千里那边的打斗波及后才停下回望，两人都感受到前方星之力的波动，林间夜行的毒物们都纷纷绕行退避。

“打起来了。”方回说。

明栗将缰绳拴好：“来的人最低也是五脉满境。”灵技掌握上肯定更多更熟练，再加他们可能拥有上品武器，千里的胜算实属渺茫。

方回蹙着眉头，他身体不好，赶了一晚上的路这会儿已觉疲惫，却无法放松警惕。他打开竹筒又拿出一本明栗没见过的书飞快翻阅着。

明栗静立在旁边看着千里的方向说：“你先天满境星脉有哪些？”

方回答：“重目、冲鸣、神庭、阳脉。”一共有四脉满境，在他这个年纪已算是不错的天赋。

明栗听到方回说神庭脉时便明白缘何他身体不好，却总是能吊着最后一口气半死不活了。

因为神庭脉主掌精神力，他是神庭先天满境，所以体质虽差，精神却比别人要坚韧数倍。

明栗折了根树枝指着方回说："你既不练体术，也不用行气字诀，我看你专攻的应该是神庭定制，八脉法阵。"

方回抽空从书里抬头看她一眼："你懂得挺多。"听起来不是嘲讽，只是平平无奇的陈述。

"你也是。"明栗礼貌回敬。

方回翻着书说："如果你愿意配合，我能将那五人困住一日，至少拉开一天的时间差。"

明栗说："一日太短了，他们很快就能追上。"

方回手指按压在书页，有点惊讶："你愿意出手？"

明栗拿着树枝说："总不能见死不救吧。"

千里算是如今世上唯一一个与师妹有血脉相关的族人。要算起来，千里还得叫师妹一声堂姐。若是青樱知晓千里被朱雀州王抓走，肯定也会去救人。

她的小师妹性子活泼可爱，最会撒娇，幼时她一个人修行无趣时，都是师妹来逗她开心，每日为她带来有趣的小玩意儿解闷。那时她还不是世人眼中高高在上的朝圣者，又与兄长有所误会，两人关系僵硬，全靠师妹从中来回调解关系才没有越来越恶劣。

"我知晓一种高阶法阵，名叫蜃楼海，可以无视境界阶级困住敌人。"方回捏着竖起的书页说，"布阵需要行气字诀辅助，所以我一个人无法完成，以我现在的实力也只能困住他们一日。"

明栗不慌不忙道："你先布下法阵，到时候我再修改阵中天地行气延长时间。"

方回把书收起，撩起衣袖，白皙的手臂浮现出密密麻麻的黑色咒纹，它们绕着方回的手臂缓慢流动，随着方回在虚空中点出的法阵方位飞出需要的咒纹字符。

高阶定制类异能最低要求便是神庭脉满境，甚至可以规避消耗大量星之力，只要你的精神力支撑得住。但只要是法阵，就免不了要用到行气脉等字诀灵技才能可攻可守。

蜃楼海能让范围内的敌人将傀儡替换成自己心中所想，可变幻一千多种不同场景困住阵中之人。

方回之所以二话不说转身就走，是因为他深知只有离开“黑斗篷”们的视线才能安心无忧地布阵，否则他刚开了个头就会被“黑斗篷”们制止。

明栗瞧着方回打起精神来认真布阵，他的星之力融合进定点的黑色咒纹字符，牵出一条条细线连接每个点，已经逐渐展现出法阵的一半。

瞧着闪烁微弱光芒的星之力线条，明栗眨眨眼，视线越过咒纹字符们落在方回身上时，脑海里却浮现出周子息的模样。

那是明栗成为朝圣者的第二年。

北斗风光正盛，前来应招的弟子比往年还翻了好几番，恰巧这年的四方会赛在北斗举行，各方武院与宗门的弟子纷纷前来挑战。

明栗没有露面，她对这种事没什么兴趣，当时还在研究另一位朝圣者的神迹异能，是听师兄说这届弟子十分争气，加上师妹青樱也参与了这次会试，她这才来到天权山观看。因为她平时很少外出，连北斗大多数弟子都不认识她，更别提其他武院和宗门的人了。

明栗与兄长一起坐在观看席的边缘，混在热闹人堆中，就连高台对面的几位院长也没有发现她。

那是明栗第一次见到周子息，在那之前她只听闻师兄陈昼说这届北斗招了个很有天赋的弟子，八脉觉醒，五脉先天满境。这样的境界在明栗看来算不上什么天赋，毕竟这样的人在北斗只多不少，直到这次会试明栗才发现师兄说的很有天赋是什么意思。

台上的青衫少年身形修长挺拔，眉目沉静，清隽面容带着一种孤傲，单是站在那什么都不做也引人注目。对手是体术脉与行气脉满境，光从这一点看他开场便处于下风，因为这两条都很克制主攻神庭八脉法阵的少年。

可结果出乎所有人预料，对手星之力暴动，双手握拳挥出厉风朝他而去时，少年抬手点阵，衣袖滑落露出的手臂黑纹密密麻麻飞速转动，仅用了两个瞬息便完成了高阶法阵蜃楼海。

少年身前紫色的星线足有四五百条，彼此牵扯相连形成足有上千种变化的困阵，对手的星之力在他一步之遥的位置溃散，两人之间的天地行气逆转，掀起的飓风撩动他的衣发。蜃楼海的范围被精准控制在比武台上少年与对手之间。

明栗这才明白她那骄傲挑剔的师兄为何会在她面前数次夸赞同一个人，因为他布阵的速度太快。如此复杂的高阶法阵，只在瞬息之间就能完成，从他这个年纪与境界看来，他确实是难得一见的天赋之才。

待胜负已分后少年挥袖撤了法阵，在万众瞩目中略一垂首，转身下台时无意与远处的明栗目光相接。

是少年的惊鸿一瞥。

明栗见惯了自家师弟的布阵速度，再看眼前方回才进行到一半的法阵图沉默不语。

紫色的星线们转接相连的速度已经越来越快，却还是无法与周子息的布阵速度相比。

明栗朝千里的方向看去，那边的星之力波动也越来越明显，两股力量相撞，惊起林间飞鸟无数，她只能祈祷他多撑一段时间。

明栗对方回说："你继续，不用管我。"她以树枝调整方回已经布好的星线，速度很快，将其中几百道困阵改为杀阵，方回察觉后抬眸惊讶地看她。

因为明栗更改星线的动作过于熟练，方回问："你自创的？"

明栗眼都没眨一下道："是我师弟。"

第3章 天罗万象

方回此刻没时间去想“她竟然有师弟”“她师弟是谁”这种事，专注于星线排列布阵。

他还是第一次与别人合作布阵，原本心中有些不放心，却发现明栗比自己更加熟练地拨动星线，甚至更改了部分困阵，将其变得越发牢固，提高了攻击力。

仿佛明灯照亮黑暗，明栗每一次更改星线走向都让方回产生“还能这么做”的顿悟感。

等蜃楼海所有星线相连，形成完整的法阵后方回才靠树跌坐在地，抬手抹了把嘴角血迹道：“得有人去定阵。”

“我去。”明栗挑了根星线将其缠绕在指间，“你撑住，别在我定阵前晕过去。”

方回压着眉头，脸色不太好道：“我尽量。”蜃楼海这种高阶法阵他也是第一次施展，故而星之力消耗过大，身体难保不会出什么状况。

天色将亮，晨雾漫过枝丫，凝结出一颗颗晶莹露水。

方回看着眼前复杂的法阵星图蹙眉，认真地将每一条星线连接的方位与形状记在脑海，感受着盘旋在法阵图中磅礴的行气，明栗留在其中的行气字诀都是凶猛杀招。

一道完美的法阵，必定少不了行气脉的辅助。

方回垂眸看自己的掌心，感受到体内行气脉微弱的回应后收拢五指，眸光黯淡。

不只是为了帮千里，他也有必须去南雀的理由。

金色的晨曦从遥远的天际升起，千里还在原来的位置，身旁的骏马却已碎成块，血流满地。他捂着受伤的肩膀咬牙，抬首间余光捕捉到黑影窜动。

充满星之力的一拳由上而落，千里侧身躲开却没能躲过蛇骷一记扫腿。护身之力被破开，他被这击向腹部的一脚踹飞，后背抵着一棵巨树发出巨响才停下。

“喀喀……”千里持着断剑半直起身，睁着一只眼朝蛇骷看去，咳着血道，“您老人家可真是一点儿都不手下留情啊。”

蛇骷停在他三步远的位置说：“你到现在也不肯用你们赵家的神迹异能吗？”

“不是我不肯用。”千里抹了把嘴角，懒散笑道，“是我根本就不会啊。”

“不会？”树上的“黑斗篷”之一哑声问道，“你娘没有教你？”

千里靠着巨树抬头看去：“我娘……星脉全断，是个废人，整日昏睡不醒，哪来的时间教我？”

蛇骷怪笑道：“这可真是好笑，赵氏唯一的族人却不会他们家传的神迹异能。”

“你们要是会可以教教我啊。”千里抬手指自己，“毕竟你刚也说我才是这神迹异能的主人嘛。”

蛇骷往前走去，伸手欲将再无反抗能力的千里拎起来：“等到了朱雀州……”

察觉风动的同伴立刻出声提醒：“小心！”

蛇骷突感后背生寒，与愣住的千里对视的瞬间，他耳边细微的风声忽地尖锐咆哮，将他黑色的斗篷掀起。强势的星之力将其斩碎，破

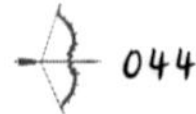

开蛇骷的星之力护罩仅在瞬息之间，逼得他来不及多想，条件反射地逃离当前位置。蛇骷这才发现强势划破他斗篷护罩的却只是一根细长树枝，在他离开时直直插入巨树，剩余力量将这棵参天大树拦腰斩断。

蛇骷退开老远后稳住身形怒道："谁？"

巨树倒下发出沉重声响，掀起灰尘弥漫。

千里怔怔地看立在身前的红衣少女。她衣发飞舞，却神色平静地将树枝抽出，再将枝头向下对准靠树的少年。

蛇骷瞧见灰尘弥漫中的模糊身影警惕地又问了声："谁？"

明栗侧身看去："我。"

蛇骷："你是谁？"

明栗想了想道："不好说。"

蛇骷终于看清站在前边的少女的全貌，脸色瞬间变得难看起来，他刚才竟被一个小姑娘给吓退了！

千里却笑出声来，边笑边咳血，伸手抓住了明栗递来的树枝颤颤悠悠地站起身。

"能走吗？"明栗用余光扫了下浑身是血的千里。

千里咳嗽一声，捂着肩膀道："走慢点应该行。"

明栗说："不能慢。"

千里立马妥协："好吧，我尽量。"

树上的"黑斗篷"们纷纷落地，目光阴鸷地盯着这两人。蛇骷冷笑道："事到如今还想走，既然你回来送死，那就别怪我不客气！"

"先抓人。"剩下四名"黑斗篷"闻声而动，为防止意外发生，准备先将目标千里控制在手。

蛇骷则目标明确地朝着明栗出击，带着杀意地出招，誓要让这嚣张的小姑娘葬身此地。

千里刚张嘴想要提醒明栗小心，就被她抓着树枝一甩，从"黑斗篷"的包围圈中甩了出去。

安静的晨风再次狂啸出声，风声尖利，却又全被聚拢在一处。

蛇骷利爪般的手凑近明栗的咽喉，他听见她正以极短的气音吐字：“破风。”

靠近明栗的“黑斗篷”等人突然感受到重力压制，被风扬起的斗篷似有千斤重般瞬间坠落，将他们从空中压下。距离她最近的蛇骷感受最为强烈，手已经挨着她的肌肤，伸出的手臂有着强烈的痛感，险些断掉。

明栗运转星之力强制与体内的朝圣之火对抗，将力量最大化，又道：“束音。”

风将所有声音归拢一处后炸开，余波横扫，将受到破风重压难以行动的五人又瞬间击飞。

“黑斗篷”们在被击飞时看向明栗的目光充满震惊，难以想象眼前的小姑娘竟能使出如此威力的行气字诀。

明栗却一刻也不耽误，趁此机会松手让树枝将定阵字符插落在地。束音炸开的声响给了远处的方回信号。

方回一掌拍地，星线顺着定阵符的召唤瞬影飞去，蜃楼海法阵的领域在丛林中展开，将“黑斗篷”五人一个不落地困在其中。

千里靠着另一棵巨树咳嗽吐血，视线模糊，只隐约瞧见一抹红朝自己走来：“对不起啊……但我现在……真的走不快。”

明栗朝着因为力气耗尽又靠树躺下的千里眨眨眼：“这蜃楼海设置得太仓促，只能困住他们三天。”

千里睁开一只眼看她，没好气道：“天才，先不说你能否布下蜃楼海这样的高阶法阵，那可是五个高手，人均六脉满境，能困这五人一天都很了不起。”

“你现在说话也不喘，看来还有力气，我先走了。”

千里见明栗真的走了，忍不住喊道：“哎！天才你……嘶，疼得我……哎哟……你等等我！”他用最后的星之力掠影跟上明栗，中途回头看了眼后方的蜃楼海，只见地面的星图线慢悠悠地闪烁着光芒，不见“黑斗篷”们，飞禽走兽也绕道走开。他忍不住又咧嘴笑了下。

此刻已是天光大亮，新的一天开始。

千里拖着重伤的身子回来挨着方回靠树坐下，感叹道：“好兄弟，不枉我白养你一年。”

方回嫌弃地蹙起眉头。

千里将手中断剑扔掉，骂骂咧咧：“还跟我说是上品武器，顶天了就是中品偏上一点，没砍两下就断了。”他按着不断冒血的肩膀，熟练地撕扯布条缠绕止血，额上汗水密布顺着他脖颈滑落。

明栗站在树旁没说话。

方回星之力和精神力都消耗过大，很虚弱疲惫，累得也没说话。

朝阳的光辉驱散林中黑暗与潮湿，有飞鸟落在枝头，歪头打量树下的三人。

千里脸色惨白，豆大的汗珠止不住落，手上动作麻利，却也止不住想要说点什么来转移注意力以使自己忘记疼痛，于是开口说道：“我之前说大难临头各自飞是认真的，但没想到你们会回头，毕竟得罪了朱雀州江氏可不是闹着玩的。”

“之前说朱雀州江氏是我最大的仇家也不是开玩笑，是真的，因为我全名叫作赵千里。”他拧着眉，抬手擦了擦汗水，用小刀将沾染在伤口上的毒素挑出来，简单快速地解释自己的身世，“十年前朱雀州有两大家族，一个是江氏，一个是赵氏。赵氏因有很强大的家传神迹异能而立足朱雀州，势力与江氏不相上下，只是后来两家闹翻，江氏宝贵的继承人死在赵氏手里。”

千里咬着小刀说：“我爹是个普通人，无法感知星之力，但他很聪明，利用不会被人怀疑的身份挑起了族中内战，再借刀杀人，让两家厮杀，还骗了我娘，让她以为他被江家抓去，为了救人而自断星脉。

“最重要的是，他破解了赵氏家传神迹异能天罗万象的修行法则，并大肆传播，导致现在几乎人手一份，最后再让那些修炼了天罗万象的人帮他杀了赵氏族人。”

说到这时，他从背包里掏出一瓶酒往伤口上倒，咬着长刀扬首，额上青筋鼓起。

“后来……江氏的人找不到我爹，又见我们家的其他人也死完了，就找我娘要说法。结果他们遇上两个北斗弟子，和他们打起来还惊动了远在北斗的朝圣者——她从千里之外射出一箭击退了江家长老们，保住了我跟我娘两条命。”

方回听到这儿才抬抬眼皮，扭头看了他一眼。

千里睁大眼道：“我说真的！听说那还是她得到神木弓后射出的第一箭，神杀之箭，见血必回。”

神杀之箭，见血必回，伤口永生难消。

明栗听到这儿忽地眼皮一跳，莫名想起那个噩梦：梦中赤着上身，墨发披散，神似师弟的男子身上有数不清的伤痕。

“碍于北斗朝圣者插手，江氏才肯退让。我娘带着我在济丹住下，因为她身体不好，难以继续长途游走，于是江氏便与我们约定，要我此生不可踏出济丹半步，否则必定杀我。”

千里因为疼痛而扭曲着脸，龇牙咧嘴道：“这就是我一出济丹就会被人追杀的原因。之前不告诉你们是不想牵累你们，如今你们出手相救，我们便是一条船上的……”

话还未说完，方回已觉厌倦，扭头看明栗：“你师弟是谁？”

明栗也歪头看去：“不好说。”

千里傻眼了：“……什么师弟？喂，我跟你们说我凄惨的身世你们就这反应？什么意思？你们这什么表情？为什么你俩都像是一副我早就知道的样子？我以前跟你们说过吗？没有吧！我刚才是第一次说的吧！”

两人都没有理一脸茫然的千里，明栗翻身上马，方回也扶着树站

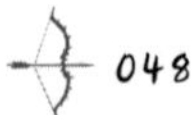

起身："只有一匹马了。"

千里睁大了眼："那我当然是跟你骑一匹马啊！"

他可没胆子去跟明栗说"要不咱俩骑一匹马吧"之类的话。

方回鄙夷地看他："你体术脉满境，骑什么马？"

千里指着自己染血的半边身子："好兄弟，我这都快流血而亡了！"

最终方回还是帮忙拉他上去。一个体质虚弱，一个看样子离死不远，似乎马儿速度快一些这俩都会被摔下去。

千里半死不活道："看样子我是活不了了，临死之前我还有唯一的心愿，那就是让赵家神迹异能永世长存，不能断在我这儿，所以我愿将天罗万象教给我还在世时最好的两位朋友，那就是你们……"

方回蹙眉："你不是不会？"

明栗说："不用担心会断绝，就连大乾北边随便一家书店都能看到天罗万象修行法则。"

千里没想到自己的遗愿竟如此好实现，郁闷了许久。

明栗让他指路，千里才打起精神来说了方向。想起之前听到的，他转头问："你们刚说什么师弟？谁的师弟？"

方回说："一个自创法阵的天才。"

千里伸长脖颈左右看看："天才在哪儿？我这个人吧，平时也没什么爱好，喜欢跟天才交朋友算其中一个。"

骑马走在最前边的明栗忽然勒住缰绳停下，马焦躁不安地抬起前蹄踢了踢。

后边追上来的千里看见拦在前方的马车后脸色微沉，没了方才的吊儿郎当。

丛林前方有断崖，此刻白色的云雾翻滚，绣着金纹的马车停在过路的石桥边，灰衣仆人恭敬地守在车前，后方是抱剑的侍女。一只玉手掀开车帘，主人弯腰下车时搭在肩上的蝎子辫垂落。

江无月本是在这里等着蛇骷等人将千里抓来，如今千里人到了，却不见“黑斗篷”们的身影，下车时神色已有不快。

明栗看看拦路的三人，又回头看看变了脸色的千里说：“不知道你有没有跟仇家交朋友的爱好？”

千里捂着胸口咳嗽，小声道：“我没有这么变态的爱好。”

方回蹙眉，目光落在那名面无表情的灰衣仆人身上，眼前最大的威胁不是那位骄纵的江家大小姐，而是这名实力深不可测的仆从。

江无月盯着身受重伤的千里，冷笑道：“没想到你能活着走到这儿来。”

千里咳嗽一声，反驳道：“装什么装，你又不是不知道他们要抓活的，活着走到这儿不是很正常？”

江无月听得眼中动怒，就算千里如今浑身是血狼狈不堪，看起来要死的样子，却还敢如此嚣张地跟她对话，这让她非常讨厌。

“赵千里，我看你现在也就剩下嘴硬了。”江无月伸出手，侍女恭敬上前递剑，“蛇骷那几个蠢货竟能让你逃了，想必少不了你身边两个跟班的功劳。”她抬首望向还在马上的明栗，上扬的眉眼带着恶意。

明栗感觉这姑娘针对千里的动机并非家族仇恨那么简单。

千里摸了下鼻子，也觉得莫名其妙。面对明栗与方回看过来的无声询问，他纳闷道：“从一开始我就不知道哪里惹到这位大小姐，值得她对我又追又骂，也就小时候两家对练我总是出风头，她总是输给我……不会吧，就这种破事你记恨我到现在？”他目光震惊地看向江无月。

江无月怒而拔剑，清脆的剑鸣声响起时她抬手就是一剑朝千里斩去。

剑风凌厉带着杀意，受惊的马儿嘶鸣着扬起身被剑刃切成两半，马背上的两人反应神速地避开，却也受到剑风影响狼狈滚倒在地。

明栗掉转马头，始终没动静的灰衣仆从瞬影到她身前，手臂布满流动的黑色咒纹，指尖一字咒纹落地，地面现出数百道星线闪烁光芒。

蜃楼海。

千里与方回认出这法阵时心中俱是一惊，灰蝎指尖的咒纹落地定阵，蜃楼海法阵的领域瞬间展开，将明栗困住。

白日倒转，明栗抬眸朝头顶夜空银河看去，丛林中只剩下她一个人，前一刻还好好的马儿已经躺倒在地没了生气，耳边是寂静中突然响起的尖锐虫鸣。她的视线落在枝头，那上边有只头顶绿叶的红蝎子正盯着她。

没想到她刚用这招把别人关起来，转头就被人用同样的招数关住。

这灰衣仆从应该早就布下法阵等着他们过来了。

这说明他们的一动一静都处在敌人的监视中，蝎子藏匿在她没有发现的地方。

这灰衣仆从确实有点东西。

明栗站在原地没动，处于法阵中的她就算什么也不做，法阵推移转换也会让她被迫陷入其中。也许她一脚踏出，整个天地又是另一番模样。

千里与方回亲眼见到明栗被困在蜃楼海中消失不见，还没来得及为她多担心一会，灰蝎已瞬影来到方回身前。

方回眉头一压，灰蝎什么也没做，只是释放星之力拦在身前就带来莫大的压迫感，让他身体僵硬，浑身冷汗。

灰蝎抬手时方回便觉喉咙一痛，被迫扬首，额头青筋鼓起，呼吸困难。

千里重伤，方回也因消耗过大虚弱无力，还有点儿指望的明栗开场就被关起来，剩下的两人完全没能力反抗身前星之力压迫感十足的灰蝎。

江无月提着剑慢悠悠地朝千里走去，瞧见他连站起来都困难的狼狈样才觉高兴些。她边走边说：“一个废物交的朋友也都是些废物。”

千里额上汗水滑落，他舔了舔干涸的唇，站起身道：“被你口中的废物困在后边的几个老前辈听了可不乐意啊。”

江无月听后眉眼生出戾气，冷笑道：“还嘴硬。”

千里见她举剑斩来，用上自己那三流行气脉借风而行，速度堪堪躲过剑刃，却被剑气伤到，因此被击退撞到了另一棵树。

“你施展借风诀的速度怎么如此慢，完全不像你娘，当年赶来我们江氏的地盘要我们交出你爹时，可是让不少长老都追不上。”江无月笑盈盈地看着千里，恶劣地吐字戳着他的痛处，“该不会是你娘没了星脉成为废人后，连点实用像样的灵技都没教给你吧？”

“有。”千里擦着嘴角血迹，抬眼沉声道，“我娘教我不要跟手下败将玩。”

江无月听笑了，握剑的力道加重，又是一剑斩去。千里勉强应付，持剑的少女却是轻松自在，眉眼嘲讽道：“你娘就算星脉还在也是个废物，害死全族的废物，还连累了我江家。像她这种被男人欺骗祸害全族的废物，倒也算新鲜难见得很啊！”

千里咬牙应招，虽没回话，气息却沉下去，他注意着被灰蝎禁锢的方回，灰蝎则看着他的方向。

“你不是很能说吗？怎么哑巴了？”江无月一剑将移动的千里斩飞，看他摔倒在地起身时吐了口血，身形摇晃地靠树重新倒下。

江无月瞥了眼仍旧处于窒息状态的方回，朝千里走去：“你们赵家的人都一样恶心，总是给身边的人带来不幸，比如你娘，比如你。”她一剑劈下时千里抬手握剑拦住，锋利的剑刃立马划开了他的皮肉。江无月释放星之力压制，反手用剑刃把他的掌心刺穿并钉在地上，满意地听到千里闷哼出声。

江无月居高临下地看伏在地面的千里，抬脚踩在他指上，缓缓弯下腰凑近他，语调恶劣：“逃到济丹的丧家之犬，看看你的朋友，为了奖励他帮你离开济丹，我会让他慢慢享受死亡的痛苦。”

“至于另一个，她看起来更嚣张些，所以我要带回朱雀州去，好好招待她，到时候你也能有个伴。等到你俩受不了的时候，我会拿链子把你们拴在同一间狗屋里，看你们为了一根骨头而厮打。”

千里喉间腥甜，嗓音变得几分沙哑：“江无月，小时候比试输给我，就这么不甘心吗？”

江无月脚下用力，不屑道：“看看你如今的模样，你觉得我还会不甘心吗？我就是讨厌你，看你痛苦我才高兴，我讨厌的东西就不该存活在这世上。”

千里听得笑出声来，边咳边笑。

江无月睁着黑白分明的眼俯身看他，语气森然：“你笑什么？”

“对不起啊……喀喀……我是真不知道小时候让你输了几场比试，能让你变成这样……”千里笑道，“没能照顾你这个单脉觉醒还被江氏排挤曾赶去看守狗屋的废物小姐，真是对不起啊。”

江无月握剑的手一紧，再次往下用力，剑刃划过千里手掌的骨肉，大小姐朝灰蝎看去，怒声道：“把他的头拧下来！”

倒在地上奄奄一息的千里被长剑刺穿的五指曲起，附着在剑刃上的血水忽然连接成线朝江无月的心脏飞去。她因愤怒没能察觉，倒是灰蝎飞身过来将她带走，血线膨胀化作镰刀狠狠地刺穿在地。被灰蝎带去安全地带的江无月抬头，瞧见被血线镰刀刺穿在地的一块衣袖，后背生出冷汗。

身受重伤的千里之前已是个血人，衣襟上的血迹还是湿润的，此时都化作了狰狞曲折的血线镰刀在他身后招摇，戾气横生，大有斩灭世间一切的愤怒。

千里抓着剑柄缓缓将剑刃从手掌拔出，抬眼看向被灰蝎护在身后的江无月时，眼眸已被血色浸染。

倒在地上捂着脖颈喘息的方回睁着一只眼朝千里看去，这模样的千里他还是第一次见。

“天罗万象。”灰蝎单手护着身后的江无月，目光盯着千里哑声道，

"由赵家人使出这灵技异能，的确与旁人有些微不同。"

"哪有什么不同？"千里提着剑指向神色恼怒往后退走的江无月，"都一样。"

明栗发现在枝头盯着自己的红蝎子忽然晃动身形，差点儿从上边摔下来。

看来外边打起来了。

明栗倒是不意外，千里不想死的话就一定会用上最后的绝招，怎么也能坚持一段时间。

在去定阵的时候明栗就发现千里其实是会天罗万象的，只要她再出现得晚一点，他就会使出。千里在蛇骷出手的时候就已经在蓄力，却没想到明栗会回来，还如此威风强势。

此时明栗已经分析完灰蝎的法阵布局，这才往前踏出一步准备破阵。

只一步，物换星移。

明栗从高耸的巨树林来到北斗摇光樱林道，蜿蜒向上的石阶路两旁是盛放的樱树，粉白的樱花晃晃悠悠地往下掉落。

随青石阶往上走着的少女正向其他三人炫耀地伸出手晃动，在她皓白的腕上有一个银镯，镯子坠着的两颗银铃中，有两朵永不枯萎的青色樱花。

"看看，看看，师姐给我的，师姐专门给我定做的。师姐不远千里去东阳，证明了我说的是真的，这世上真的有青色的樱花！"

青樱摇晃着手镯，铃声脆响，悦耳动听。

抱剑的黑衣少年面无表情地哼了声。

揽着周子息肩膀走着的陈昼翻了个白眼，笑骂道："她还不是被你念叨烦了，这才去东阳捞了两朵花染色带回来，不然她封铃铛里干什么？"

青樱不管，在周子息眼前使劲摇铃，周子息则眯着眼保持微笑。

周子息说："封铃铛里是因为存了星之力与字诀，把一个普通的镯子变成了护身灵器。"

青樱骄傲地抬起下巴，更用力地朝周子息摇铃铛。

周子息脸上依旧挂着微笑。

陈昼说："那花还是假的。"

铃声脆响，落花随铃声而动，忽地聚拢糊了陈昼一脸。

黑衣少年抿唇别过脸去，陈昼抹了把脸上还带着露水的落花，额角狠抽，朝躲去黑衣少年身后的青樱伸爪："你闪开，你再护着这丫头她就该无法无天了！"

黑衣少年抱着剑说："我没有护。"

陈昼："那你闪开！"

黑衣少年："她自己会跑。"

青樱还在摇铃挑衅，两个人围着黑衣少年在那儿转圈圈。

周子息若有所觉，回首看去，在山野烂漫中瞧见那抹红色，立马将双手背在身后，手中一束花枝不知何时被他折断成许多小节。他朝那抹红色笑道："师姐。"

明栗抬首看石阶上方的三人，目光最终停在朝自己笑着的周子息身上。

蜃楼海会幻化出阵中人最想看见的事物。她醒来时以为不过片刻，却不知已是五年上千个日夜；意识到这漫长的时间后，倒真有几分想念。

明栗抬手抓住其中一根星线时幻境飞速转换，直到星线在她手中燃烧，蜃楼海顷刻崩塌，日光越过丛林中的参天大树映入她眼眸。

此前面对千里天罗万象形态也镇静冷漠的灰蝎忽然回首，不可置信地看着破除法阵出来的明栗。就连千里与方回都愣了一瞬，他们亲身体验过灰蝎带来的星之力的压迫感，知道这绝对是个狠角色，同时也清楚蜃楼海是个多么复杂的高阶法阵，可被一个狠角色关进蜃楼海的明栗，却不到一刻钟的时间就出来了。

两人脑子里都飘过一句话：这不合理吧！

面对众人的打量，明栗却不觉哪里有问题，眨眨眼问："不打起来吗？"

几乎是话音刚落，明栗自己就先动手了，她的目标明确，冲着灰蝎护在身后的江无月而去。擒贼先擒王，她不能打消耗战，必须速战速决。这灰蝎确实有两下子，但他也受制于人，只要控制住江无月接下来就好办。

千里与明栗的想法不谋而合，血线镰刀从四面八方逼迫而去，让灰蝎不得不分心应对两方。

单脉满境的江无月已经好些年没有感觉到如此强烈的压迫感，无论是天罗万象的血线镰刀，还是快速破阵而出的明栗，都让她的恐惧攀升到顶点。见明栗挥拳突破灰蝎的保护罩配合血线镰刀朝自己而来时，江无月下意识地抬手抵挡，衣袖往后滑去，露出腕上银镯。

铃声脆响，爆发出的星之力将血线镰刀全数击碎。

而明栗点出的一字杀诀却收不住，颤动的眼睫下是几分难言的讶色。

她点出的杀诀与银铃爆发出的杀诀碰撞抵消，体内的朝圣之火燃烧猛烈，衣袖下数道细长的火线闪烁，死死地压制着她原来的力量，却还是有些微力量绕过火圈溢出。

此时此刻，远在北斗的神木弓轻轻颤动了一瞬。

静坐在檐下的摇光院长回头看去。

神木弓无甚异样，他捧着茶杯的手微缩，用余光瞥见门口站着一个高挑的身影。青年俯首恭敬道："师尊，此次前去南雀进行会试的名单已定，你要看看吗？"

摇光院长淡声问："你不去吗？"

青年说："我也会一同前往。"

"有你照看，我会放心些。"摇光院长道。

青年上前将名单放在他桌前，起身时瞥了眼后方桌架上的神木弓。

"今年新招的弟子资质都挺不错，尤其是我们摇光院的几个，很有希望在这次会试中夺得魁首。"青年说。

"输赢不重要，带他们见见世面便是。出行在外，小心些，如今我就剩你一个徒弟了。"摇光院长捧着茶杯看庭院里的红莲，语气缥缈，"昼儿，你可得照顾好自己，别再出意外了。"

青年低头道："师尊放心。"

待青年离去后，摇光院长才低头抿了口热茶。在他轻轻闭目时，一个人影从梁上跳下，当着他的面自然地拿起桌上的名单。

"果然。"那人影嘿笑一声，"这次去南雀应该能找到您要的答案。"

摇光院长睁开眼，眸光沉冷："你自己小心些。"

迸发出超强星之力的银铃拦下了对江无月的致命一击，却也整个碎裂，唯有那两颗小铃铛完好无损，被明栗接在手里。

江无月被刚才的杀招冲击吓得脸色惨白，此刻被灰蝎谨慎地护在身后，目光紧盯着不远处的明栗。

灰蝎沉声道："小姐还是先回车上去吧。"

江无月摸了摸脸，摸到一手湿润，瞧见指间的血后脸色变得狰狞："你竟敢伤我……把她抓起来！我要把她双手砍断在鳄鱼沼泽吊上三五天再剁碎了拿去喂狗！"

千里星之力也消耗到极限，支撑不住天罗万象了。血线退去，他挨着方回倒在地上，听江无月崩溃的怒吼后，翻了个白眼，躺在地上望天喃喃自语："我小时候瞎了眼才会觉得她可爱。"

方回始终吊着一口气，强大的精神力不允许他晕倒，因此还能在这种时候艰难地附和千里："现在不是批判你悲惨童年眼光的时候。"

千里却已经晕过去。

方回伸手摁着他的脖颈使劲，千里又被痛醒。

在千里张嘴准备问候他全家的时候，方回说："你失血过多，没处理好晕了就别想再醒。"

千里朝前方的明栗看去，咬牙道："我撑得住。"

就是不知道那天才妹妹撑不撑得住。

若是万不得已……他捂着胸口坐起身，目光复杂地落在江无月身上，算了，就算自己跟这疯子妥协，她也不会放过另外两人。

灰蝎被明栗方才的行气字诀镇住，那瞬间爆发的星之力过于惊人，以至于他不敢轻举妄动。刚才要不是那银铃挡了一下，江无月这会儿可能已经没命，而他也离死不远了。

被所有人盯着的明栗却垂眸看掌心的两颗小铃铛，还能瞧见悬浮在铃铛中的青色樱花。这是她给师妹青樱的银铃，她一直随身带着，怎么会落在江无月手里？

明栗蹙眉，抬首朝江无月看去："这银镯是谁给你的？"

江无月看她的眼神又恨又惧，冷笑道："想知道就跪下来求我！"说完又瞪了眼灰蝎："你还在等什么？还不赶紧把她给我抓起来！"

灰蝎双手蓄力，体术脉火力全开，体能骨骼全面强化至最高境界。他这次选择主动发起攻击，眨眼已来到明栗身前，独目闪烁着猩红的光芒，瞳仁秒变为竖瞳，带着说不出的邪气，衬得他阴沉的脸无比割裂。

重目脉高阶灵技——八目魔瞳，一目对应一星脉，常用于对战时克制对手，使其无法使用某宫星脉力量。此刻灰蝎以八目魔瞳封印的正是明栗表现强势的行气脉，无法灵活使用行气字诀对如今的明栗来说非常不利。明栗反应极快，立马以体术脉灵技抗衡，灰蝎却在两方拳头相撞的瞬间秒换瞳仁，改为封印体术脉。

明栗的体术脉灵技消散，她硬是接下了灰蝎这一拳而被击退数米远。她觉得手臂发麻，喉间腥甜，却稳住了身形不倒。

灰蝎不给她喘息的机会，以八目魔瞳对战要诀就是一个快字，必须在对方还没跟上封印的速度时全面压制将其击溃。他很快又出现在明栗身前，手中弯刀发出森冷光芒斩向明栗的双眼。明栗见状，连忙把身子后仰撤走，但还是被刀刃削去几缕黑发。

明栗抬起一指刚要使出行气字诀就被灰蝎封印，无论她试图使用什么星脉力量都会被八目魔瞳提前封印。这让她无计可施，只能被迫承受攻击，而没有体术脉力量支撑的她被强化了体术能力的灰蝎追得很紧，刀刃从斩断发丝到衣袖，那冰冷的刀刃此刻已经贴着她细嫩的肌肤划过，留下一道浅浅的血线。

"喂，老头。"后方传来的痞气少年音拦下了灰蝎的攻击，"我劝你还是不要再拿着刀削我家天才的头发，不然你家小姐可就要成秃头了。"

灰蝎震惊回首，见被星线图束缚手脚的江无月正满面狰狞，而拿刀挟持她的千里手中正拿着刚割的一节黑发朝自己摇晃，许是笑得太嚣张，最后还咳了两口血吐在江无月身上。

在灰蝎以为那两个少年已再无威胁，又过于警惕明栗，全身心都注意明栗时，方回正凭借自己坚韧的精神力悄悄布阵。那侍女境界低微，只能算是个照顾江无月日常起居的角色，最有威胁的还是灰蝎。

方回只需要一个简单的困阵，在灰蝎毫无觉察之下，就能轻松拿下实力本就不强的江无月。

此时江无月额角青筋鼓起，咬牙切齿道："赵、千、里！我一定会杀了你！让你生不如死！"

灰蝎立马锁定手指点地，艰难维持法阵困住江无月的方回，手中弯刀飞出，却被灰蝎一指弹开。

千里冷笑道："老头你可悠着点，看看是你先破了这困阵，还是我先把你家小姐的头割下来。"

江无月怒道："灰蝎！给我杀了他！"

千里一刀刺进江无月肩膀，江无月惨叫起来，眼中满是不可置信，仿佛不敢相信千里竟然真敢伤她。

灰蝎被迫撤了八目魔瞳，收起星之力沉声道："你想怎么样？"

"自封星脉，退走八十里。"千里威胁道，"否则我现在就把她的头割下来，她死了，护主不力的你也活不了。"

灰蝎皱紧眉头，又见江无月脸色扭曲，额上大颗汗珠滴落混进血水里。

江无月狠狠地瞪他："你还在犹豫什么？还不快照他说的做！难道你想害死我不成！"

这大小姐妥协的速度倒是挺快。

千里意味不明地笑了下，示意他的两个小伙伴靠过来。

灰蝎阴沉着脸，抬手在八脉处点下封印。

千里道："自封星脉三日。"

灰蝎语气阴冷："你若是杀了小姐，就是再次惹怒江氏，到不了朱雀州就会丧命。"

"这就不劳您操心了，现在我杀不杀她，可全靠您的表现啊！"千里顺风就浪，吊儿郎当道，"要是您也觉得她刁蛮任性早就看她不爽想要她死，那就别封三日好了，顺势除去一个讨厌鬼，是不是还挺赚？"

灰蝎面无表情地再次对星脉封印，因强制封印而嘴角溢出血迹。

千里扬眉道："走吧，你家小姐就在这儿等你。"

灰蝎看了眼痛得脸色扭曲、满头是汗的江无月，转身离开。

千里对旁边愁眉苦脸的侍女道："你也走。"

侍女惶恐："小姐……"

江无月咬牙切齿道："走！"

眼瞧灰蝎与侍女都走远不见踪影后，千里才松了口气，拿着的刀掉地上，手已经没了力气。方回扶了他一把，带着人朝马车走去。

明栗把刀捡起来，刚要问江无月银铃的事就见她两眼一翻痛得晕了过去。

“别管她，快走。”千里支撑着虚弱的身子道，“那灰蝎不敢贸然回来，但江家肯定还会来人。”

明栗蹙眉说：“我有事要问她。”

“带着她一起走会更危险。”方回看向明栗，“你也受了伤，我们没能力再应付一轮袭击。”

若是没有抓住江无月逼迫灰蝎离开，按照江无月的脾气，他们说不定真的会死在这儿。

明栗咽下喉中腥甜，握紧了手中铃铛，转身朝马车走去，等到了朱雀州她总能有办法查清楚。

明栗觉得不会是青樱主动给出去的，也觉得江无月没有能力从师妹手中抢走，但江家却不一定。联想南雀对北斗的态度，与南雀七宗关系亲密的江氏对北斗自然是相同的态度。

青樱曾开玩笑说过，想要取下她的银镯除非砍断她的手，可见她对银镯的宝贝程度非常明显，为此还常常被陈昼吐槽这辈子就留着那银镯当传家宝。每当这个时候，青樱总会说：“才不给我的子孙后代呢，师姐给的就是我的，我死了也一起埋进墓里。”

明栗也不认为师妹会跟江无月这种人交朋友，在她沉思的时候，车里两名奄奄一息的少年正在忏悔让女孩子在外当车夫。

千里右手手掌被剑刃刺穿，正一只手按压着，嘴里不断咳出血来。

方回满眼生无可恋，嫌弃又隐忍，最终还是看不下去扯了布条帮他手掌止血。

千里颤颤悠悠地说：“这次真的是……连累你们了。”

“你说你不会天罗万象。”方回说完，狠狠抓着布条重重地拉了下。

千里倒吸一口凉气，险些晕过去，结巴道：“我、我都说遗愿是要把它传给你了啊！再说连北边都有天罗万象的修行法则书了，我这个唯一家族传人却不会，这合理吗？用脑子想想都不合理吧！”

方回骂道：“你才没脑子！”他的身体早已到了极限，却因为坚韧到诡异的精神力支撑着而没晕厥。每次这种时候，方回都会因与疲惫虚弱的身体拉扯的精神力而显得异常暴躁。

千里显然习惯方回的脾气反差，也没跟他计较，只默默将自己的“爪子”从他那儿挪走，示意他“你别忙活了，我自己包扎”。

等明栗沉思完，发现不知该走哪条路后停下马车，掀起帘子想要问千里，却发现车里的两人不知何时都晕了过去。

明栗探了探鼻息，还好，一个都没死，要是都死了她还有点难办。

明栗将马车停在靠山脚的隐蔽处，几步远的地方是一条河道，岸上有不少大石块，河中水势湍急，有着哗啦啦的声响。

明栗从之前千里拿出来的袋子中找到一些伤药给二人吃下，随后到河边洗了洗手，抬手摸了摸有几分火辣辣疼的脖颈。

之前被灰蝎的弯刀伤到了，这会儿才觉疼。

明栗拿出那两颗小铃铛看了看，挑出衣上的一根细线将其串起后，收起来。

那充满压抑令人不舒服的噩梦，再加来历不明让人不安的银镯，让明栗忍不住皱起眉头。

师弟与师妹都不是任人随意欺辱的性格，实力也算上乘，外加有北斗做靠山，还有护短的师兄照看，明栗让自己耐心些，她星之力消耗过大，每次使用灵技都会被朝圣之火灼烧，也逐渐习惯朝圣之火带来的痛楚。

明栗在想办法如何才能绕过朝圣之火，绕过它，使用属于八脉满境的力量，这一琢磨就是半天过去。入夜后繁星万里，不见明月，气温骤降，明栗刚点燃柴火照明取暖，就见方回掀开车帘下来。她揉了揉眼睛道：“你醒得正好，我要休息会儿。”

方回闻言，转身就把马车里还没醒的千里拎出来扔地上，让明栗进去休息。

被扔地上捂着脑袋醒来的千里恍恍惚惚道："也许我能逃过江氏追杀，但我可能会死在你手里。"

方回道："你好意思睡一整天让周栗守夜？"

千里逐渐清醒，捂着胸口起身来到马车前问明栗："你没事吧？伤怎么样？严重吗？我这有药！"

趴在窗边双手交叠枕着脑袋的明栗闭眼道："没事，你的药都给你吃了，我睡一会儿，恢复点星之力。"

千里连声道好，不敢打扰她。

方回在火堆边取暖，见千里也凑过来坐下，问："你还死不死？"

"死不了了。"千里小声说，"刚重目脉突破到满境，每次晋升带来的星脉蜕变帮我缓解了大部分伤，也算是因祸得福。"

方回抬眼看趴在窗边闭目睡着的明栗，也低声道："这次多亏有她。"

千里也顺着他的视线看去，点点头道："得对她更好些才行，我去找点吃的来，等她睡醒了吃，补充补充体力。"

第4章 入朱雀

明栗从前少梦，如今只要闭眼入睡总会梦到往事，一些微不足道的，或是始终停留在她记忆深处却从不曾被重视过的事。其间恰巧都有周子息的身影。许是因为灰蝎的八目魔瞳让她受了点苦，所以梦里也出现了八目魔瞳。那是北斗七宗一年一次的点星大会，最终胜者可以入上无涧自取神兵。她的师弟周子息在摇光院内胜出后，与天权院大弟子比试时险胜。

翌日将与天玑院大弟子对战，而天玑院的这位师兄最擅长重目脉，一手八目魔瞳让他在去年点星大会上夺得魁首。

明栗原本是在落星池内闭关，但她比较孤僻，闭关之地随机选择，从不跟人说，就连兄长与父亲都难以找到她。

落星池在摇光后山悬崖下，虽然清静，景色漂亮，常人却很难到达。山崖石壁嶙峋陡峭，万丈悬崖高不可攀，落下去便是粉身碎骨，而在崖下的人也只能一生仰望云端，就连七宗院长没事都不会来这里转悠。所以，明栗完全没想到自己走出石道，从水帘瀑布出来时，会在倒映满天星辰的池水中看见周子息。他赤着上身从水中走出，一步步来到岸上，水声哗啦，周边有萤火光芒闪烁，点亮少年光滑背脊上的水痕。周子息踩水上岸，弯腰捡起地上的衣服随意地披在肩上，起身时与刚走出水帘瀑布的明栗撞了个正着。他愣了一下。

没想到落星池会有第二人的明栗也愣住。

“师姐是在这儿闭关吗？” 周子息眨眼笑道，刚刚抓着衣服披在肩上那股散漫劲不见了，开始规规矩矩地把衣服穿好。

彼时的明栗刚满十八岁，却已是通古大陆的至尊强者，是受无数修者崇拜追随的朝圣者。世人眼中她高高在上，神圣不可侵犯，是天上孤傲的明月。与之相比，此时的周子息只是一个普通的北斗弟子。

明栗对这个天才师弟印象挺好，之前也有所接触，但那都是与师兄师妹们一起，周子息表现得温和礼貌，如此单独相处还是第一次。

明栗问他在这儿干什么，周子息老实回答：“我这两月每晚都来这儿修行。”

倒是与她闭关的时间差不多。明栗走出水池来到岸上，抬头看云雾上方：“你每天都从这来回上下，倒是厉害，要是有个意外，不伤就死。”

周子息摸了摸鼻子笑道：“师姐说的是，伤倒是常有。”

明栗出关本是打算去跟宗主谈点事的，却无意瞥见师弟望着自己笑言时眸光熠熠，明朗又专注，于是她问了句：“你都修炼些什么？”

周子息说：“最近在练重目脉，明日要与天玑院的大师兄切磋，他的八目魔瞳很厉害。”

“付渊师兄的八目魔瞳确实厉害，也挺克制你。”明栗扭头看他，“你八脉法阵的速度很快，是我见过最快的，但八目魔瞳能封印星脉力量。虽然他不会一直封印你的神庭脉，但你也必须做到用比八目魔瞳封印更快的速度布阵。”

这几乎是不可能做到的事，除非是朝圣者。但就算是朝圣者，在布阵调动星线时都需要一定时间，而八目魔瞳却能在瞬间就封印你的星脉力量。

周子息轻垂眼睫，神色认真地听她讲解。

明栗倒是知道北斗点星会的规矩，也知晓能去北斗上无涧里挑选神兵对弟子们来说诱惑有多大。

周子息听完后问：“师姐觉得我能赢吗？”

“你能快过我八目魔瞳封印星脉的速度就能赢。”

周子息抿了下唇，有些无奈地笑道：“师姐，我不可能快得过你封印的速度。”

明栗却道：“你不试试怎么知道？”

周子息试了，于是就知道了什么叫作朝圣者的八目魔瞳，什么叫作毫无还手之力。每一次他试图运用星脉力量都能被明栗准确封印，哪怕他同时调动三种星脉力量都能被克制，在明栗面前完全无法使出任何星脉灵技。因为中途被封星脉力量而数次掉进水里的周子息浑身湿淋淋，之前干爽的上衣这会儿紧贴着肌肤。

周子息在水中扬首看站在岸边的明栗。

明栗莫名觉得他像落水的小狗，单纯无害又可爱，眼里不自觉流露笑意。本是打算陪他练几个来回就走的，这一下没忍住逗弄之心，便一直练着没喊停。

周子息最终还是没能快过明栗的八目魔瞳封印。天色微亮，明栗看着师弟又一次浑身湿漉漉地从水里爬起来，这才良心发现，笑道：“我送你上去？”

师弟摇摇头。“师姐去上边等我就行。”周子息挽着衣袖，神色认真道，“我能上去，死不了。”

明栗选择相信他，也想要看看他是如何做到的，反正有意外的话她也不会让师弟真的死在眼前。

周子息站在万丈悬崖下方抬首仰望云端那道倩影，他与师姐的距离比这万丈悬崖还要远。一个在云端，一个在地底，可他偏要从地底爬上云端，一步步朝着师姐所在的方向而去。

在明栗记忆中，周子息爬上了悬崖来到她身前，此时在梦中，她却看见师弟从悬崖边掉回了地底。明栗从梦中醒来，眉头蹙着，看起来像是没睡好，又闻到了火烤食物的气味。

方回甩手不管事，靠着巨石在看书。

千里一只手在那儿转着烤火架，时不时吹一吹星火，见趴在车窗边睡觉的明栗醒了，朝她招了招手，小声道："吵到你了？"也难怪他如此小心，因为此时明栗看起来像是有些生气。

明栗摇头，抬手捏了捏眉心，将从梦中带出来的戾气平息，接着下了马车去河边洗了把脸。

千里招呼她道："吃点儿东西吧，已经熟了。"

明栗回头看去，发现他烤的不是什么山鸡野兔，而是自己带出来的面饼，外皮已经烤至金黄酥脆。

千里带着点儿得意道："是肉饼，酱汁牛肉馅的！我之前从徐叔那儿拿的，别看他家店小，里面什么都有，什么都卖。"

明栗来到火堆边坐下，额前碎发还湿漉漉的，滴着水珠落在她鼻梁上。

方回拿过一片荷叶，包了张肉饼递给她。

明栗闻了闻，确实有牛肉香味，但她不喜欢这么吃，想要加醋或是辣酱。

如果是和师弟一起外出她想要什么都有。明栗望着火苗目光微怔，她记得师弟安然无恙地回到崖上，翌日的比试却输了。周子息比试时明栗在跟宗主谈事没去看，得知他在点星会上输给付渊师兄时她有些惊讶，她认为周子息能赢的。从这天开始，周子息每日往返落星池与明栗过招，直到他能快过明栗八目魔瞳封印的速度。或许是因为他输了比试，又或许是那段时间不忙，明栗倒也真陪着他练了许久。

明栗也是在这段时间发现她的小师弟其实不像第一眼看见的那么淡漠疏离，反而是个爱笑，还会撒娇的少年，温柔又细心，让她也总是不自觉地跟着一起笑，舒服又自在。这种舒适的状态同与师兄师妹们相处时的感受又有微妙的不同。她本以为自己选的闭关之地任谁都找不到，却每次出来都能撞见师弟。

一次是巧合，两次是偶然，三次就是有所预谋。可明栗从没问过他，默许纵容着周子息的存在。倒是五年前师弟与兄长离山时，曾主动与明栗说起这事。那时北斗遍布盛春之景，她庭院前的花树受了昨夜风雨，花落了一地。

周子息站在院外没有进去，他比初见时长高了一截，人也越发俊雅，唯有注视她的双眼依旧明亮专注，眸光熠熠。

在周子息说明要去何处后明栗问："你什么时候回来？"

"很快就会回来，不会让师姐你无聊太久的。"师弟说，"若是觉得无聊师姐便闭关修炼几日。"

明栗双手扒在庭院围栏上，闻言抬了抬下巴看他："老是闭关更显得我无聊没事做。"

周子息笑容明朗："师姐，等你出关时就能见到我了。只要你一句话，我可以无处不在，也可以从此消失。"

明栗想也没想，说道："我不要你消失，你说的什么话？"

周子息垂首低笑出声，再抬头看她时目光深藏眷恋，却又转瞬即逝。

事后想来，那天师弟应该还有话要与她说，却不知为何顿住，而师弟走后，明栗却忙起来了。

明栗思及往事许久没动作。

千里抬手在她眼前晃了晃，纳闷道："不好吃吗？"

明栗回过神来，低头咬了口手中肉饼，蹙眉老实道："不好吃。"

方回把肉饼塞进嘴里，不去看千里夸张的伤心表情，问明栗："休息得怎么样？"

"可以走了。"明栗说，"我想快点到朱雀州。"

千里举手道："我也好得差不多了，接下来的路线我的仇家们绝对想不到，可以完美避开追杀。"

明栗瞥了眼他被包扎成粽子的右手，再看看他衣上血迹、脸上血痂，觉得这状态够呛。但千里精神却很不错，想来都是外伤，也多亏他在这时候境界突破、星脉蜕变，化解了大部分内伤。

方回问："什么路线？"

千里指了指脚下："走地下山道。"

方回反问："你挖？"

明栗又咬了口肉饼说："那得挖好几年吧。"

千里无言地看看两个小伙伴，叹气道："肯定是走现成的，当年我娘带我来济丹就是走的山道避难，听她说这是某个赵氏族人发现的。"

明栗问："从济丹挖到朱雀州？"

方回木着脸道："赵氏除了天罗万象还有家传的挖地道的技艺？"

"朱雀州挨着黑水江，地道是绕开各方城郭，沿着黑水江延展，能直达朱雀州内。还有，我郑重澄清，不是我赵家人挖的！是我赵家人意外发现的！"

明栗说："能直通朱雀州内？"

千里点头："但只能在这十天内，因为这十天是黑水江退潮期，通道才不会被水淹，其他时期无法通过。"所以，他才急着要在这段时间出发，若是错过了退潮期无法走地下通道，他肯定会死在去朱雀州的路上。

"黑斗篷"们还能靠天罗万象硬撑，但千里是真的没料到江无月也会来插上一脚。

三人一致决定吃完肉饼就继续赶路。

地面对他们来说不安全。

其间方回道："如果说江氏是碍于北斗朝圣者的威压才放过你，那五年前明栗已经死了，对你恨之入骨的江氏何以还遵守约定等到现在？"

想想前几年南雀对北斗的态度，千里能活到现在也是不容易。

"江氏不仅怕北斗的朝圣者，也怕北斗。"千里吃着肉饼说，"北斗是四个超级宗门里最晚有朝圣者的，但一点也不妨碍它之前跟其他三家平起平坐，人家怎么说也是有千年底蕴的大宗门。不谈朝圣者，论综合实力北斗早就把其他三家甩在后边了。”

在明栗成为朝圣者之前，北斗七宗本身就是一个让世人仰望的巅峰般的存在。

“何况那位姓周的北斗弟子离开前给了我一枚七星令。”

明栗眼皮一跳，扭头看千里。

千里从怀中摸出一块细小的黑色玉牌，只有小拇指长短，上刻“七星令”三字。

北斗七星令，也是北斗聚集令。七星令碎，可召唤附近的北斗弟子前往相助。只有紧急时刻才会使用。

千里还记得，那时一个漂亮姐姐在与母亲谈话，气氛不太好，他不敢进屋。那位周姓弟子也在外边，神色散漫地站在屋檐下听里面的人争吵。听到母亲在屋里声嘶力竭，千里也忍不住掉眼泪，鼻涕都快流出来，数次抬手擦拭，憋着一口气不敢哭出声。

“小鬼。”周姓弟子轻啧一声，在千里抬头看去时朝他扔过来一物，千里条件反射地接住。他说：“你娘不愿随我们去北斗，这东西你自己留着，日后见到你爹就立马摔碎。”

千里恨声道：“他不是我爹！”

周子息没说话。

千里擦着眼泪又道：“摔碎这个，就可以让北斗的朝圣者帮我杀了他吗？”

千里抬头看去，见青年眉目疏冷：“杀那种货色，何须劳烦我师姐？”

千里回忆往事后叹道：“如今这七星令在南边是没用了，毕竟南雀已经让北斗把所有据点撤出南边，哪怕摔碎了，方圆十里也找不出一个北斗弟子。”

明栗单手支着下巴看他：“你摔碎试试。”

千里连连摇头：“我才不试，它可是很宝贵的！我这辈子都不会摔！”

明栗莞尔一笑，说：“确实很宝贵，如果要用，一定要在对你而言最关键的时候。”

因为七星令碎，必有人赴约。

三人休息过后连夜赶路，走时将马车毁去，不让江氏察觉他们的行动路线。随着河流来到黑水江的主干道，千里打着火把在岸上看了看，头也不回地说：“得下水。”

方回再次确认：“你不会找错吧？”

千里再次保证：“找错了头给你拧下来。”

“先说好，谁的头？”

千里鼓了鼓腮帮子，没好气道：“我的！我的行了吧！”

明栗望着浩浩江水，只觉得自己跟这黑水江是过不去了。

三人下水都用了灵技游鱼，这样速度会快一些，也能在水下闭更长时间的气。黑水江的水流猛烈，夜里水下目视不远，杂物也多，还得靠重目脉强化视力范围。

方回的行气脉不稳定，就算是低阶灵技游鱼，随着时间越长也越难维持。他在快撑不下去的时候向千里打手势示意，忽地被千里拉着往前一拽，两人随着气流卷入旋涡中。

等感觉从水里冒出头后，千里一边抓着方回一边喊：“周栗！天才！”

“嗯？”早已站在岸上的明栗回头看去。

千里不解为什么明栗比他还先上岸！心想果然是方回限制我的发挥。

千里拖着头晕无力的方回上岸去。

明栗正打量眼前漆黑的通道，它像是天然形成，却又有几分人工雕琢的痕迹，难以判断。

高度足够成人通过，可两人并排行走，还挺宽敞，甚至能听见江水急流的声响，像是来自远方，断断续续。

千里甩了甩脸上水珠，在漆黑的角落摸索片刻，拿出来一盏提灯点燃递给明栗。照亮角落后他们发现还有不少小玩意儿，包括照明的灯盏、防身的武器等等。

“这是十年前我娘从这儿过的时候留下的。”千里小声说。这是为了有朝一日他离开济丹时能派上用场。

明栗提灯往前照去，如果没什么障碍物的话，在这地下通道还能以疾风术赶路。

方回撑在岸边吐水，头晕得厉害，千里点燃另一盏提灯递过去，说道：“你这病秧子想进南雀七宗够呛。”

“比不得你这被江氏追杀的大少爷难。”方回不客气道。

千里扶着他站起身：“我被追杀，你身体太差，看样子这南雀的入山挑战只有咱们天才稳了。”说完抬头一看，发现明栗不知何时已经走去前边，甩了他们好长一截，再慢点就连人影子都瞧不见。

两人赶紧追上去喊道：“天才等等我们！哎！周栗！”

明栗站在前边等人，见方回神色惨白，挑眉问：“没事吧？”

方回摇摇头，挥开千里自己站着。

三人往前走着，千里问：“天才，你到朱雀州后有什么打算？我之前看你对江无月落下的铃铛很在意。”

明栗说：“我要知道她是怎么得到那只银镯的。”

“按照那大小姐的脾气，可能得再抓她一次给她一刀她才肯说。”千里叹道，“等到了朱雀州，我们还得先易容，这样才能不被发现。”

明栗没说话，她估摸着在南边只有南雀七宗的朝圣者才见过她，只要不会倒霉地与这人碰面她都不用担心。

“等到朱雀州应该是第十天，刚好涨潮，江无月肯定比我们先被接回朱雀州，到时候可以先去江氏那里看看……我的会试证明还在吧？可别错过了南雀入山挑战的时间。”千里在自己兜里翻找起来。

明栗走过身旁时看了他一眼："朱雀州王与南雀七宗交好，你为什么非要选南雀七宗？"

千里回道："因为这是南边最厉害的宗门啊。"

"你可以去北边。"

"北斗现在不行，虽然近两年恢复些元气，但已经没法跟如今的南雀比了。"千里摇头说，"连同样失去朝圣者的东阳都比北斗要好些，太乙倒是可以选一选，只是太远了。"

方回突然问明栗："你是北斗弟子？"

明栗面不改色道："我自小在北边长大。"

"难怪，在北边长大当然更喜欢北斗。"千里打着哈哈笑道。

明栗扭头去看方回："你为什么去南雀？"

方回抿了下唇，答："修行。"

明栗点点头："有追求。"

千里吊儿郎当道："我也是为了修行啊，四大超级宗门都有自己的特点，也有值得学习的地方。能得到七宗各院老师的提点，跟自己修行琢磨可完全不一样。虽然我刚才说北斗不行，但如果有机会能去北斗，我肯定也不会拒绝，这就是超级宗门的魅力。"

"而且……南雀七宗跟江氏不一样，我赌南雀不会把我交给江氏。"

三人在地下通道里待了七八日，通道又长又宽敞，明栗和千里会以疾风术先去前边探路，到时间了彼此交换，没有让方回参与。如此紧赶慢赶，他们总算在涨潮前来到通道尽头。他们的食物和水在第五天就吃完了，接下来的日子都靠星之力维持体能，若是再走个一日不见尽头，不会被饿死，也会被涨潮而来的江水淹死。

千里屈指敲了敲顶盖，又往上推了推，推不开，有些纳闷。

方回说："别告诉我被封了。"

千里回头瞪他："你别乌鸦嘴！"

明栗问："上边是什么？"

千里继续推着顶盖道：“出口在赵家的老宅子里面，上边就是个小庭院，只种了花花草草，不可能推不开。”

方回木着脸道：“你离开朱雀州十年，你家产业多半都已被江氏接收掌管，等会儿打开了说不定就身处江家人堆里。”

“你快闭嘴吧！”千里在那使劲，脸色都扭曲，最后没办法，运用星之力狠揍一拳。

顶盖发出沉闷声响，却只是颤了颤，掉下些许尘埃。

方回抹了把脸上灰尘。

明栗晃了晃脑袋，眨眨眼道：“也许江氏替你家翻修了宅子。”

千里欲哭无泪：“怎么连你都这样？”他噤声听了听地面的动静，最终咬牙道，“我再试试！”

千里将体术脉所有力量提升到极致，把星之力集中在拳头，沉下呼吸一拳揍出，顶盖出现碎裂的痕迹。星之力蔓延让整个通道上方都颤动片刻，掉落更多的石屑灰尘。

结果还是没有打开。在短暂的沉默中，方回擦着脸肯定道：“上边有东西压住了。”

千里捂着手蹲去角落用头撞墙：“怎会如此！”

明栗对方回说：“做个定阵法阵把它炸开吧。”所谓定阵法阵，是根据范围与需求更改部分法阵能力。

明栗看了眼来时的方向说：“得快，若是到了晚上涨潮就来不及了。”

方回被迫开始调动星线，问：“要用什么法阵？”

明栗道：“我用气诀束音，它的爆炸能力本身就很强。”

方回听她的话布阵，挑选字符咒纹组合。千里在旁边认真观看，听两人沟通灵技异能时感叹道：“你神庭脉甚至没有满境，却已经能自行更改创造八脉法阵，不愧是天才。”有明栗的指引，方回布阵的速度快了不少。

千里与明栗从顶盖前退开，方回确认无误后定阵，五指点地按住定阵字符，原本黯淡的星线们忽然闪烁光芒。法阵加强了行气诀的威力，将其扩增至五倍。随着束音炸响，顶盖整个碎裂掉落在地，上方似有什么东西坍塌，隐约有一束光芒照进地底。

千里抬手挥散弥漫的尘埃，一脚踩进碎石中，往上爬去。他边爬边扭头对后边的方回说："有点炸过头了啊，回头这通道还能不能用了？要是被别人发现要不要把他杀了灭口？"

方回道："可以，你杀。"

千里爬上去后伸手拉他，没好气道："我杀人灭口，你好歹也要帮忙毁尸灭迹吧！"

外边这会儿正是日暮时分，原本这座老宅就在偏僻城郊，许是多年没有人看管，花草树木疯长，一棵棵幼苗变作参天巨树压在了通道上方。

束音一炸，巨树倒塌，破旧的房屋也倒塌成废墟，将旁边盛开的小花树给压断了。

明栗出来后踩着脚下废墟看向远处，耀眼的日光正在沉没，远方的城楼已经亮起灯火，一眼看不到尽头。

这座老宅地处朱雀州的中心，最繁华之处，它的边界正好与南雀七宗相接，然而刚刚已因受不住那一炸而倒塌。千里忙着清理废墟，将通道口重新封住，还不放心让方回留了一个法阵。他们一直忙活到天完全黑下来。

明栗点燃提灯，站在走道上回首，朝清理废墟的两人看去。

"走吧。"千里摸着肚子说，"好几天没吃点儿像样的东西了，这次进城我请你们吃顿好的！"

时隔多年重回故地，少年人感觉陌生又熟悉，走在热闹的街市上克制着好奇的心，眼神却止不住朝左右看去。三人在一家小酒楼落座等待上菜，千里抓着方回指着外边的景色回忆过往，方回数次想甩开他，却在看见倒映在千里眼中的光芒时忍住，低头看书，敷衍地应和着。

等饭菜上桌后千里还在揪着方回说朱雀州变化真大，方回忍无可忍道："先吃饭！"

"哦哦。"千里这才将目光从窗外转回饭桌，却在看见一直没说话的明栗时愣住。

方回也才注意到明栗的吃法。

明栗吃得很优雅，不急不缓，安安静静，不打扰旁人，也不受旁人影响，只是她碗里的饭菜淋满了辣酱，旁边的碗里是满满的醋。这桌菜不是什么满汉全席，最贵的就是摆在正中间的烤鸡，其余则是些馒头、肉饼，以及酱菜。

两人只见明栗拿着馒头蘸着醋和辣酱，吃得开心满足。

片刻后，千里与方回默默将自己手边的辣酱与醋碗给她推过去。

算了，孩子爱吃就让她吃吧。

明栗有兄长和父亲，她对于母亲的事所知甚少，但与兄长一开始有隔阂与误会，在北斗也是一个住摇光院，一个住离摇光院最远的天枢院。

父亲则是个大忙人，所以明栗是被师兄陈昼带大的。那时她还不是现在的脾气性格，经常会闹得陈昼头疼想把这孩子吊起来打。也是陈昼管她的一日三餐，而这直接导致后来她成了朝圣者，陈昼也成为摇光院大师兄，他们各有各的事忙后，他还是会按时来找明栗吃饭。只不过陈昼觉得明栗的吃法太奇葩，想了许多办法要给她纠正过来，导致那段时间明栗在吃的事上委屈巴巴。直到某天师弟浑身是伤却笑眯着眼来她那儿，还带了她喜欢吃的辣酱与醋。

明栗却吓了一跳，问他："谁打的？"

"今年的点星会我挑战的是师兄。"周子息在桌边坐下说。

明栗这才收敛了点怒意："那他肯定生气了。"

周子息单手支着下巴看她："我跟师兄说，要是我赢了，他就让你随心所欲地吃，不用再纠正吃法。虽然被师兄暴揍一顿，但是我赢了，所以很开心。”

明栗至今都忘不了那日小师弟开心的模样，那是打从心底溢出的满足与喜悦，仿佛能为她做点什么便是毕生荣耀。

三人吃饱喝足后回酒楼客房里谈正事。

千里开了两间房，明栗单独一间，此时三人都聚在这间屋里。

“钱不够了，得趁江氏还没发现我们已经到朱雀州，尽快去南雀七宗挑战入山。而且要赶在明天以前，否则就会误事。”千里将票钱拍在桌上惆怅道。

明栗站在窗边观察下方街市。

方回扭头看她：“你呢？”

明栗头也不回道：“我要去找江无月。”

“她这会儿估计也在拼命找我们。”千里挠了挠头，“那铃铛很重要，一定要去问个清楚吗？”

明栗点头，神色不见动摇：“我可以自己去，你们先去南雀。”

千里立马道：“让你一个人去怎么行！”

“江氏要抓的人是你，我一个人倒方便。”明栗说，“你俩一起去反而不太好。”

千里道：“那我跟你去，不带方回。”

明栗摇头：“也不方便，若是你被抓了我还得分心救人。”

千里捂着胸口倒在桌上：“这辈子没被人这么嫌弃过。实不相瞒，我小时候也是被叫作天才的。”

明栗道：“你已经长大了。”

方回不客气地嘲笑出声。

千里感叹道：“长大后才发现这世上有一种东西叫作别人家的天才。”

“我和千里在这边等你，若是你晚上没回来，那我们再想想办法。”

方回接话道。

明栗刚张嘴还没说出来就被千里打断："千万别说什么不等你也行的话，我就要等。"

"好吧。"明栗关上窗户。

方回翻看着手中书卷："你明天打算怎么去江家找人？"

外人想要进去江家肯定不容易。

千里见明栗坦然淡定的模样心有不好的预感："天才，你该不会是想一路打进去吧？"

这确实是明栗的首选。

毕竟以前她就是这么做的。

可现在不行。

想想她的身份与实力，不被认出来还好，要是被认出来可就是真的丢脸而且危险。

单凭她现在只行气脉满境的实力也有些困难。

千里连连摇头道："你这样肯定不行，朱雀州王的名头可不是说说而已，虽然天才你很厉害……"

明栗神色莫测道："我有办法。"

"什么办法？"

"不好说。"

话题至此终结。

千里与方回已经有经验了，每当明栗回复"不好说"三个字时，就代表她绝不会告诉你，再怎么追问也没戏。

明栗不说，这两人也不好再问，又谈了些别的后便早早离开留给她时间休息。这七八天的时间里天天在阴暗的地下通道赶路，吃不好睡不好，如今总算来到地面，千里跟方回一个睡床一个打地铺，都很快就入睡。

明栗却久难入眠。她靠在窗边，透过一指宽的缝隙打量朱雀州的街市，看着它从热闹到寂静，只剩下陪伴夜风的灯火。最终她下定决心，推开窗翻身离去。

朱雀州部分地方依旧灯火透亮，人声鼎沸，夜晚才是它们热闹活跃的时候。明栗在一片酒色灯火中走进街巷。尽头依旧热闹，这边的商铺只在入夜后开门，卖的都是些稀奇古怪的玩意儿。能来这边的都是修者，大多数人想要的都是药品、武器等有利于修行之物。

明栗走了三家药铺都没有找到她想要的，正纳闷北斗是不是真把据点撤出南雀时，忽然瞥见一家生意红火的兵器店铺门前有熟悉的暗号。

店里的小哥热情招呼来往的客人们，拿着手中单子喊道："今日一品武器只需九块九！坐等一个有缘人！大家先到先得，错过今日可就没有了啊！"

"来了来了！"

"让一让！让一让！别拦着我去抢武秀阁的降价武器！"

之前在街上彷徨犹豫不知去哪家店的人们纷纷朝着武秀阁跑去。

明栗看着这家生意红火的店沉默，看来自家据点不仅没撤，还在南雀混得风生水起。

明栗垂首悄无声息地混进人群中。

去后场武器库清点存货的老板快乐地哼着歌，打开门后拿着钥匙转圈，边走边看。

每日开门时他都会来查看存货，因为生意太好，物品流动量也大，得记住什么没了需要补，什么滞销需要想办法卖出去，总之，在组织召唤前他每天都在勤勤恳恳发展副业。

然而，今儿老板刚走过一个货架转角就被人从后方挟持了。明栗以行气字诀将其定住，货架上的长剑刷地出鞘，刀刃贴着老板的脖颈。虽然被突然挟持惊出一身冷汗，老板却冷笑道："你是谁？胆这么大，竟敢打劫我武秀阁！"话刚说完就见眼前悬浮着一块黑色的玉牌，上面写着“七星令”三个字，老板的脸色瞬时变了。

“我是摇光院弟子，任务在身不便露面。”明栗站在货架的另一边说道，撤回他喉间长剑。

老板小心翼翼地抬手摸了摸七星令，确认是真的后微一垂首，恭敬道：“师姐有何吩咐？”

明栗说：“因任务与世隔绝，消息不通，最近才知宗门噩耗。”

老板唏嘘道：“您该不会是被派去冰漠挖矿才回来吧？”

明栗不由得想到与兄长一起去冰漠的师弟，于是问：“我想知道留守宗门的师兄弟姐妹们近况如何。”

老板点点头：“这个我懂，来我这儿的同门们大多是为了探听这个。”

明栗问：“摇光院大师兄如何？”

“陈师兄在北境鬼原一战中受重伤，昏睡两年，于前年苏醒后便未离山。”老板顿了顿道，“不过许是因为受伤过重，醒来后记忆缺失，忘记了不少人和事。”

明栗听得蹙眉，得到的第一个回答便令她喜忧参半。她又问：“摇光院弟子青樱如何？”

“这位师姐……唉，您节哀。”老板叹气道，“她在五年前的北境鬼原一战中不幸身亡了。”

青樱……死了？

明栗微怔，对这突然的噩耗难以相信，可手中握着的铃铛却让她无法否认。没等她情绪加深，老板又道：“不过说来也怪，早些年青樱师姐来过朱雀州历练，我因此与她有过交集。去年我外出采办货物，竟瞧见一人与青樱师姐长得一模一样。”

明栗眉间微抽，问：“谁？”

老板说：“是朱雀州王，江家的小姐，名叫江盈。”

江盈，江无月。

明栗说：“她与江无月是什么关系？”

“江盈是江无月的嫡亲姐姐。”老板解释道，“因为太过好奇，所以我查了一下，发现江盈是江家旁系的小姐，平时深居简出，听说是身体不好，一直都在家里养伤，前几年病愈开始修行，如今已入了南雀七宗。”

如果师妹死在北境鬼原，那银镯怎么也不可能落在江无月手里，何况她的嫡亲姐姐江盈还长得与师妹一模一样，世上不可能有如此巧合。

老板说着有些郁闷：“我总觉得世上没有这么巧的事，毕竟青樱师姐虽死在北境鬼原，却没有找到尸骨。虽然我这么想也有些荒唐，但在去年我还是把这事上报给了宗门。”他还特意选了北斗平息动荡，处于安稳时期上报，可听他这语气，显然北斗并未重视这件事，只当是他胡思乱想。加之江盈如今在南雀七宗看不见摸不着，老板也就作罢，要不是今日明栗问起他已经忘记这事。

明栗问：“既然没找到尸骨，为何确信她已经死了？”

老板叹道：“是陈师兄，他亲眼看见的。”

明栗听得沉默了许久。

老板十分理解，还安慰她节哀，不要太过伤心云云。

明栗低垂眉眼，抿唇问道：“那周子息呢？”

老板听后叹气。

明栗的心跳停止了一瞬。

“这位师兄……至今音信全无，下落不明。”老板惆怅道，“听说他最后一次去的地方是冰漠，可派了不少弟子去寻人都没有他的消息。”

下落不明，有了青樱的对比，明栗竟觉得这勉强还能算是个好消息。

明栗又问了几位院长的情况，得到的答案有好有坏，最终她问：“被夺走的镇宗之宝可有消息？”

老板的语气有了几分严肃：“这事还在查。”

“有怀疑对象吗？”

老板为难道：“宗主有令，这事只能跟负责追查的弟子透露。”

明栗没有为难他，这时门外传来敲门声："老板！外边有不少人等着你开价拿货啊！"

老板吼道："让他们等会儿！都卖九块九了还着什么急！"

吼完一回头，发现悬在眼前的七星令不见了，束缚他的行气字诀也被撤销。

老板挠了挠头，在货架前来回转了两圈，这才确定同门已经离开。

明栗在人群中逆行，心绪难平。她抬首朝南雀七宗的方向看去，眸光迎着夜风逐渐变冷，想的不光是青樱的巧合，还有噩梦中的师弟。困守他的祭坛有南雀的印记，也许她明日要去的地方不该是江氏，而是南雀七宗。

明栗回到酒楼，悄无声息地将之前从千里那儿顺走的七星令还了回去，离开时不小心踩到了睡地铺的方回。方回想也没想地一巴掌拍过去，明栗掠影闪开，千里却正巧翻身到床边挨了这巴掌。

千里摸着被打的脸坐起身，不解地问："你打我干吗？"

方回也道："你先踩我的。"

"你梦游了吧！"

"那都别睡了！"

两人摔枕头，掀被子，扭打在一块儿。

明栗静静地等他俩打完又睡着后才找到机会离开，也许现在入睡还能在梦里看看师弟师妹们。

明栗闭上眼，遗憾的是今夜做的是噩梦。染血的白骨与尸块堆积在台阶上，难以辨认那是人类还是兽类。黑色的铁链垂落在地，周遭黑雾翻涌，风声凄厉，扭曲的雾影布满视线所及之处。它们飘荡着寻求庇护，却在一声低笑中惊慌失措，四处逃窜。黑色雾影散开后她得以看见高台之中的人影卸掉了身上枷锁，活动着流血的手腕缓缓站起身。

明栗没能睡好，早早就醒来了。梦里师弟的状态让她担忧，可醒

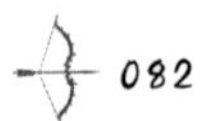

来后不少信息就被遗忘了，就连石台上的南雀印记是何模样她都觉得模糊不清。这让她难以再睡，只好起来修行。她从天地行气灵息中吸取星之力，八脉运行周转，专注于突破体术脉，力求达到满境，这样下次再遇灰蝎的八目魔瞳时才有胜算。可她如今的修炼处境与旁人不同，想要晋级星脉境界她得付出两倍的星之力才行。

明栗垂眸看掌心出现的火线纹路，它们每一条都在燃烧着。短时间内她拿这朝圣之火没有办法，它能隔绝自己原有的八脉满境实力，将她割裂成如今与过去两个，于是她才有了这副新的身躯，以及新的八脉。虽然新的身躯八脉觉醒，却没有一个先天满境，与从前七脉先天满境的起点相比差距巨大。

明栗的天赋太好，好得让人嫉妒，从前还有人觉得她能成为朝圣者只是因为她很幸运。他们觉得七脉先天满境的她比任何人都幸运，根本不用去花时间勤苦修行，反而认为她用了六年时间来完成一脉满境太慢。旁人也就算了，可第一个提出这种说法的，却是南雀的朝圣者，这话还是当着明栗的面说的。随后两人便在书圣等人的见证下打了一场，结果明栗赢了。她放话让南雀的朝圣者十年之内没有她的准许不可入北边境界，除非她能赢过自己。

虽然这事只有几位朝圣者知道，并未外传，可现在想来，南北两边结仇或许是从这时候开始的。毕竟明栗一死，南雀就让北斗将所有据点撤出南边，可比明栗的要求更加过分。

翌日方回先起来点好早膳才来找明栗，发现她竟然醒着，愣道：“你不会没睡吧？”

“睡醒了。”明栗随他下楼用膳。

虽然只是简单的馒头配粥，但想起昨晚明栗对辣酱的喜爱，千里去厨房给她端了两碗。

天刚蒙蒙亮，外边却已经有行人赶早忙活。

明栗吹着微凉的晨风问千里：“你知道江无月的姐姐吗？”

沉迷吃饭的千里蒙住，片刻后才反应过来："她姐姐？我想想，她有好多个姐姐的。"

明栗说："叫江盈，是她嫡亲姐姐。"

千里仔细想了想，摇头说："确实有这么一个人，以前听她提起过，但我只记得她姐姐身体不好，不常在外走动，所以没见过。不过我倒是想起来江无月本是旁系的小姐，以前没这么威风，现在却有灰蝎这样的仆人护在身侧，也不知道她怎么入了嫡系的眼。"

千里越想越觉得离谱："江氏比我家还要看重星脉天赋，像江无月这种单脉觉醒的废物，江氏绝对不会重视的。"

可如果她有个去了南雀七宗的姐姐……明栗咬了口馒头陷入沉思。

方回突然说："你觉得那银镯是江无月的姐姐给她的？"

千里惊道："是这样吗！"

明栗也惊讶道："你怎么知道？"

方回捧碗喝粥："瞎猜的。"

"那你今天还是要去江氏吗？"千里问。

明栗摇头，说："直接去南雀七宗吧。"

千里问："你不找江无月啦？"

明栗说："我觉得她会在南雀七宗等你。"

千里一脸蒙："不会吧……"

"如果不确定你是否进入朱雀州，那就在你想去的地方守株待兔，这种招数江氏不会想不到。"明栗拿着馒头蘸辣酱，"江氏抓你要活口，也许是想从你这儿找到你父亲，但江无月……应该是想要你死，既然对你恨入骨髓，想必也会亲自去南雀七宗等人。"

毕竟她都肯亲自跑一趟济丹看热闹，她再走一趟南雀七宗的概率非常大。

千里扶着脑袋叹气。

方回问他："不是说要易容吗？"

千里惆怅道：“易容也逃不过她身边那老头的八目魔瞳啊。”

明栗说：“你不是相信南雀不会把你交给江氏？”

千里微怔，最后沉思道：“那也得是我进南雀七宗以后的事了。如果我连入山挑战都没过，不算南雀弟子，南雀当然不会保我。我再想想其他办法，都走到这一步了，绝对不能放弃。”

如果没有江无月盯着他，事情还不至于这么麻烦。

千里还没想太久，就见吃完早膳的明栗说：“我有一个办法。”

第5章

入山挑战

明栗的办法很简单：“用蜃楼海把守在南雀的江家人关起来。”

千里先是一愣，随即扭头看方回。方回屈指在桌上敲了敲，很快就给出回答：“可以。”

明栗说：“这次时间充裕，可以布置得更精细些，把他们关上十天半月也可以。”

千里迟疑道：“关个十天半月不太行吧？”

明栗却看着方回说：“你小看方回的神庭脉了。”

他的神庭脉是目前三人中最坚韧的，若是需要定制高阶法阵缺他不可。

千里挠了挠头，指着自己问：“那我呢？”

“这还用问？”方回冷笑道，“你当然负责把人引过来。”

明栗提醒：“一定要所有人。”

千里信心满满道：“放心吧，我保证到时候把所有人都给你引过来！”

三人达成共识，早膳后开始行动。

站在朱雀州内高处，用重目脉就能瞧见远处与天色相接的南雀山脉。

南雀的入山挑战安排在鬼宿山。此山距离朱雀州最近，热闹的城郭就在它山脚，整个南边的学生都在这时候涌向鬼宿山。

明栗与方回在鬼宿山附近踩完点后选择隐秘处开始布阵。

方回有了足够的时间将蜃楼海更改扩增，让它的范围更大，力量更强，于是从早忙到晚。

天光渐渐消失，夜空升起一弯月，城中各处也亮起灯火。

明栗对千里说："该你了。"

千里捡起地上的黑斗篷穿上，再给自己戴好兜帽，转身朝两人招了招手便径自离去。

方回望着他的背影问："他跑得过那些人吗？"

"不想被抓到就必须跑。"明栗将阵中最后一根星线拨正，脸上看不出半点担心。

千里在去鬼宿山的路上就在想江无月会等在哪里，也许是路上某处高楼中，也许是某个街巷口。正思考时，他用余光瞥见后方有人跟了上来，看来"天才"说得没错，南雀这边确实有江氏的人在等他。他还得多转会儿，确保这附近的所有人都被引走才行。

江氏的人第一时间将发现千里的消息传给了江无月，这就导致千里还在到处找江无月时，江无月已自己带着人气势汹汹来到他面前。好些天不见，江无月眼中的戾气更多了。她站在昏暗街巷的石阶上方，提着剑居高临下地看着千里冷笑道："总算被我找到了，这次在朱雀州，我看你往哪儿逃！"

千里扬首看她，却忍不住扑哧笑出声来。

江无月阴森森道："你笑什么？你还笑得出来！赵千里，今日我必将你千刀万剐！"

看来她被上次的事气得不轻，千里想起来之前明栗曾说，到时候就算自己什么都不做什么都不说，江无月也能追着他满朱雀州跑。

事实证明明栗说得没错，并且他还出言嘲讽挑衅江无月，更是让江无月气得额上青筋时隐时现，气急败坏地叫来这片区域的所有人去抓千里。

千里边躲边大声喊道：“你叫啊！你不把人都叫来我都看不起你！我看你就是怕了，出个门带这么多人！江无月，你要是不怕你跟我单挑试试！”

江无月恨不得在他身上捅几刀再转一圈刀刃，怒上心头，铆足了劲去追千里。她虽然是杀意最重的那个人，却不是最危险的。

千里主要还是躲着灰蝎，上次把对方愚弄一番，他心里自然憋着一口气。

灰蝎虽然看起来面无表情，冷淡无比，可出手狠辣，几次试图拦下千里，虽然没成功，却也没让千里好过——他从高处掉落，摔在一户人家的屋顶上，惊得人家院里的狗汪汪狂叫。

千里顾不得后背的疼，以最快的速度调整好立马离开。可几乎是在他刚翻身掠影离去时他就被一道行气字诀打中，险些再次从空中摔落。还好他反应极快，卸了一部分力稳住身形，这才狼狈地滚落在另一处屋檐。

“小子，你已经跑不远了。”江氏的人已经形成包围圈，将千里困在无人的街道。

千里捂着胸口扬首看去，兜帽滑落，露出少年人清秀的面容。他擦了擦嘴角的血迹，朝慢一步赶来的江无月挑眉笑了下。

“赵千里。”江无月提剑朝他斩去，“你再跑啊！”

灰蝎等人认为千里已无处可逃，所以并未插手，在一旁看江无月发泄愤怒，只见剑风掀起千里斗篷，少年说：“好，我跑。”

江无月微怔，手中剑势未停，眼中却倒映出凭空出现的无数条星线。它们看似纷乱，却已经形成巨大的法阵，瞬间吞噬阵中人，刚刚布满杀气、充斥着高阶修者压迫感的街道一时间恢复平静。

千里松了口气，捂着嘴咳嗽两声，再次抬头时看见两位小伙伴站在墙头上看着他。

方回伸手将他拉上来，千里上去后朝他们竖起拇指，笑容灿烂：“我这配合完美吧？”

明栗点头，问他：“伤得怎么样？”

“一点小伤，不碍事。”千里眼角眉梢都是笑意，朝着南雀鬼宿山的方向看去，“趁现在没有江家人盯梢，赶紧走。”因为怕出意外，千里用着比逃跑时更快的速度赶往鬼宿山。

鬼宿山下灯火连绵，从高处往下看去似一条火龙。入山挑战处有单独通道，南雀还立了标志防止学生们迷路。

这一路走去，三人见通道两旁停留了许多少男少女，他们彼此轻声说着话，不时朝山上看一眼，还有人打了地铺呼呼大睡。

“人真多啊！”千里小声感叹，很快他就知道为什么会有这么多人了。

来到通道尽头，封山之处，他们看见临时搭建的院落门口的公告牌上写着：

今日入山挑战已结束，明日辰时将再次开启，诸位可先在武监盟的人那儿登记，明日时间一到便可入山。

方回看完后说：“来早了。”

千里挠了挠头，深呼吸一次要自己冷静，他已经到南雀七宗门口了，再等一等就好。好在武监盟的办事处就在旁边，千里拿着会试证明去登记，速度很快。

三人拿着身份牌从武监盟的人办公的小院出来，看着仍旧不断前来登记的人们发呆。

片刻后明栗率先迈步离开去找今晚的休息之所。她找的地儿离公告牌较远，周围的人也算少，较为清静。附近的平地都被占据，她停留的位置算是山林里边，不远处还有人打着地铺。

千里看着打地铺睡着的兄弟叹气："失算了，没想到会是这种情况。"

方回坐在地上靠着树看书，没什么表情地说："正好，你刚受了伤，还能有时间休养。"

千里挠着头在他身边坐下，复又抬首瞅了瞅站着没动的明栗。

明栗在看鬼宿山，她开了重目脉，隐约还能瞧见山上亮着灯火。

"哎。"千里无聊地把双手交叠枕在脑后躺下，望着天上圆月说，"突然闲下来竟不知道该做什么。"

方回道："睡觉。"

"我这情况睡得着吗？"千里哭笑不得，"总是愁着江氏突然来人把我带走。我都到这南雀山门口啦，要是真来这么一遭我可就亏死了。"他顿了顿又道，"而且也辜负了你俩。"

方回嫌弃道："有话好好说，别肉麻兮兮的。"

千里抓狂："这哪里肉麻了！你是半点好话都听不得是吧！"

方回无视他，拿着书本翻页。

千里望天发呆片刻，突然说："不知道我爹现在过得怎么样。"

明栗与方回同时扭头看他。

千里睁眼看夜空，神色竟莫名认真："我想知道他过得好不好，富贵还是贫穷，有没有重新娶妻生子，会不会教别的孩子读书写字，他晚上睡得着吗？反正我现在睡不着。"

此时的千里真想对那个男人说一句：爹，你睡了吗？我睡不着。

无论回想多少次，千里都无法理解父亲的所作所为。记忆里这个男人虽然不会修行，无法感知星之力，却也不是一无是处。

他似乎什么都会一点，大到天文地理，小到桌椅门窗修补。

虽读过万卷书，他却与大多数书生不同，没有那股书卷气，常笑，显得憨厚，用他娘的话来说是天真，单纯、美好的天真。

母亲很喜欢他，为此还放弃了家族的继承权，让位给了旁系。在千里还小的时候父亲常带着他出门游玩，走遍朱雀州的大街小巷，在他撒娇喊累要抱的时候笑着抱他在怀到家才放。

记忆里最让千里惊讶的是母亲也许会为了哄他而做出承诺，却也会失约，不当回事，唯独父亲，他对自己总是言出必行，从未失约。

某次他闯了祸，将族中长辈惹恼，母亲又不在，是父亲替他受的罚。族中长辈本就不喜这书生，处罚时下手很重。千里那时候只知道哭，受伤的父亲反而还得哄他。

父亲替他擦着眼泪，温声笑道："好啦，我们千里是男子汉，不能这么哭鼻子啊。"

"爹爹一点儿都不疼，爹爹是大人，大人受得住，所以不疼。"千里号道，"我要告诉娘他们欺负你！"

父亲将他抱在怀中笑道："这事可不能告诉你娘，让她知道又得费心了。千里，你娘已经放弃了很多东西，我不能让她跟家里人的关系变得越来越糟，所以答应爹爹，绝对不能告诉你娘。"于是这成了他们两人之间的秘密。

令千里难以忘却的不止这些美好温柔的记忆，还有那天，他的父亲站在血色中弯腰替他拭去脸上血迹，说话的口吻依旧与往常无异，只是多了一声叹息，他说……

"柿子苹果香蕉单卖一块五，五块钱三个！"

听到叫卖声，方回站起身抖了抖衣袖："你继续说，我去买点儿水果。"

明栗扭头朝吆喝卖水果的少年看去，愣了一下说："五块钱三个？"

千里抹了把脸，双手张开躺地上望天无语，还说："什么啊，气氛都没了！"

此时此刻他耳边不断重复播放那少年的吆喝声：柿子苹果香蕉单

卖一块五，五块钱三个！

千里“噌”地坐起身喊道：“方回！单价一块五买三个是四块！”

明栗说：“四块五。”

千里抬手指她：“老实人。”

明栗眨眨眼，不管卖多少，此时此刻身无分文的北斗朝圣者都买不起就对了，她看回千里问：“你父亲说了什么？”

千里也眨眨眼，学着父亲的口吻说：“缘分尽了。”

方回买了三个苹果，分给明栗与千里一人一个。

千里问他付了多少钱，方回说：“五块。”

“傻子！”千里恨铁不成钢地看他。

方回翻了翻书，似乎是觉得没什么好看的了，便继续之前的话题，问千里：“听起来你不恨你爹？”

千里咬着苹果咔嚓咔嚓道：“我恨死他了好吧！”

方回说：“那就好办，吃完了躺地上闭眼想他的一百零八种死法，很快你就能睡着了。”

千里无语：“说得你很有经验似的。”

方回将手中苹果抛出去又接住，罕见地轻扯嘴角笑了下。

千里吃完苹果后跟方回有一搭没一搭地聊着，最后还真的躺地上睡着了。

明栗与方回都没睡。

一个看书，一个看山。

良久后，一个抬首，一个低头，彼此目光相接。

两人无声的对视中都表达着同一个意思：你怎么还醒着？

方回率先问道：“不困吗？”

明栗摇头。

“明天的入山挑战应该不容易。”方回说。

明栗靠树站着，抬手在虚空中点出几根星线，说：“你也不困。”

方回望天道："我神庭脉比常人要敏感，很难睡着。"

精力过于旺盛，又难以控制的时候确实会出现他这种情况。师妹青樱就常有这种烦恼，因为过于强盛的神庭脉，她似有用不完的精力，一天到晚在七宗之间来回奔波，不管是同门还是教习院长们需要帮忙时她都第一个冲上前代劳。

旁人眼中的青樱：活泼可爱，乐于助人，非常善良。

明栗眼中的青樱：师妹今天又被迫消耗精神力了，希望她今晚能睡着。

陈昼事多，但都涉及摇光院治理，所以不能轻易叫青樱分担，只有兄长一天到晚在外打打杀杀，便带上了青樱。好几次还把周子息也一起叫去，最后回来被罚去训诫堂待了好几天。

兄长因为不算北斗弟子，所以不受训戒堂的管束，便在青樱与周子息的凝视下坦然离开去找自家妹妹玩。

就算如此，青樱也时常睡不着，睡不着时她就会去找明栗，与师姐一起躺在院里的露天竹席上聊天看星星。

那天，青樱双手交叠枕着下巴，歪头看明栗："我主星脉是冲鸣，可神庭脉的力量却更强，但我又学不好行气脉的灵技，没法专修八脉法阵，师姐，你说我还能做什么呢？"

明栗屈腿坐在边上，一手支着下巴，一手在虚空中轻点更改法阵的星线。她虽然一心二用，却也没有敷衍地回答："神庭脉强大对于你专修任何一脉都很有利，你能做的有很多，学不好行气脉不是因为你天赋不行，而是你自己不喜欢。"

"可我就是没那个耐心去学行气脉嘛。"青樱打了个滚儿，滚到明栗身边压着她的裙摆，"不知道为什么每次练行气脉我都会走神，控制不住，没法专注。"

明栗认真地说道："这说明你对心之脉的掌控力不稳，无法静心专注。解决的方法也很简单：要么跟师兄一起修行一段时间，要么跟我一起练练。”

青樱纠结道：“有点难选。”

“不着急，慢慢想，我最近都有空。”

青樱衡量道：“还是跟师兄修行一段时间吧，如果选师姐的话，我怕别的弟子嫉妒。”

明栗问：“有吗？”

青樱点头说：“有的，子息就是啊。我要是跟你修炼一段时间让他没法天天来找你讨论八脉法阵，回头我跟野昀找他下山帮忙，他肯定不愿意。”

“子息啊。”明栗略有几分感叹道，“他没这么小气的。”

“他最小气了，他比我还喜欢缠着你。”青樱随她坐起身，在旁边摇头晃脑哼声道，“我看他就是想独占师姐你。每次我拿跟师姐你相关的东西换他下山帮忙，他都会上钩，连师兄都用这招。”

明栗一愣：“我哥不会也……”

青樱说：“就是他先带头的！”

兄长在卖妹妹的事上一直很可以。

明栗问：“我哥最近又惹了什么事？”

“倒也没什么，就是四处找人比武，在武院会试时把好几个城郭的学生虐了个遍，最后被武监盟列入黑名单禁止参与武院会试。”青樱扒拉着手指头数着，“因为走荒野跟商匪结仇，被人从北边追杀到南边……哎，从北边追杀到南边啊！”

明栗不客气地笑出声来。

两人正因为兄长在外犯蠢的事笑得不停，当事人跟着陈昼来到了院外。陈昼象征性地敲了敲院前木桩，看着院里的两人说：“吃饭。”

明栗歪头看过去：“师兄，这个点儿就你没吃晚饭了。”

陈昼大手一挥：“那就吃宵夜，子息刚说他下厨。”

院里的两人立马起身。

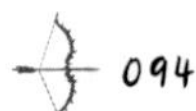

兄长问明栗："刚笑什么？"

明栗看他一眼，又忍不住笑起来，随后兄长一路都在跟她碎碎念自己被人从北边追杀到南边的黑历史。在漫长又短暂的一生里，明栗最喜欢且一心守护的不是天下苍生，而是这些普通的日常。

朝阳初升，晨光洒落点点在山巅丛林枝叶。鬼宿山上敲响晨钟，古老而清越的钟声传遍天地，甚至连山下的人都能听见。

之前还躺在地上呼呼大睡的学生们听见钟声一个个鲤鱼打挺坐起身来，开始收拾东西准备入山挑战。

千里打着哈欠起来朝鬼宿山上看去，听着钟声似有清泉自头顶倾泻，清洗了遍体污浊，化解了满身疲惫，让人瞬间精神起来。

这是南雀有名的静神钟，只在每日辰时响起，音脆又沉，可静心提神。它的声音在天地间回荡，令整个南雀七宗都能听见。就算不是南雀弟子也常有人掐点来此听钟声，以洗涤心胸，静心凝神。

在山下等待一夜的学生们开始朝入山挑战的公告牌处聚拢。

今日前来监管入山挑战的是南雀轸宿的弟子林枭。他生着一张老好人的脸，在带领其他弟子发放入山令时又耐心仔细地说明规则："内有四阶山阵，对应不同的挑战，只有全通者方能见到鬼宿山入口，亦即挑战成功。届时方能再次相见。"

入山令缠绕在每人的左手腕中，他们越过公告牌进入山中，便已身处山阵。

林枭又道："若是心有退意，只需捏碎入山令，立马就能出阵。"

入山的人很多，明栗视线所及皆是乌泱泱的人头。

第一阶：登山。

山中有一条通天大道，可容纳近千人，大道尽头有一座朱雀展翅石像，似要翱翔天际。

学生们挠头纳闷："这怎么走啊？"

"只有这一条路，往上走呗。"说完这话的人一脚踏上大道石阶，面不改色地朝上走去，其他人纷纷跟上，却有不少人刚走上第一阶就跪下去走不动。

千里与方回惊讶回头，发现有此状况的人不少，而明栗还没动作，在人群中安静看着尽头那尊朱雀石像。

“怎么了这是？”千里挠头。

明栗收回视线，扫了眼跪地流汗的人说：“第一关考查的是觉醒境，通道内有磅礴的星之力，会压迫五脉觉醒以下的人，使其难以行动。”五脉觉醒以上的人在通道内感觉不到半点压力，能够行走自如。以下的人却又是另一番感受，肩背上的压力让他们满头大汗，脚上似缠绕千斤石，挪动一步都艰难无比，要么无法前进，要么承受不住星之力的威压而难以站立导致跪下。

明栗走上台阶往高处而去，千里不时回头看后方的人：那些与他差不多年纪的少年一部分选择了退出，一部分咬牙坚持走着，却终究抗不过无形的星之力的压迫，接连跪倒躺下，目光中满是不甘心。

人与人之间的天赋差距在一片跪倒的少年与行走在高处的少年中体现得淋漓尽致。

林枭赶到鬼宿山门口时发现几位院长都已经在了。

轸宿院长和鬼宿院长正在看走在山道最前面的几人，坐在一旁细心点涂指甲的美艳女子问：“今日可有八脉觉醒的好苗子？”

“有。”鬼宿院长沉思道，“还不止一个。”

“哦？”翼宿院长李雁丝饶有兴趣地看过去，“几个？”

轸宿院长慢吞吞答：“三个。”

赶到师尊身旁的林枭听后惊讶抬首。

李雁丝开了重目脉朝山下看去，此时朱雀石像前已有三五人，其中就有第一个踏上石阶的少年。他一次也没有回头看过，到终点后啧了声，解下腰间系着的酒壶扬首咕噜咕噜地喝起来。

鬼宿院长说："他是其中一个。"

林枭立马调出此人在武监盟的登记信息："邱鸿，来自风雷武院。"

轸宿院长看向邱鸿左手边的少年，他正弯着腰，双手撑着膝盖气喘吁吁。与身边轻松登顶的其他人不同，他看起来可累惨了，满头是汗。他伸手拍打身边的邱鸿："好兄弟给我喝一口。"

邱鸿把葫芦给他，少年仰头就是狂喝，然后噗地一口全吐出来："大白天的喝什么酒啊你！"

"你不喝别浪费啊！"邱鸿心疼地将葫芦抢了回去。

林枭看着登记信息道："程敬白，来自丰和武院。"

"这小子……"李雁丝收回目光吹了吹指甲，"别人汗流浃背是碍于星之力压迫走不动，他登上朱雀台还气喘吁吁纯粹是体力不行。"

"最后一个。"轸宿院长看向还在往上走着的明栗，她一点也不着急，闲庭信步的姿态让后方一众不甘心的少年瞧着羡慕嫉妒恨。

李雁丝夸道："这小姑娘生得合我心意。"

林枭说："周栗，来自天才武院。"

鬼宿院长点点头："八脉觉醒，确实是天才，哈哈！"

无人应和他的冷笑话。

鬼宿院长假装无事发生地摸了摸胡子，忽然咦了声，惊讶道："还有一个。"

第四个是刚刚踩上台阶的少年，他背着背篓，里面放着各式各样的水果，健步如飞地往上跑去，边跑边喊："程敬白！你还欠我四块五！快点给钱！"

林枭飞快调出信息道："都兰珉，来自云州南雀分院。"

都兰珉因为跑得太快，还得躲避中途坚持往上爬的其他人，不小心撞倒了千里。千里刚稳住身形就听见都兰珉道："抱歉抱歉！"

转身又是另一副面孔："程敬白！"

千里愣了一瞬，道："昨晚卖水果的奸商！"

明栗看着刚才两人相撞后从背篓里掉出落在她手里的苹果陷入沉思。等走到朱雀台上后，她顺手把苹果扔回了都兰珉的背篓里。

看着下方吵闹的少年们，李雁丝满意地伸展五指晃了晃："今日没白来。"

朱雀台上的千里回首看去，只觉他们与下方挣扎不甘的少年们隔着无法跨越的距离，却不知其实台上看似胜利的人们之间，也有着一生都难以跨越的距离。

之前乌泱泱几百人，这会儿少了一半。

登上朱雀台的这一半人看向前方，这次朱雀石像在下边。

第二阶：下山。

大家这会儿多多少少都已经猜到了：第一关既然是考查觉醒，第二关多半是针对八脉满境。

千里来之前只是三脉满境，中途与蛇骷、灰蝎等人一战后成了四脉满境，之前受的伤也不亏。

可面临下山的石道他还是有些犹豫，因为南雀七宗的门槛绝对不仅是四脉满境，身边已经有先走上石道的人出现状况，被星之力压迫着跪倒在地，就算八脉觉醒，下山时只要在五脉满境以下都会感受到莫大的压力。

千里深吸一口气做足了准备后对明栗说："你先别走，我替你探探路。"

明栗只是单脉满境，走下去肯定更不容易。

千里这么想着，刚往前走了一步就感觉双肩有压力下沉，他皱起眉头，暗暗提升体术脉强化身躯，继续往前走去。刚走一步他回头对明栗说："这星之力——"

话未说完就见明栗面不改色地走过自己身旁，从她扬起的鬓发看不出半点压力。明栗每一步都走得很轻松，路过方回时还对他说了句"加油"。

千里愣了一下，这不合理吧！她不是单脉满境吗？为什么走得比我还顺利？

明栗在上山时就发现体内的朝圣之火对这磅礴的星之力有强烈反应，因为朝圣之火会无差别吞噬明栗体内的星之力，所以在下山时朝她汹涌而来的压迫全都被体内的朝圣之火吞噬。此时此刻全场走得最轻松的就属明栗一人。在其他人因为星之力压迫而减缓速度难以行动时，她却挺直腰背漫步到了最前方。

程敬白要往前走时被都兰珉抓着衣领喊给钱，两人被山阵中的星之力压制，一举一动都像是慢动作，在发现三两步轻松路过身旁的明栗时都瞪大了眼看过去。

邱鸿距离五脉满境仅差三重天，原本是走在最前面的人，却在短短的路途中气喘吁吁，忍不住撑着膝盖缓一缓。

当他用余光见到走过身旁的明栗时，他不禁愣住了。

明栗气息平稳，不喘不累，额上一点细汗也不见，就像是在自家后花园散步般随心所欲。

山门入口处的李雁丝看得沉默了一阵，而后问另外两人："她是单脉满境吧？"

鬼宿院长肯定地点头："是单脉，绝对没错。"

轸宿院长慢吞吞道："今年有点意思。"

相比其他顶着压力前行的人，明栗慢悠悠来到终点才回首看去。

落后些的邱鸿问她："你几脉满境？"

明栗大方道："单脉满境。"

邱鸿大受震惊："那你怎么走的啊？"

明栗愣了下，道："用脚走的啊。"

邱鸿朝明栗竖起了大拇指。他方才专心下山，来到终点已是满头大汗，没了星之力的压迫顿感轻松不少，于是再次解下腰间葫芦喝起来。

明栗在看千里与方回，两人虽然走得艰难，给点时间总能走到终点。

邱鸿喝完后问明栗：“你要吗？”

明栗闻到了酒味，很辣，会是她喜欢的，可她却摇头说：“谢了，不用。”

邱鸿被拒绝后挠了挠头，一时间想不到搭讪的法子，便直接问：“你只有单脉满境是怎么做到这么轻松通过的？”

明栗笑了下：“你问这么直接不太好吧？”

“我很好奇。”

明栗叹道：“不好说。”

“好吧。”邱鸿理解为这是别人的独门灵技，不能外传。

“我叫邱鸿。”他很快调整心态，开始好奇别的。

明栗念出这个名字已经越来越坦然了：“周栗。”

邱鸿又夸她：“了不起。”

明栗摇头：“小意思。”她堂堂北斗朝圣者，要是参加个南雀入山挑战都狼狈不已可怎么行，那太丢脸了。何况这种山阵在她眼里确实是小意思，邱鸿夸她反而让明栗觉得荒唐。

明栗不由得想到从前的自己，再看看如今，果真是没有对比就没有伤害。换作以前，她早强行攻入南雀把这里搅个天翻地覆来找人了。

明栗要自己耐心，冷静，先进入南雀再行动，继而又想到，南雀的朝圣者这会儿别在才好。

明栗在终点等千里与方回。方回走得最为艰难，被千里拖着往前走。

同样情况的还有程敬白与都兰珉。为了那四块五都兰珉死抓着程敬白不放，就差没整个人趴在他身上了。程敬白边走边骂：“你这不是犯规吗？赶紧给我松手！”

都兰珉也骂道："我这是合理追债！规则也没说不能扒拉你啊！你看旁边那么多扒拉人的！"

程敬白喘着气道："人家那叫互相扶持！"

两人你推我拉扭打在一块儿，最后滚倒在地互相叫骂着一直往终点滚去。

千里与方回刚到终点就虚脱倒地不起，眼神却往明栗身上看，无声询问她为什么能走那么快。

明栗说："很难解释，你俩还好吧？"

"就是体力过度消耗，得缓一缓。"千里扭头看方回，"他估计够呛。"

方回这会儿累得连话都不想说。

第二阶下山又将人数缩减了很多。不少人还在半途，即使跪倒在地，汗水滴落不停，还坚持着往前走。

好在入山挑战的时间很长，到明日辰时还未到达终点才算是失败。而像邱鸿那样早到的人，已经前往挑战最后两阶山阵了。

明栗在等千里与方回恢复，她走得太顺利，剩下的多数时间都在等待。

这会儿已经到了正午，日光有些许毒辣，也不知是不是身处山阵的原因，这光芒只觉得越晒越烈。

千里从地上坐起身擦着汗道："这不是春天吗？"

明栗想也没想道："山阵天气会随着考验变化，原本行走就困难，再加恶劣天气影响，也是考验心之脉与阴之脉的能力。"

千里道："哦……噢！"反应慢了一拍的他总算明白了明栗的意思，他挠了挠头，望着明栗欲言又止。

明栗挑眉道："说。"

千里站起身，朝她竖起拇指："天才！你好像什么都看一眼就知道了。"

明栗道："不是看一眼。"

千里忍不住捂眼别过头去。

等方回休息好后三人才继续出发。

明栗跟着指引往前走去，远远地就看见先动身的人们在前方站成一排，等走近后才发现前边是悬崖，云雾缭绕，深不见底。

第三阶：过崖。

两座山中间没有桥梁相接，只有散开悬浮的三个稻草人在左右摇晃，它们脑袋上贴着画有夸张嬉笑的表情的白色纸张，乍一看还挺惊悚。

在山门入口处观看的李雁丝问："那丑东西谁画的？"

鬼宿院长摸了摸胡子，用眼神跟她示意是身旁愣住的轸宿院长。

轸宿院长伤心地问自家弟子林枭："丑吗？"

林枭微笑道："不丑的。"

李雁丝轻咳一声转移话题，目光落在明栗身上，若有所思道："她只是单脉满境，要如何在三只替身灵的阻拦下过这悬崖？"

鬼宿院长欣赏道："我倒是很期待。"

此时在挑战过崖的是邱鸿。那三只替身灵的位置很巧妙，足以让挑战者从落点借力再前进从而顺利到达彼岸，关键是要用对方式。

这关考验的是年轻的挑战者们对八脉灵技异能的掌握程度。

邱鸿运气不好，以体术脉灵技飞跃到第一只替身灵前时遭遇了八目魔瞳。

那稻草人望着他，用它的双眼——纸缝后空荡荡的黑圈封印了他当前使用的星脉力量，让邱鸿从浮空状态坠落。

一只巨大的红翼朱雀鸟凭空飞出，接住了挑战失败坠崖的人，把他们带回岸上。

程敬白盘腿坐在崖边，摸着下巴道："这三只模样奇丑的替身灵还会八目魔瞳，有点难过。"

都兰珉踮脚往前看，惊讶道："长见识了，原来南雀还有这么丑的替身灵，我刚来还以为这关是要靠鬼脸吓退我呢！"

山上的林枭看了眼表情受伤的师尊轻轻摇头，看来这两人与他们轸宿院无缘了。

邱鸿落到地面站稳后活动了下脖颈，眼神专注，显然越战越勇。

千里说："我去试试！"

首先要想好如何从崖边飞跃到第一只替身灵身上，为此大家都选择了体术脉强化四肢能力。

比如此时的千里，就选用了体术脉高阶灵技天灵附身，在短暂的时间内获得了不同飞禽走兽的能力，强化了骨骼体能，变得身轻如燕。他足尖一点飞跃而起，配合疾风灵技冲刺，在灵技异能结束前落在了第一只替身灵身上。

成功了！千里还来不及高兴，就见第二只替身灵忽然分化出无数影子，让他分不清究竟哪只才是本体能够落脚。结果，他不幸踩中虚影坠落，被红翼朱雀鸟带回了岸上。

程敬白扭头对千里说："给你们后来的一个提示啊，那三只替身灵用的全是高阶灵技，八脉都有。"

千里十指交叉按压，干劲满满道："这关还要靠运气啊。"

程敬白手指邱鸿，对千里说："运气不好就像你跟他一样，才第一个就倒回来。"

邱鸿伸脚轻踢他："你别总是废话，自己也上去走一遭啊。"

"我还没缓过来呢！"程敬白说完扭头去看角落里的明栗，扬声道，"那边的天才！要不你走一遭啊？"

说完问邱鸿："对了，这天才叫什么名字？"

邱鸿说："周栗。"

程敬白喊道："周栗！"

站在悬崖边看风景的明栗这才转过头来，小小的脑袋上有着大大的问号。

程敬白指着悬崖对岸说："你要走一遭吗？我们都想看看这一关你会怎么做。"

明栗问："现在？"

程敬白点头。

明栗摇头道："现在过去了，我一个人在那边会很无聊。"

程敬白睁大了眼看向明栗，无声怀疑着这人究竟是在装还是真的有这么厉害。旁边的都兰珉也是听得一愣一愣。

对比之下千里跟方回倒是显得很淡定。再稀奇的事，见的次数多了人就不会惊讶了。

程敬白张了张嘴，说："我现在就想看天才你在对面无聊地望着我们，这种能刺激我奋发图强的羞辱我已经很久没体验过了。不要怕，大胆上，尽情羞辱我！"

明栗觉得或许在缺失了五年的时间后，她真的已经无法理解现在的少年人了。她回首看向对岸悬崖，脑子里有数百种过崖的方法。

虽然如今只有行气脉满境，但她又不是半点都不会其他星脉的灵技异能。她弯腰捡起崖边的几颗小石子，在其他人不明所以时甩手朝对岸悬崖飞出，小石子分化出无数实体相连如一根细绳。

阳之脉灵技虚化物，是一个借物可以真化假、以假化真的异能。虽然是中阶灵技，却非常难掌握，学好了堪比高阶，学不好就是垃圾。

明栗甩出的几颗小石子化出无数相同实体结为石子路，连接两岸，那三只替身灵也正巧拦在路中。

"虚化物。"邱鸿说。

都兰珉有点激动："不知道她踩上去后是虚幻还是真实。"

明栗却没有立即动身，而是抬手点出星线。她的手腕流动着黑色咒纹字符，她从中挑选了一些组成简单的护体星阵，又往里面塞了几个杀字诀。

“噢！”都兰珉拍着程敬白的肩膀，“有点意思，虚化物铺路不用着急落脚，八脉法阵护体放杀诀对抗替身灵，看这样子是准备以疾风冲刺，靠速度取胜。”

“都被你分析完了让我说啥？”程敬白嫌弃地挥开他拍肩膀的手，“不用你说我也看得出来！关键是她的虚化物是虚还是实，中途要是倒霉遇上八目魔瞳那可就……”

话还未说完明栗就动了，她踩着石子路掠影疾行到第一只替身灵前。

虚化物是真实的！

程敬白脑子里刚跳出这个想法，就见第一只替身灵转动双目盯着明栗。

倒霉！是八目魔瞳！

程敬白以为明栗要被封印星脉掉下去，却惊觉她以快过替身灵八目魔瞳封印的速度，冲刺到了第二只替身灵前。

都兰珉更加用力地拍程敬白的肩膀：“哇！”

八脉法阵护体且加速，再叠加体术脉灵技疾风，明栗踩着石子路掠影，人们眼中只剩下道道残影。以此速度经过两只替身灵时，阵中杀诀爆发，替身灵根本拦不住。

等人们反应过来时，明栗已经到了对岸。她回首看去，招手间撤去虚化物，那三两颗小石子跌落在她掌心。

对岸的人们齐声道：“哇！”

程敬白震惊道：“她竟然真的成功了！”

有人还不明白刚才怎么回事，纳闷儿地问：“第一只不是八目魔瞳吗？怎么她没被封印星脉啊？”

千里解释道：“没仔细看吧，因为她的速度快过了八目魔瞳封印的速度啊。”说完朝对面悬崖边的明栗招招手，不知为何心中激动不已。

山上的鬼宿院长忍不住感叹道："这小姑娘，不仅有天赋，还很聪明。"

李雁丝抬首道："你俩别跟我抢啊。"

轸宿院长摇头："那不可能。"

李雁丝嘲笑道："就凭你那画技。"

轸宿院长大惊："我画技怎么了！林枭，为师画技如何？"

林枭面不改色道："师尊的画技甚好。"

明栗在崖边无聊地看着对岸的千里等人试图过来，但总是状况百出中途跌落，她等得无聊后，便给千里打了个手势，告诉他自己要先去前边探路。

幽静的山林道中只有她一个人，走过一段崎岖的山路后，她总算是看见了人影。

前方是宽阔的河道，水流很浅，只能没过脚背，河道中矗立着数十根木桩，桩上或站或坐着八名南雀守山弟子。

其中一名女弟子从木桩上站起身道："哎，来人了。"

"这么快？"有人惊讶道。

"就一个？"

"今天这么早就有人走到这儿了？"

八名守山弟子嘀嘀咕咕，好奇地朝岸边的明栗看去。

"这是最后一关了。"女弟子水佩扬声道，"你只要将我们从木桩上击落就算过关。挑战次数不限，但也并非要你挑战所有人，而是让你按照自己满境几脉来选择人数。"

明栗一愣："挑战人数对应满境星脉的数量吗？"

水佩点头道："没错，倘若是五脉满境，那就是挑战五人。"

明栗眨眨眼，举手说："我是单脉满境。"

"你再说一遍？"守山弟子们震惊地看着明栗。

明栗又说了一遍："我是单脉满境。"

“不可能吧！”有弟子惊呼出声，“你单脉满境根本走不到这儿啊！”

明栗遗憾道：“我确实是。”

单脉满境这种事，她也不想的啊。

“等等，我先问问院长。”水佩刚要召唤红翼朱雀鸟，却见它已经从虚空飞出落在自己肩上，带来鬼宿院长的回答。

水佩目瞪口呆，在同伴的催促下迟疑道：“院长说……她确实是单脉满境。”

河道寂静片刻，有弟子颤声问明栗：“你、你要挑战哪条星脉？”

明栗说：“行气脉吧。”

其他人看向水佩，水佩摸了摸鼻子道：“那么你挑战的对象是我。”

另外几名弟子看向明栗的目光更加难以置信，单脉满境，还是较为弱势的行气脉，却能通过前三关，最早来到第四关，也许是侥幸？不过这样的想法在明栗纵身来到木桩上，仅靠行气字诀束音就将水佩炸飞落水后彻底粉碎。

水佩抬首看站在木桩上的明栗时面色恍惚。

大家一致觉得：今年的新人里出了个怪物。

明栗只觉得自己像在欺负小孩子，看着掉下去的水佩还有些不好意思，刚张口要问对方是否有事就被传出了山阵。

眼前景色倒转，河道木桩消失，她正站在青松掩映的鬼宿山门口平台的石阶下。一转身，她就看见了后方的鬼宿院长几人。

林枭上前笑道：“恭喜你。”

明栗微怔，一时竟不知道说什么。

鬼宿院长刚站起身，正要对这位天赋之才说点什么，却听一道温和清悦的嗓音传来：“师尊。”

后方山门内走出一名身形高挑的女子，她未着门服，一袭水蓝长裙衬得她端庄优雅，腰系长剑，手拿黑皮信封朝坐在桌边的李雁丝走来。

明栗微微抬首，眸光中倒映着女人温顺的姿容。这张脸与她记忆中的师妹一模一样，只不过这人右眼尾多了一颗细小的泪痣，告诉她这不是青樱。

第6章 七星令碎

李雁丝回头看去，见到来人有点儿惊讶。

江盈上前朝旁边两位院长垂首致礼，恭敬地将手中黑皮信封递给李雁丝道："这是您之前从武监盟那边调取的黑卷。"

"哦，差点儿把这事忘记了。"李雁丝伸手接过。

鬼宿院长问："你调黑卷做什么？"

李雁丝道："有点儿事。"

江盈见她收下黑卷后说："那弟子告退。"

"哎，今天入山挑战有不少好苗子，你也陪我一起看看吧。"李雁丝叫住她，朝前边的明栗抬抬下巴，笑得妖娆，"你帮我看看，要怎么说服那漂亮的小姑娘加入我翼宿院？"

江盈略显惊讶地朝明栗看去。

轸宿院长咳嗽一声，给站在明栗身旁的林枭使眼色，示意他先下手为强。

林枭还未开口，明栗已上前一步道："我选翼宿院。"

还没来得及有任何动作的鬼宿院长震惊出声："什么？"

李雁丝也是一愣，没想到对这小天才的争抢还没开始就结束了，而她还是最大赢家。她饶有兴味道："你看上我翼宿院哪一点？"

明栗瞥了眼同样好奇的江盈，垂首道："这位师姐长得很漂亮，您也是，我喜欢长得好看的人。”

这话让李雁丝与江盈都忍不住笑出声来，温和地注视着刚入山的新人。

李雁丝哈哈笑着朝明栗招手：“来，过来，你这可没选错，论长得好看这种事我们翼宿院可还没输过。”

鬼宿院长跟轸宿院长在旁看着都快气死了：“给其他院留点儿女弟子吧你！”

李雁丝笑容慈爱地看着走上前来的明栗：“这是你同院师姐，江盈。”转头对两位院长又是一副狰狞面孔：“说得我翼宿没男弟子似的！凡事别总想着靠别人让你，自己努努力啊！”

鬼宿院长气得不断摸胡子，轸宿院长已经扭头吩咐林枭面对下一个八脉觉醒的好苗子下手要快，可不能再让翼宿院抢走。

三位院长依旧观察着剩下的挑战者们，彼此点评着。李雁丝偶尔也会跟明栗搭话，大多数时候都是她问明栗答，期间江盈也开口说过几次，说着说着，话题倒是落在了江盈身上。

轸宿院长慢吞吞道：“听说元西前几日向江家提亲了？”

李雁丝扭头问江盈：“你们的婚期定在什么时候？”

江盈有些不好意思地笑道：“这事还未定下。”

“还没定？”鬼宿院长惊讶道，“是你不愿意嫁还是江家不愿意？”

没等江盈回答，轸宿院长也惊讶道：“求婚的可是咱们南雀少主，江家这也不愿意？”

对方可不只是超级宗门的少主，还是南雀朝圣者的亲弟弟，这门婚事还是崔元西自己主动争取的，换了谁也不会觉得有意外发生。

江盈垂眸道：“我还想在修行上多多努力，元西他……太好了，我想更配得上他一些。”

李雁丝轻咳一声：“你俩感情和睦就好，既然不着急婚事，专心修炼也不是坏事。”

鬼宿院长摸着胡子没说话。

李雁丝瞪了眼开这个话头的轸宿院长，轸宿院长假装没看到地转过头去。

明栗与林枭在旁安静听着，只不过明栗始终注意着江盈的一举一动，很快就发觉她从气质、仪态到气息都与自己师妹青樱不同。

青樱富有朝气，灵动，活泼，还有些小性子，爱撒娇缠人，但关键时刻会显得沉稳靠谱，眼前的江盈眉目温婉，举止优雅，有世家小姐富养的贵气与从容。彼此截然相反，却有着相同的一张脸，如果不是江无月手上的银镯以及她和江盈的关系，明栗也只会认为是江盈与师妹长得像而已，就算现在她也觉得眼前的人不是师妹，她也想弄清楚银镯为何出现在南边。

在几位院长谈笑间，不少新人完成入山挑战被传出山阵来到了山门口。在日落时分，明栗瞧见千里被传到了山门前。他累得够呛，差点没站稳，是身边的都兰珉拉了他一把。

千里低头道了声谢，在人群里找明栗，都兰珉给他指了个方向："你们院的天才在那边呢！"他扭头顺着指引看过去，却一眼被明栗身边同李雁丝谈话的江盈吸引。

千里忍不住想起十年前在江氏面前救下他与娘亲的北斗弟子，她与眼前的这人虽气质截然不同，可长相却诡异地相似。若不是知道北斗的弟子绝无可能出现在这儿，他都要喊出一句"恩人姐姐"了。

千里忽然想起明栗之前问的"江无月的姐姐"，顿时福至心灵地去看明栗，发现她正跟身边的邱鸿说着话。

邱鸿在问明栗："你选的哪个院啊？"

明栗指了指李雁丝："翼宿院。"

"哦。"邱鸿叹气，"不同院。"

"你要加油。"

"你也是。"

走过来的千里觉得这两个人完全不会聊天啊。

千里给明栗使眼色，明栗问他："方回过得来吗？"

"他可以的，只是要慢一些。"千里示意她去远一点的地方谈，"最后一关是根据满境星脉数来选择，你该不会只需要选一个对手吧？"

明栗点头："单脉满境当然只能选一个。"

千里无语道："听起来你还挺遗憾啊。"

明栗眨了下眼。千里刚要跟她说恩人姐姐的事，却被林枭抓住了衣裳。对方说："先把入院申请填了吧。"

对了，得赶紧成为南雀弟子。千里停住脚步回头去填入院申请。他也问了明栗在哪个院，明栗说："翼宿。"

"啊？"千里挠挠头，表情为难道，"可是我选的不是翼宿院，而是井宿院。"

明栗说："按照你自己喜欢的来。"反正她来南雀又不是为了听课修行。

林枭微笑道："我们轸宿院也很不错。"

千里低头"刷刷"写下了井宿院的名字。

入山挑战成功的人说少不少，说多也不多，跟在第一关时的人数比起来少了许多，可单看成功的一百多人又不算太少。

新人的入院申请很快被统计好分发给南雀七宗。今晚这批新人留在鬼宿山新舍，明日就会各自分开去不同的院系。此时长桌上摆满了食物，新人们各自谈笑庆祝着，气氛倒是热闹。

明栗捧着碗米酒慢吞吞喝着，她选的位置比较偏僻，周围没什么人。

千里找了好一会儿才找到她，端着碗过来坐下说："怎么不去那桌？那边吃的多一些。"

明栗摇摇头，问："方回呢？"

“他已经回宿舍休息了，说没力气。”千里说完才想起恩人姐姐的事，忙道，“对了！之前你旁边那个，长得很漂亮的师姐也是翼宿院的吗？”

明栗歪头看他，带着点深意问：“你认识？”

千里点点头：“说认识也不对，之前我不是跟你说过江氏来找麻烦的时候，有两名北斗弟子帮我们的忙吗？其中一个男弟子给了我七星令，另一个女弟子跟我娘好像认识，但这不是重点，重点是今天你身边那位师姐……”他还特意停顿了一下，满脸严肃地酝酿重点，“跟那位北斗女弟子长得几乎一模一样！”

明栗问：“一模一样？”

千里重重地点头：“没错！”

明栗捧着碗小口喝着米酒说：“过了这么久，会不会是你记错了？”

“不可能！”千里斩钉截铁道，“我绝对不会忘记那两人的长相，我连她俩的区别只是眼角有没有痣都记得清清楚楚！”

明栗放下酒碗，食指在桌上轻敲一下，低声道：“她是江盈。”

“什么！”千里因为过于震惊拍桌而起，把桌对面端着碗提着酒走来的邱鸿一行人都给吓住了。

都兰珉惊道：“什么什么？”

程敬白大大咧咧地在桌旁坐下，将端来的几碗肉给明栗递去：“天才你怎么一个人躲在这呢？看你瘦得，快吃些肉补一补。”

邱鸿也给她端了几碗吃食来，还递了一壶酒，还没开口请人喝就被程敬白与都兰珉齐齐推开：“大半夜给女孩子递酒什么意思？”

千里重新坐下，没好气道：“你们过来干什么？”

“我？”程敬白指了指自己，老实说，“我填完入院申请才知道翼宿院女弟子最多，所以过来跟天才搞好关系，以后好去翼宿院串门。”

众人一时间竟不知道该说他厚脸皮还是老实。

邱鸿坐下看着明栗说：“你是这批新人里最强的那个，我想跟你打一场试试。”

千里欣慰道：“这还算正常，那你呢？”他看向都兰珉。

都兰珉靠着椅背说：“他们都来啦，我也来凑凑热闹啊！”

千里说：“只要你不是来卖东西的就行。”

明栗对邱鸿的提议摇头：“不想打。”

“好吧。”邱鸿遗憾道。

程敬白满眼期待地看着她，明栗也老实道：“我在翼宿院只认识一个江盈师姐，就今天跟院长站一起那位。”

程敬白夸道：“很漂亮！”

明栗不经意道：“但是听说她与南雀的少主有婚约了。”

程敬白一脸震惊，邱鸿举手说：“之前我在外边看见过这位师姐跟人逛绣衣阁，是去拿定制的嫁衣。”

都兰珉仰首去看邱鸿：“你还有钱逛绣衣阁？”

邱鸿道：“有。”

“南雀少主，这谁抢得过？”程敬白摇头，“咱们南雀的朝圣者可是他亲姐姐哪！整个南边都没人敢阻挠这门婚事。”

南雀朝圣者崔瑶岑，在明栗破境之前是通古大陆六大至尊强者中唯一的女子，也是最年轻的，直到明栗十六岁破境，打破了她的性别唯一，也刷新了最年轻至尊强者的纪录。

明栗对崔瑶岑的印象是强势，好胜，唯我独尊。她追求最强最好，因而便把各方面都比自己强的明栗当成了眼中钉。

从前，崔瑶岑曾当着明栗的面嘲讽她只不过是过于幸运才达到如今的境界。

七脉先天满境，这样的幸运确实是千万里挑一。其实明栗没少听过这种嘲讽，在她还未成为朝圣者时就有人这么说她。不管是善意还是恶意，在北斗时都不用她动手，师兄师妹就先冲上去跟对方争辩扭打了。

有次明栗去兄长屋里找八脉灵技相关记录，青樱忽然披头散发地冲进来怒道："野哟！南边来的那些臭东西竟然敢骂我师姐破境是靠运气，我还打不过！快跟我一起去……欸？师姐你怎么……"

原本跟她一起找书的兄长朝青樱走去："人在哪？"

青樱从小就明白一个道理——如果自己解决不了一件事，那就不要硬撑，赶紧去找师兄师姐，无论多么困难的事，只要有师兄师姐在就一定会解决。

程敬白感叹这门婚事没人敢反对时，都兰珉忽然问道："不过这个江姓是朱雀州王的江氏吗？"

明栗说："是。"

千里惆怅道："江氏与南雀七宗联姻，可怕。"

程敬白摸着下巴道："这么一说，那南边可真就是江氏一家独大了。"

"南雀本身就是超级宗门，在四大宗门里如今也算排首位。可惜当年的北斗……"邱鸿感叹道，"要是北斗的朝圣者没有陨落，或许现在就不一样了。"

明栗单手支着下巴说："是啊。"

"要说起来，如今南雀跟北斗关系不好，但北斗的朝圣者在南边的口碑却意外地好。"程敬白也感叹道，"看来大家讨厌的是北斗，而不是朝圣者，这就是至尊强者的魅力吗？"

千里若有所思道："还有一部分原因是听说她在北斗过得不好吧。"

"啊？"这是明栗这么长时间以来第一次露出震惊的表情，"她在北斗过得不好吗？"

"我也听说过。"都兰珉举手道，"说是北斗的人对她不好，堂堂朝圣者，却被自家宗门的人排斥诋毁，南边的人当然对她怜爱，顺带看不起北斗。"

程敬白点着头说："我之前在武院里就听说过，说北斗那边的弟子们因为嫉妒她，经常在私下阴阳怪气地说她能破境成为朝圣者是因为幸运。”

明栗不解地看过去，这不是你们南边朝圣者先说的吗？

“我还听说她的师兄经常骂她，和她关系很差，这师兄为人也是傲慢得很。”

千里挠挠头：“不过我觉得不太可能吧……”

毕竟她当年可是为了自家师弟师妹自千里之外射出一箭来救场，这样的人不像是跟师门关系不好。

不过这话他憋在心里没说出来。

邱鸿也举手道：“我也听说过一些的，说是她师弟在某次比试中完全不给面子伤了她。”

剩下四人齐声道：“离谱！”

明栗忍了忍，问：“这些都是谁说的？”

另外四人却齐声摇头道：“不知道啊。”

都是听说，传着传着就成了尽人皆知，但源头是谁却早已不知。

南方的人们只知道北斗的朝圣者过得不好，而且全都是北斗的错。

明栗伸手捏了捏鼻梁，最后还是没忍住气笑了。她抬首眨了眨眼，笑道：“还有些什么？继续说，我挺好奇。”

南雀，井宿院。

身披白袍的井宿院长跪坐在檐下，听夜里虫鸣静心煮茶，因为体弱，不时会掩嘴咳嗽几声。

有弟子在外提醒：“师尊，崔少主来了。”

“让他进来吧。”鱼眉轻声说。

屋门发出响动，昏黄的光亮从外照进。进来的人身着金衣，玉冠束发，步伐沉稳，不急不缓地走过屋庭来到檐下。

鱼眉正在垂首挑拣茶叶，听着脚步声轻柔道：“少主的来意我已知晓，赵家那个孩子不会被我井宿录取。”

崔元西停在茶桌边，高大的身躯投下的阴影倒映在屋门上，他低哑嗓音道："那就多谢鱼院长了。"

"少主倒是比江氏更上心江家的事呢。"鱼眉笑道，"是因为与江氏婚事将近？"

崔元西淡声道："江氏在南边的实力不容小觑。"

鱼眉略显惊讶道："难道我南雀很差？"

"江赵两家恩怨，我们不插手最好。"崔元西说完略一垂首致意，便转身离去。

鱼眉望着空荡荡的屋廊，良久后轻轻摇头，掌心翻转，一只小小的红翼朱雀鸟从虚空飞出，展翅离去。

夜已深，南雀部分地方灯火依旧明亮。

崔元西路过翼宿院时在山门口顿了顿，却未进去，而是继续往前走着。他走过崎岖的山石路，步步登高，来到山巅。

山上萤火飞舞，屋檐下栽种着几棵樱树。此时正值春季，垂枝樱条缀满了粉白花朵，部分搭在了檐上，也有些许落在了窗前。

崔元西目光轻慢地掠过那几棵樱树，走到屋前。随着他的进入，移门自动分开，烛火一盏盏亮起，照亮了昏暗的房间。他习惯地第一眼朝坐在床边的女人看去。

那女子着青衣，安静地坐在床边，烛光映照在她白嫩的肌肤上，烛火摇曳在她黑沉空洞的眼眸里，却驱散不了她眼中轻薄的雾气。她与江盈有着一样的相貌，却比江盈的肌肤更白，似陶瓷的白，没有丝毫血色，却有着陶瓷的光泽，甚至还有着陶瓷碎裂后修补起来的裂痕，完全就是一个陶瓷美人。

崔元西依窗站着，目光沉沉地看着她，低声说："去把衣服换上。"

陶瓷美人面无表情，目光空洞无神，只会按照崔元西给出的指令行动。她褪下衣衫，整个身躯都布满了缝补的裂缝，接着拿起放在床上的鲜红嫁衣，花了好些时间才穿好，随后转过身来面向崔元西。

屋外粉白的樱花随风晃动，落下几朵在窗台。

烛火因夜风而摇曳，嫁衣上的金饰光芒熠熠，衬着这具身躯的毫无血色的白。

“你以前救下的赵家小子，如今来到了南雀。”崔元西扭头看向窗外，以这里的高度，站在窗边就能瞧见整个朱雀州灯火长龙的夜景，“南雀来了见过你的人，让我有些不放心。”

崔元西转回头来，目光灼灼地盯着她，视线落在那他亲自涂抹的艳红的唇上，喉结滚动一瞬，道：“吻我。”

陶瓷美人踮起脚，如他所愿。

明栗听他们讲北斗朝圣者的八卦听到半夜，等大家都累了散去后才回宿舍。坐在床边想想她还是觉得可笑，甚至忍不住笑出声来，眼中却无甚笑意。

现在想追究是谁在散布流言已经没用，南边不少人至今还信以为真。难怪南雀对北斗态度如此差，只怕就算南雀光天化日下欺负北斗也没人说什么，在部分看客眼中，或许还会觉得南雀是在给明栗出气。

明栗躺下目光怔怔地望着屋顶，师妹真的死了吗？师兄亲眼看见，还因为伤重而失忆了。那师弟又在哪儿？喜欢在外边流浪的兄长是否安好？她折起手臂遮住眼，忍不住皱起眉头，心中懊悔自己当初在北境鬼原为何不再认真谨慎些，为什么还不够强。

为什么会失败？如果她没有因为重伤陷入假死，她一定不会让师妹死在鬼原，不会让师兄伤成那样，不会让人把镇宗之宝抢走还杀了宗门的院长，也不会……让师弟下落不明。也许没有消息就是好消息，可没有消息也是最让人担心的。

明栗在自责中陷入浅眠，却觉意识沉重，在无尽的黑暗中经历着下坠感。

耳边是呼啸的风声，鼻息间有北境鬼原烈火燃烧草木的气味，隐隐约约中还夹杂着铁链碰撞的声响。这声音是她熟悉的，在数次噩梦中听见的，束缚着师弟的铁链发出的。

燃烧的烈火如吞噬画卷般驱散了黑暗，将周遭景物呈现。

明栗努力记住眼前的一切，石阶、碎块、血痕……却又与上一次的梦境不同：原本被铁链束缚在石台中央的人不见了，而石台被浓稠的血浸染成深色，枯骨与碎肉层层相叠着往上堆积成一座小山。飘荡的黑色雾影似扭曲的人形，随着风声哀嚎或怒吼。明栗似成为它们中的一员，却又不似它们一样癫狂，而是安安静静地围绕石台寻找着。

明栗最近修行提升了阴之脉，已经能够在梦中保持自我的意识，与做梦的“她”分裂出独立的一个“我”。她化形为雾影，试图找到梦中被束缚的师弟。

在如此炼狱之景中，她听见铁链声响自身后而来，同时响起的还有男人的嘲笑声：“找我吗？”

明栗刚要回首看去却被惊醒，她猛地从床上坐起身看向门外，敲门的是方回。

明栗蹙眉，调整心态上前开门，方回也没有含糊，直接道出重点：“法阵被破了。”

他俩精心配合的蜃楼海，足够困住江无月等人十日，可这才过了一天就被人破了。就算是江家人来找江无月也不会知道她被困在蜃楼海里，如果不是南雀七宗院长级别的人刚巧路过那儿，是不会发现端倪的。

明栗也不觉得困在阵里的人有谁能在这么短的时间内破阵出来。

方回眼皮一跳，又道：“千里也不见了。”

这才是他深夜来敲门的原因。

“江氏？”明栗问。

方回秒懂她的意思，摇头道：“我对江氏的战力不清楚，不知道有没有人能从外破除法阵。”

“千里跟你一间房？”

方回点头道：“我睡着了，因为法阵破了才醒，没看见他人。”

也就是说蜃楼海被破的事才刚发生。

可千里为什么……

明栗与方回各自找了一圈，没瞧见人，想要出鬼宿新舍却被告知没有通行令不能外出。

方回沉着脸道：“也许是用了八脉法阵把人带走的。”

能在南雀用八脉法阵把人悄无声息地传走的只能是南雀的人。

明栗不由得想起昨日在鬼宿山门江盈离开时特意看了眼千里。

千里是青樱唯一的族人，明栗不会放任他被江氏抓去。她想，就算是靠八脉法阵将人从南雀转出，也只能是转出南雀，不会直接传送到江家。

方回说：“得想办法绕过山门监管才能出去……”话还没说完，就见明栗纵身掠影到二楼，凭着酒味找到邱鸿住的房间，抬手敲门喊道：“邱鸿。”

来开门的邱鸿睡眼惺忪，头上还戴着顶三角睡帽。勉强看清眼前的人后他问：“怎么了？”

明栗说：“来打一场吧。”

“啊？”邱鸿揉着眼睛，看起来迷糊，反应却快，“好。”

邱鸿一提到打架就瞬间清醒，身体后仰避开明栗的一字气诀，却见一簇火自身后燃烧。他面上闪过惊讶之色，完全没想到明栗竟然会放火。

可明栗完全没有要停止的意思，出招又快，逼得邱鸿不断反应闪躲。她的火诀却甩得到处都是，最先燃烧起来的是邱鸿的房间。

都兰珉还在里面呼呼大睡，忽然被烫醒，惊叫一声从床上跳起身往外窜："邱鸿你……"他赤脚来到走廊，发现邱鸿正跟明栗打得有来有回。明栗借八脉法阵点出的火阵在邱鸿蓄满星之力的暴力一拳下直接炸开，星火飞射四溅，很快蔓延整个新舍。

隔壁的程敬白披着上衣从燃烧的房间里跑出来，骂道："你俩要想谋杀所有人就低调点！"

"怎么烧起来了？！"

"别睡了快醒醒！失火了！你头发快被烧没了。快起来！"

"还看他俩打啥，赶紧跑吧！"

"都不想睡是吧！那都别睡了！"

有脾气暴躁的青年加入战局，混乱蔓延之下不少人也动起手来。他们也不知道是谁先动手的，只知道自己被打了就要打回去，也不管是谁打的，反正能打到谁就是谁。

鬼宿新舍失火烧起来了，守山弟子纷纷赶过来救火。他们原以为这帮新人会积极救火，到场一看打作一团的新人们差点没晕过去，为此还惊动了鬼宿院长。他老人家看着被烧没一半的新舍大楼痛心疾首，将失火时还在打架的新人通通赶去山下睡地铺。他点明了是要失火时还在打架的人自觉去山下，可由于语气过于凌厉，神色相当威严，吓得全部新人都去了。

鬼宿院长道："你们之中竟然没一个安分守己的！"

新人们吵吵闹闹地被赶出去，在守山弟子的监督下来到山下公告牌处，刚巧碰上正要回去的李雁丝。她驻足询问怎么回事，得知事情经过后大笑不已，伸手指向躲在后边的明栗："你打的谁？"

明栗指了指身边的邱鸿。

邱鸿擦了擦脸说："还没分胜负呢！"

明栗哦了声，大方道："你赢了。"

李雁丝摇头道："战斗要有始有终，不能轻易认输，不过今晚就别打了，日后有的是机会让你们……”

她忽然收声往后方山道看去，眉头微蹙着一改轻松的状态，变得严肃起来。

所有人都察觉到了山下的异样。

原本在道路两旁打地铺睡着的少年人也觉得有哪里不对劲。人们说话的杂音与夜里的虫鸣声都在这瞬间消停，万物静谧中，只有月下黑衣女子头顶金饰步摇轻晃的丁零脆响。

“这是……”有人倒吸一口凉气，忍不住伸手捂嘴，满眼震惊地看着走在山道上的黑衣女子。她面容姣好，可一双凤眼却极为凌厉强势，举手投足间似有天生高傲，走在人满为患的山道中如巡视领地的野兽。自黑衣女子身上散开的那股霸气与从容，让不少人激动不已。

今晚何其有幸，竟然能见到我南雀朝圣者！之前还吵闹不已的新人们这会儿都被崔瑶岑吸引，在对方强势的气魄下自觉收声屏息，个别过于激动的人还抬手捂嘴，或是直接埋头靠在同伴肩上。与这些激动的少年人不同，明栗在发现崔瑶岑现身山下的时候便退去邱鸿身后，借他高大的身躯遮挡前方的视线。

邱鸿倒是坦荡，神色好奇地朝这位至尊强者看去。

明栗都怕他会直接招手对崔瑶岑喊“我们打一架吧”。

她低垂着脑袋眨了下眼，崔瑶岑这时候从外回来，让明栗几乎可以肯定是她破了蜃楼海。

李雁丝对走到身边的崔瑶岑垂首道：“您回来了。”

崔瑶岑脚步不停，只懒散地应了声。她也没有关注来挑战入山的少年人或是已经入山的新人们，在她的眼中这些卑微弱小之人存在与否都无关紧要。

待崔瑶岑与李雁丝消失在众人视线范围内，安静的山道才重新变得热闹起来，所有人都忍不住分享刚才见到朝圣者的想法。

明栗与方回却在这份热闹中悄悄撤走。

半夜时分，雾气围绕在院外，就连藏在花丛里的虫鸣声也已经歇息。井宿院长鱼眉却没挪过位置，依旧在檐下煮茶。之前煮出来的茶没有一杯是她满意的，她便在如此遗憾中反复重来。

煮好的茶也没有浪费，全喂了来给她守夜的弟子。

弟子摸着圆滚滚的肚子哭笑不得："师尊，弟子真的喝不下了。"

鱼眉笑了笑，往屋门方向看去："人也该到了，你下去吧。"

守夜弟子连忙道谢退下，刚回到门口就见一道黑影越过她去了里边。

崔瑶岑优雅落座在鱼眉对面，听鱼眉端起茶壶说："新的茶水还未泡好。"

"你这爱挑剔的脾气何时才能改一改？"崔瑶岑淡声道，"急着找我回来所为何事？"

鱼眉轻轻咳嗽一声，收拢了些披着的大衣，提着茶壶往杯中倒水。细小的茶叶尖随水流转动，热气升腾，扑在她冰凉的鼻尖上让她感受到丝丝暖意。

"是有关少主的事。"鱼眉说，"赵家的孩子今日过了入山挑战，却被少主从鬼宿山转送去朱雀州，言谈间似乎是觉得江家的家族恩怨，比南雀的名声还要重要。"

崔瑶岑皱起眉头。

鱼眉温声软语道："这婚事还没定下，他却已如此为江氏考虑，是否有些心急了？"

崔瑶岑一言不发地起身。

鱼眉道："茶还未好，喝完再走吧。"

"明日。"崔瑶岑道。

鱼眉端起茶杯递至唇边抿了口，轻声叹息，又把茶水倒回壶里，神色平静道："明日可就没有这样的好茶了。"

崔瑶岑听了鱼眉的话便去找自家弟弟，却没在他的住所找到人，想起某个地方后，眼中怒意更甚。那处山巅是禁地，旁人不敢涉足，在蜿蜒的山道还有复杂法阵，常年浓雾遮掩。到了山巅处法阵又是不同，借有神武辅助定阵，必须由崔元西的血为引才能开启进入，否则就连朝圣者来了也没法强行破开。

崔瑶岑每次看见这法阵就来气，她瞬影落地在法阵外，沉声道："出来。"

站在屋门前的崔元西早有所觉，沉默着过去，刚到法阵外就被崔瑶岑扬手打了一巴掌。

"为了个女人，你这几年活得越来越糊涂！"崔瑶岑恨铁不成钢地看他，在崔元西抬手拭去嘴角血迹站直身子时又是一巴掌打去，"你既然想娶江盈，就把屋里的女人彻底埋了！"

崔元西目光阴冷道："不行。"

崔瑶岑冷笑道："崔元西，你该不会喜欢上一个没了神智的傀儡吧？"

崔元西低垂着头说："我是为了防止阿盈身子再出问题，所以才需要她。"

"我不管你究竟喜欢谁，都不允许你为了外人损害南雀的名声和利益。你给我清醒点，认清楚自己的身份。"崔瑶岑严厉道，"你是南雀的少主，江氏是什么东西？在整个南边以你我为尊，而不是他江氏说了算。"

崔元西沉默了一瞬，低声道："是我做错了。"

崔瑶岑这才收敛几分压迫的气势，视线越过他看了眼后方小屋，面带厌恶之色："你最好把这女人早些处理了，若是让北斗那只素爱护短的老狐狸知道，你将他的徒弟变成如此人不人鬼不鬼的模样，我看你到时候拿什么交代！"

崔元西神色阴郁没说话，袖中五指紧握成拳。

崔瑶岑却下了最后通牒："三日之内你最好有所行动，别逼我到时候亲自动手。"

崔元西却低着头说："姐，你可以指使我做任何事，唯独这件事不行。"

明栗离开鬼宿山，入朱雀州城内便与方回分开找人。

谁知千里没找着，倒是跟出了蜃楼海的江无月在无人的街道撞了个正着。

江无月身边不见蛇骷，只有两个普通仆人。见到明栗时江无月脸色微变，心中暗叫声"倒霉"，面上佯装镇定道："这可是朱雀州内，南雀山下，我大人有大量，今晚先放你一马，你还不赶紧走？"

"走？"明栗笑了声，慢步朝江无月走近，"我看是你更想走。"

江无月见状连连往后退去，正心生惧意时，忽然听见熟悉的声音自后方传来："无月。"

她双眼一亮，立马回头喊道："姐姐！"

明栗停下脚步，眸光明灭，看见自街道阴影中走出的江盈。

江盈身披黑色斗篷，缓缓摘下兜帽，目光温和地望向前方的明栗，意味深长道："周栗，之前听家妹无月说起过你。"

明栗瞥了眼有靠山后立马嘚瑟起来的江无月："没想到这会是江师姐的妹妹。"

"姐姐，这丑八怪之前竟然……"江无月刚要嚣张就被江盈以行气字诀封了嘴，她仍旧在看明栗，"若你深夜私自下山是为了找赵千里，不如放弃吧。"

"我若是不放弃呢？"

江盈却笑道："师尊很喜欢你，但愿你不会让她失望。"她示意江无月走了，江无月恨恨地瞪了眼明栗，不情不愿地跟着江盈离开。

江盈敢这么说，是因为在她的配合下千里已经被江氏的人控制。虽然千里在还熟睡的时候被传送出南雀，但他警觉性很强，几乎是刚落地就醒来并发觉了不对劲。在朱雀州城某个不知名的黑漆漆的街角，墙上墙下都是江氏的人，甚至出动了江氏的长老。那些上了年纪，看似瘦骨嶙峋的老者，却是镇守江氏的重要人物。

千里眼中倒映这些熟悉又陌生的人时瞳孔紧缩，还来不及调动星之力就被四面飞出的铁链刺穿血肉锁住四肢。他被穿透胸膛的铁链击飞，靠着墙噗地吐出一大口血。

血线连接正要施展天罗万象，却被正前方站着的灰蝎以八目魔瞳封印星脉力量。

对手配合默契，显然是有备而来，穿透他胸膛的铁链绕去脖颈以拴狗的方式拴着他，强迫他抬起头。脖子发出咔嗒的声响，剧痛让千里忍不住惨叫出声。

江氏大长老冷眼瞧着，哼道："就这么一个毛头小子，却要你们浪费如此久的时间，还得靠南雀出手帮忙。"其他人被说得脸色略显尴尬，其中被明栗反杀过的蛇骷与灰蝎最为难看。

千里在剧痛之中失去意识，没能瞧见他胸前散开的点点荧光。在铁链的撞击声中，被他放在胸前的七星令的碎裂声是那么微小。同样微小的荧光却呼唤着满天星辰，无形的星之力横扫天地。

朱雀州城中买卖红火的武器店内，正摇着蒲扇嗑着瓜子看客人讲价的老板忽然从躺椅上惊坐起身，随后忙不迭地转去后台。

在漆黑山野里安静摸瞎挖草药的人忽然"哇"了一声，连小刀背篓都没拿就已消失在树下。

某知名大酒楼一天十二时辰不关门，半夜也客源爆满，小二火急火燎地跑去后厨喊道："三号桌要青椒炒肉、土豆炒肉、笋丝炒肉，备注蛋汤不要加葱……咦？厨子人呢？刚还在的啊！"

在朱雀州城某酒楼内的付渊忙了好几日才刚睡下，迷迷糊糊道："附近有据点，缺我一个没事。"

安静片刻后突然起身："天啊！周子息！"

眨眼已不见人影。

远在南雀山巅的漆黑房内，安静坐在床边的美人眼中灰蒙蒙的雾气罕见地散了些。

望着江家姐妹离去的背影沉思是否要动手的明栗忽然回首望去，眸光微颤。

在那道黑漆漆的街墙下千里浑身是血，只剩下微弱的呼吸，双手无力地垂下，缠绕手腕的铁链敲打墙壁发出脆响，整个身体扑倒在地后宣告他已任人宰割。

江氏长老抬手漠然道："带走。"

灰蝎上前捡起穿透千里胸膛的那根铁链，刚刚捡起就见它被凌厉剑风斩断。铁链重重地摔落在地发出声响，惊得他抬眼看去，还未看清人影，剑刃已将他双目划伤。

江氏长老听见灰蝎惨叫后惊讶回首，却见千里身前与后方街墙上已换成了戴着黑白狐面的陌生人影，而他的手下中有几人就在他回首的短短一瞬内被干脆利落地割喉，连尸首落地也悄无声息。剩余的江家人齐齐聚拢在长老周围，神经紧绷，眼睛眨也不敢眨地盯着对面五名北斗弟子。

无形的压力自街墙处蔓延开来。

江氏长老不由自主地吞咽口水。那剑刃被缓缓抬起，在它的主人将刀剑对准自己时，江氏长老额角滑落一滴汗水。

"老头。"戴白色狐面持剑的青年冷声道，"就是你带人把我师弟伤成这样？"

江氏长老心中无比震惊，平时擅长情绪管理的人此时却藏不住眼中几分惧意。

这赵千里何时竟有了如此强大的靠山？

眼前的这些人他全都看不出是何境界，对方深藏不露，却又能在瞬息之间杀灭他数名手下，那些可都是最低六脉满境走江湖的熟手！甚至在灰蝎八目魔瞳期间以附有星之力的刀刃割伤了他的双眼，能快过他八目魔瞳速度的人绝不是什么泛泛之辈。

只是这些人为何……

“等等。”立在墙上的“黑狐面”突然咦了声，蹲下身指着浑身是血的千里说，“这谁？”

白狐面下的付渊扭头看去。“说什么胡话，这不是……”他低头看清倒在地上的人后陷入诡异的沉默片刻，“这谁啊？”

江氏长老飞快转动自己的脑瓜，试图分析现在是个什么情况，谨慎道：“他是朱雀州赵氏族人，赵千里。”

付渊问：“就他一个在这儿？”

江氏长老沉声道：“只有他一人。”

付渊持剑挑开千里的衣裳，看见七星令碎片后挥袖将其收走。残存的星线在他手中消散，是周子息专属的印记没错，看来他是把自己的七星令给这小子了。

站在墙上的“金狐面”小声道：“杀错人了怎么办？”

“黑狐面”挠了挠头，也小声道：“不慌，这么多人欺负一个小兄弟怎么看也不是好人。”

江氏长老察觉到不对劲，试探道：“几位，是否找错人了？”

付渊转身看回江氏长老道：“既然是他召唤的，我等赴约倒也不算是找错人。”

江氏长老脑子灵光一现，颤声道：“诸位可是……北斗的人？”

“金狐面”听后嘿笑一声。

江氏长老心中已有决定，盯着“白狐面”这个明显是领头的说：“赵氏与我江氏有不共戴天之仇。当年我江氏因神杀之箭而约定，将其流放至朱雀州最远的济丹，倘若他们在济丹苟且偷生，永不涉足济丹之外的世界就饶其性命。如今诸位也见到，是赵氏先毁约，从济丹来到了朱雀州城内。”

“我有印象。”“黑狐面”抱着剑说，“那是她拿神木弓射出的第一箭，确实是朝南边射出的。”

“既然是能让我师妹以神杀之箭和师弟七星令护下的人……”

付渊话还未说完，就听江氏长老道：“可她已经死了！”

话音刚落江氏长老就后悔了，本来因为下方之人不是周子息后显得有些散漫的狐面人在此时都看向了江氏长老，寂静中蔓延开的压迫感悄无声息地添了几分杀意。

江氏长老立马补救道：“我的意思是这份约定已经被赵氏打破！”

付渊轻嗤一声，抬手间随其他人一起将束缚千里四肢的铁链斩断还他自由，个头稍矮些的“红狐面”转身拿出药丹给千里喂下。

墙上的“黑狐面”语调不轻不重道：“很简单，那就再定一个新的约定。”

付渊持剑指着江氏长老：“新约定，若是没人能从我手里抢走他，天明之后，江氏退去济丹，不可涉足朱雀州城，如何？”

江家人听后齐齐变色，万万没想到对方竟然如此嚣张。

“你做梦！”有人咬牙切齿骂道，“说到底这是我南边的事，与你们北斗有何关系！”

“金狐面”嬉笑道：“凶什么嘛，我等应七星令赴约而来，怎么就跟我们没关系了？”

“他说得没错。”低沉的女声自上空而来，人还未到，压迫感十足的星之力却已布满这片街区。

江家人震惊抬首，没想到今晚这事竟把这位主儿也招来了！

崔瑶岑立在半空，俯瞰下方的北斗弟子，淡声道：“他是我南雀弟子，归我南雀看管，可容不得北斗的人插手。”她故意释放的星之力带着强势的攻击意识，震慑着下方所有人。只不过江氏的人忍不住颤抖着低下头或是弯了腰，而北斗的弟子依旧挺直腰背，抬首望着上空的南雀朝圣者。

“嘿。”“金狐面”感叹道，“这星之力……可真强啊。”

“黑狐面”说：“注意力集中点，谁要是被吓跪了当场逐出宗门。”

付渊抽空瞥了眼江氏的人，发现他们也被星之力震慑，甚至有些害怕崔瑶岑的到来，看来这小子今晚是不会落在江氏手里了，而且也真没想到这家伙竟然是南雀弟子。

晦气。

于是付渊收了剑，淡声道：“走了。”

一直没说话的“紫狐面”走时踩着千里而过，将之前喂给他的药丹踩出，“红狐面”屈指将其击碎。

既然是南雀的弟子，那就不配吃。

待走远后“金狐面”才后怕地挠了挠头，“黑狐面”问他：“怕了？怕了也当场逐出……”

“金狐面”指着红紫两人说：“我是怕他俩以后也这么对我！喂，我是去南雀卧底，不是真的南雀弟子，你俩懂得吧？不会像对那小子一样对我的吧？”

红紫两人酷酷地站在旁边没说话。

“金狐面”抓狂道：“你俩倒是说话呀！”

“黑狐面”无语地看着这三个幼稚同门。

付渊屈指弹了下“金狐面”面具的额头：“行了，赶紧滚回去，小心些，别被人发现了。”

“金狐面”说：“今年南雀的新人可不能小看啊，除我以外还有三个八脉觉醒，其中一个靠着单脉满境完成了入山挑战，不像天才，更像是个怪物。”

“这么厉害？”“黑狐面”有点儿惊讶，“单脉满境过南雀入山挑战。”

付渊也有点儿惊讶，指了指“金狐面”说：“趁还是新人，你想办法把人策反了。”

“金狐面”叹气道：“这可不容易，她跟刚才赵家那小子一路的。”说完回头对红紫两人指指点点：“你说你，给人吃就吃了呗，还让人吐出来！给他吃了好歹还能借此卖一波救命之恩的情分不是？”

付渊双手揽过红紫两人说：“做得好。”

红紫二人抬首朝“金狐面”挑衅地看去。

北斗的人走了，崔瑶岑才转眼看向江家长老。

江家长老没想到会引来这位大人物，额上的汗水越发密集。他上前一步朝崔瑶岑恭敬垂首道：“崔圣大人，这孩子是……”

“我刚才说的话你没听见？”崔瑶岑面带嘲笑，“怎么，我南雀弟子何时归江氏管了？”

江家长老感觉周遭星之力再次加强，压迫得他呼吸一滞。朝圣者就算什么都不做，只是静静地站在那儿看着你，释放的星之力就能令人承受不住跪地，乃至窒息而死。江家的人个个神经紧绷，试图运用八脉力量抵抗，却还是受不住，接连朝着崔瑶岑跪下。

长老咬牙说：“江氏不敢逾越。”

崔瑶岑冷哼声：“那就让他从哪来回哪去，你们带出来的人，也得负责给我带回去。”

长老感觉骨骼都在发出细微脆响，再撑下去必定是个死无全尸的结果，心中恐惧已大过家族荣誉，内心迫切地想立马答应她的要求，开口说话却无比艰难：“我等一定照办。”

崔瑶岑这才离去。

布满整个街道的星之力瞬间撤走。

跪在地上的江家人都松了口气，还有的忍不住大口喘息，仿佛刚从窒息状态回过神来。

江家长老撑着膝盖站起身，目光阴鸷，还以为与南雀联姻后，整个南边就他们江氏一家独大，能统领整个南境，可今夜崔瑶岑的所作所为已经表态：江氏妄想。

就算崔元西真的娶了江盈，江家也只能屈居南雀之下。有崔瑶岑的警告，江家不得不将到手的千里亲自送回南雀，这位朝圣者的意思很明显，就是在羞辱江氏。

今晚不仅什么都没有得到，还白白损失了数名人手，以及灰蝎的眼睛。他最拿得出手的就是八目魔瞳，能克制许多人，如今却被北斗的弟子一剑斩瞎。

江氏长老气得面色铁青，额角青筋鼓动，强忍着破口大骂的冲动指了指千里，咬牙切齿道："把他送回南雀。"

明栗在感知到周子息的七星令碎的时候就赶往出事地点，虽然知晓多半是千里身上那块，心底却还是抱有微小的期望。可她到的时机不巧，几乎是与崔瑶岑同时到达。

察觉到时明栗反应神速地藏在角落，只匆匆瞥了眼站在千里身前的"白狐面"。

赴七星令之约前往支援的弟子在不想暴露自己，或是因为有任务在身不方便暴露时，都会戴上狐面或是别的面具。

明栗知道朱雀州城内肯定有北斗弟子，却不知道都有谁，直到今晚瞧见这"白狐面"。

唯有天玑院大弟子，付渊师兄最为钟爱这白狐面。

付渊会出现在这儿，多半也是因为感应到周子息的七星令。

可明栗现在没法与之联系，一出手就会被崔瑶岑察觉。等崔瑶岑离去后，北斗弟子也早不知所终，但一想到朱雀州城内有靠谱的自家人，明栗多少有些安心。她跟在暗处看江家人将千里送回南雀。南雀山下早已有井宿院的弟子等待，千里出现后也没有将其放回新人堆里，而是直接带去井宿院，在鱼眉院长屋中治理伤势。

千里脸色惨白，血色难见，刺穿四肢骨肉的铁链还未清理出。

有弟子在旁为他清洗伤口和捣药敷药。

鱼眉站在床边看着千里轻声叹息，幸好还留了一命，否则可就对他娘亲失约了。

大徒弟轻声道:“师尊,你身体不好,先去歇息吧,这里有我们看着。”

鱼眉摇头，道 :“等他醒了再说。”

她去桌案边坐下，凝神静心，继续煮茶。

这一等就等到了天明。

第7章 地鬼初现

明栗中途通知了方回千里没事，已经被井宿院的人接走。她没说七星令碎的事，也没说看见了崔瑶岑，只道自己是半路看见江家的人带着千里回来。

方回疑惑道："江家抓到他怎么还会送回来？"

明栗说："或许是因为井宿院长，千里不是很有信心南雀不会把自己交给江家吗？"

方回这么一想觉得也对，毕竟千里毫不犹豫地就选择了井宿院。

两人在山外等到天亮。

静神钟的声音响彻天地，替人们洗掉一身疲劳，散去心中浊气。

南雀七宿的人来山门前领自家新弟子，一般这种事都由各院身份较高的弟子来做，或者直接让院里的大弟子执行。

翼宿这边来的人是江盈。

可明栗昨晚打听过，翼宿院的大弟子不是她。

翼宿院与轸宿院临近，跟在林枭身后的程敬白朝走在对面队伍中的明栗招手打招呼，明栗见对方热情又搞怪，便也招手回应了。

江盈在前边为新人们解释附近区域和道路，用余光瞥了眼落在后边的明栗。

翼宿这边十二名新人，就有八个是女孩子。

对于其余十一名新人，明栗没有一个认识的，她只是安静地走在队伍最后。虽说她来南雀不是为了学习修行，却又不可避免地要被安排这些。

江盈在前边说："师尊会在一个月内传授你们南雀入门灵技。每日辰时你们需要去南门朱雀台静修一个时辰，可洗练提纯星之力。七院之间平时没有设置禁令，可随时来往，若是有朋友在别的院彼此也能常走动。"

新人们瞬间被这话俘获了心，觉得这位师姐不仅温柔，还很善解人意。

翼宿院在南雀靠边缘的位置，却也是占地面积最大的，院内山水相连，整个逛一圈都得花上一天的时间。

每个院都有部分区域不对弟子开放。

有的是院长或宗门长老的主居，他们因不喜被打扰而下了禁令，也有的是宗门禁地或是危险区域，普通弟子误入可能会受伤丧命。

此时是春季，万物生长，可进入翼宿院的新人们却见满天飞雪。纵使地面青草新生、百花齐放，泛白的天空却下着鹅毛大雪，落在肌肤上带来透心儿凉的冷意。

不少人都被这反差的天气弄得一脸蒙。

江盈笑道："翼宿院有天然法阵，名叫四景，掌管四季使得翼宿冬暖夏凉。只不过存在的时间太长，不少外因使得它有所损坏，导致最近季节失常。不过放心，师尊正在修补。"

地面已有不少积雪，江盈在领着他们去翼宿院长主居的路上解释道："星之力无形却也无处不在。它存于天地，来自不灭的日月星辰，于是不仅人类，连草木鸟兽也能感知到星之力，师尊曾说就算是一颗石头也可以。"

"如此天地万物感应到星之力后，也会诞生许多奇景怪相，比如这天然法阵，自成一方天地，星线排列成千上万复杂交错，皆是在没有人为干预的情况下自然生成。”

像这样的天然法阵极其少见，无比珍贵，不少人都是第一次见，禁不住好奇地打量四周。

明栗却见得多了，因而只是在看脚下山路。

南雀的四景法阵覆盖范围很广，能力也很实用，确实不错，但他们北斗也有不少这样的法阵。比如玉衡院的天然法阵也是可以操纵四季天气，而院长经常更改。要是有弟子偷懒闯祸或者惹他生气，当天玉衡院就会电闪雷鸣，下起暴雨，雷声响得整个北斗都能听见。

大家已经习惯从玉衡院的天气来确定今日院长的心情。

自从玉衡院长去世后，玉衡院终日大雪，大仇一日不报，积雪便一日不化。

翼宿院中枢殿是掌管整个翼宿大小事务的地方，因此坐落在中心点最高处。殿外有一尊面向正南方展翅而飞的朱雀石像，石身和羽翼都点缀着鲜艳金红的色彩，活灵活现。

李雁丝也常在这里处理事务。此刻，她站在朱雀石像前，任风雪吹拂着衣发，再往后一步便会踩空掉下高楼，身后景色在风雪中变得缥缈，虚影重重。

李雁丝抬首凝望着眼前的朱雀石像，它双目有神，还有星光流转，仿佛真的是只神鸟落在她面前安静驻足，陪她赏天地落雪。

刚到中枢殿的江盈远远喊了声：“师尊。”

李雁丝这才扭头看过来。

明栗等人来到朱雀石像前站好，李雁丝依旧站在原地没动，含笑打量着他们，道：“很高兴你们选择翼宿院。这是我南雀圣物，朱雀之相。它于无形处护佑我南雀，是南边的天穹，容纳星辰万象，是不碎不落之景，永远高悬注视。”

明栗听得眼睫轻颤，不由得想起当年父亲引导她入北斗的一幕。

北斗有断星河，意为截断银河，天地倒悬，星辰落在如镜般平静光滑的水面，河水只能倒映出北斗弟子们的命星。一盏盏明亮的命星点亮水面，也照亮水下游动的黑龙石像。

它畅游星海，护佑每一颗命星。

当有人陨落时，其命星将落入黑龙身上成鳞。

明栗望着眼前的朱雀石像微微失神。

现在想来，她的命星应该成了一片龙鳞。

那如果师妹……

李雁丝抬首指向朱雀石像的双目："入我南雀，以朱雀双目烙印命星，生死皆是我南雀之魂。"

明栗在心里默念：爹，宗主，你们不要怪我！我只是来卧底找师妹和师弟，不是真的要加入南雀。她随着其他弟子一起伸手点出命星，以血为引。血珠混进命星飞入朱雀石像双目，让那双本就身神采奕奕的眼睛越发灵动有神，眼珠光泽璀璨，倒映着新弟子们的身影。

所有人都隐约听见了一声短促尖锐的凤鸟啼鸣声。

明栗感到有一股力量自朱雀石像落在她身上，转瞬即逝，她知道这代表着与南雀的命星契约已经生效。

李雁丝满意地颔首："那么，恭喜你们现在正式成为南雀弟子。"

"你们的师姐江盈应该说了最近的课程，到时候按时去签到参加就行。公告牌每日会刷新历练任务，奖励都还算丰厚，有时也会联合别的院一起。"

明栗在中枢殿前听李雁丝将南雀的宗门规矩讲了个遍，一直到正午时分才挥挥手说了声解散。

其他弟子都在谢天谢地，溜得很快，明栗刚要走就被李雁丝叫住："周栗，你过来。"

明栗只好过去。

已经走到前边的江盈回头看了眼。

李雁丝眯着眼打量明栗，问："你如今满境只有行气脉？"

明栗点头。

李雁丝又问："按照你的想法，现在最想修炼哪条星脉？"

明栗想也没想道："阴之脉。"

阴之脉掌管"自我"，是她能够在梦中寻找师弟信息的主要源头，如果修到满境，她多的是办法入梦直接找到师弟的所在。

只可惜她现在的阴之脉才一境，级别很低，能使用的灵技有限，还都是些对她无用的低阶灵技。

李雁丝有点意外："阴阳两脉属八脉中最难，你倒是很有野心。"

被"点破"想法后的明栗只是眨了下眼，不恼不怒，如此反应让李雁丝心中微叹，眼前的人她可是越看越喜欢。不知为何，她第一眼看见明栗就觉得这人很"干净"，无论是星之力、气质，还是眼眸，都干净得无可挑剔，就连她做事的反应和目前展现出来的行为也是如此。

若是深知明栗本性的陈昼知晓李雁丝的想法，他只会冷笑出声，看李雁丝的目光将变成欣赏又一个被善于伪装的师妹成功蛊惑的笨蛋。

明栗在李雁丝眼中就是颗未被雕琢过的纯洁无瑕的美玉，如今这美玉落在她手里，她必须将其认真雕琢。

李雁丝摆摆手道："晚点你来一趟主居，我看看你的阴之脉境界如何。"

"噢。"明栗点头致意后退走。

李雁丝望着她离去的背影陷入沉思，这徒弟哪里都好，就是让她感觉有那么一点……没把她当师父。

明栗离开中枢殿来到地面，做的第一件事就是去找弟子宿舍。院内宿舍环境很好，清幽雅静，还有个人独居房，价格也很美丽，她才发现南雀院内宿舍是要收费的。

明栗被拦在宿舍之外，负责管理宿舍的弟子不好意思地笑道："人已经满了，还请去院外新舍吧。"

院外新舍就跟昨晚住的鬼宿新舍一样，呈圆形高楼，共有六层高，一层将近三十多个房间相连，可容纳上百人。

新舍虽然不在七宗院内，却是在南雀范围内。

南雀之大，不比朱雀州城差。

明栗也没有多想，按照这人说的去找新舍，到新舍区后发现有许多黑色的高楼，附近还有不少弟子来往，其中有部分是新人。明栗正犹豫不知选哪座高楼，突然听见有人叫她的名字。

“周栗！天才！”

明栗扭头看去，发现程敬白揽着邱鸿的肩膀朝他招手，旁边还站着数钱的都兰珉。

几天之前还互不相识的少年们，在短时间内倒是熟得像几十年好友似的。

程敬白过来问：“你怎么也来住外院新舍啊？”

明栗说：“内院宿舍的管事说人满了。”

“满了？”程敬白愣道，“不可能啊，刚还有翼宿的人找这小子借钱住内院。”

明栗眨了下眼，没什么情绪起伏道：“噢。”

程敬白：“？”

噢啥，你没有意识到问题的严重性啊。

都兰珉数着钱头也不抬道：“我说什么来着，她之前出那么大风头肯定会遭人嫉妒针对，你看吧！翼宿都不让她住内院，要赶她出来住新舍。”

程敬白同情地看着明栗，被针对了还不知道，看到她这副懵懂的样子人家肯定更想欺负她了。

明栗问：“那你们也是被针对才来的新舍？”

邱鸿挥开程敬白揽在肩上的手说：“我喜欢热闹。”

程敬白挑眉道：“这你就不懂了，我肯定不是因为没钱住内院，也不是因为喜欢热闹，而是因为新舍的人比内院多得多。人多的地方，获得的信息当然比人少的地方要多，而且五花八门，什么都有。”

明栗心中微动：“比如说？”

程敬白摸着下巴道：“比如说某某师兄同时吊着五个院的师妹。”

明栗心想：“这不是自己想要的那种情报……”

“里边鱼龙混杂，情报、交易，什么都有，能帮你快速熟悉南雀，还比内院刺激。”都兰珉收起钱票，摩拳擦掌道，“我就喜欢刺激，还有买卖，人多的地方买卖也多。”

明栗懂了，都兰珉想赚钱，程敬白想听八卦，邱鸿想凑热闹，那她也去试试，看看能不能打听到有用的消息。

明栗跟着邱鸿三人进了一栋黑楼。现在不是休息时间，所以里面很热闹，还有活泼的弟子们追逐打闹。一楼地面栽种了不少花树做景观，林中还有桌椅供弟子们休息。

新舍门口的管理员给他们做登记：“哪个院？名字？星脉境界？”

邱鸿挠挠头问：“还要星脉境界？”

管理员靠着躺椅懒洋洋道：“得详细记录。”

邱鸿又问：“那这边最厉害的是谁？八脉几境？”

管理员还是那副懒散样：“你进去就知道了。”

“好吧。”邱鸿说，“鬼宿院，邱鸿，八脉觉醒，五脉满境。”

管理员有些意外地看他一眼，在星盘上记下信息，并跟南雀鬼宿那边的信息对比确认：“今年的新人啊，八脉觉醒，有几年没见过了。”

邱鸿进去了。

管理员喊：“下一个。”

都兰珉上前嬉皮笑脸道：“柳宿院，都兰珉，八脉觉醒，五脉满境。”

管理员忍不住多看了他两眼，这竟然又来一个八脉觉醒的。

他望了望后边的两人，心想总该不会还有吧。

程敬白朝管理员咧嘴一笑，阳光灿烂：“轸宿院，程敬白，跟他俩一样。”

管理员坐直身子，神色严肃地在星盘输入查找，好家伙，果然一样是八脉觉醒。

轮到最后的明栗。

管理员看看她，没忍住主动问道：“你也一样？”

明栗：“什么一样？”

管理员试探道：“八脉觉醒？”

明栗恍然：“哦，这个一样。”

“四个了！”管理员倒吸一口凉气，问：“你哪个院？”

明栗说：“翼宿院，周栗，八脉觉醒，单脉满境。”

管理员颤抖着手指点星盘，今年招收的新弟子都是些什么妖魔鬼怪，一个个天赋都这么牛！

他将门房钥匙给了明栗几人，神色复杂地目送他们进去。

新舍里边很热闹，人来人往，各层围栏边人们或站或靠着聊天说笑，新来的似乎没被注意到。等明栗过来后都兰珉才悄声说：“刚我们在登记的时候就一直有人偷听呢。”

邱鸿五指握拳朝虚空挥去，星之力动荡，准确地将监视他们的透明窃风鸟粉碎。行气回击动荡，这一拳的剩余力道本该全部转到窃风鸟主人身上，却被对方巧妙地进行转换，将攻击转移到别处。某个在屋里呼呼大睡的倒霉蛋被拳风击中从床上掉下去。

倒霉蛋狼狈地从地上爬起来。

原本热闹的新舍在这瞬间忽然变得安静，人们的余光或多或少都朝动手的邱鸿看去。

四人收到来自各方的不同的打量，有玩味和好奇，也有恶意和沉思，无论怎样，都说明他们并非表面如此平静无所谓。

有屋门嘭的一声被人从里面踹开，出来的人又高又壮，上衣是匆忙之间穿上的，连腰带都没系完。他出声怒吼道：“谁刚打了一拳星之力到我这儿！”

声音洪亮，响彻整个新舍，余音还回荡三圈，尤其是在高壮男下方的人们甚至能感觉到他吐息中爆发出的星之力热风横扫，吹得花枝摇曳折断，咔嚓声不绝于耳。

有人颤颤巍巍地伸手指向下方的邱鸿。

许滨怒目看去。

都兰珉与程敬白在他看过来时立马后退，并顺手把还在低头看花枝的明栗也拽去了后边。顿时成了孤家寡人的邱鸿扬首与三楼的许滨对视，坦诚道：“我。”

这小子是真的不怕死。

都兰珉与程敬白纷纷朝他投去敬佩的目光。

许滨来到围栏边往下看邱鸿，对他不知死活的态度冷笑出声：“新人？”

邱鸿老实道：“刚来第一天。”

许滨活动着双手，发出咔嗒清脆的声响，问：“你哪个院的？”

邱鸿说：“鬼宿院。”

“巧了，我也是。”许滨说完五指紧握成拳，于高处朝邱鸿挥出一拳，随拳风而起的虎啸声如雷鸣扩散。

这一拳只有星之力，与邱鸿之前打出的一拳相同，却比他的速度更快，力量更强。

明栗只觉得有烈风迎面而来，猛烈嚣张，抬首间邱鸿已被轰出去老远，擦着她被风扬起的衣发，击飞出去被后方花树挡停，发出沉闷声响，使得花树剧烈摇动一刹。

看热闹的人们也不免被这一拳给吓得缩了缩脖子。

邱鸿捂着胸口咳嗽了几声，起身到中途又倒了回去。

光靠星之力的一拳就能把邱鸿打倒起不来，明栗算是见到了新生与老生的差距。

许滨居高临下道：“还给你。”

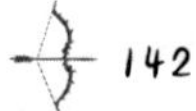

他甩下这话后回了房间，把房门重重地关上，隔绝了他人的视线。

大家原本以为事情就这样结束了，却见邱鸿一手撑地缓缓站起身，抬手擦了擦额角汗水，不见受伤，眼中战意反而更盛。

程敬白无语道："你悠着点啊。"

"这小子重新凝聚星之力想干吗？"看热闹的人们惊讶道，还有人扒拉着栏杆往下靠，似乎是想近距离看看，"他不会是想继续打吧？"

"不要命啦挑战许滨，刚还被揍飞呢？"

也有人提醒道："喂！新来的，那可是你们鬼宿院的体术脉鬼才，打不过就认输，别瞎逞强啊！"

都兰珉悄悄混入人群中吆喝："让我们看看这场鬼宿院的内战是新人还是老人最终取得胜利，趁还没开打下注了啊！"

程敬白抬手点了点他："你上辈子一定是个穷鬼。"

大家都在看热闹，只有明栗看了看钥匙上的房间号，转身上楼去找自己的宿舍。

邱鸿蓄力完毕，握拳的手背青筋鼓起，受庞大星之力影响脚下掀起一股小漩涡，将落花卷入其中。

有人拍了拍许滨的屋门："快起来！那小子还要跟你打！"

拍完就跑，生怕邱鸿那一拳砸过来时波及自己。

屋里的许滨听后一个鲤鱼打挺起身，骂骂咧咧地踹开房门出来："你还想咋地？"

见目标出现，邱鸿抬手挥出一拳，磅礴的星之力随之冲向高楼上的许滨，许滨反应很快，立马挥拳打回去。

两方都只用星之力，但这样的比拼也依靠自身体术脉的强弱，双方星之力碰撞爆发的余波横扫新舍，不少扒着围栏观战的人都被冲击得退后。

明栗这会儿刚到二楼，看见有人被掀飞在地上滚了圈骂骂咧咧起身。

她继续往上走去，房间在五楼三十六号，明栗却停在四楼十二号门前。

屋里的人原本开了重目脉看热闹，却在发现明栗停在门前时后背生寒。他还未做出反应，屋门已被明栗一脚踹开。

她逆光站在门前，伸手将一直偷偷跟在自己身边的透明窃风鸟从虚空中抓出，与盘腿坐在屋中的麻子脸青年四目相对。明栗五指一握捏碎了他的窃风鸟，庄树下意识地咽了口水。

庄树表情尴尬道："哎，咳，这位师妹，误会，咱们先……"

明栗朝他伸出手："束音。"

庄树听得脑子一炸，还未来得及防御就被行气字诀束音炸飞，从屋里飞出屋外，如果不是有围栏挡着便掉下去了。

四楼的人被这动静吓了一跳，纷纷探头看过来。

明栗看着庄树没说话。被炸飞出来头晕乎乎的庄树甩了甩脑袋，抬手制止明栗再次追击，扒着围栏站起身道："别动手，我自己会解释！"

庄树捂着流血的鼻子朝三楼的许滨喊道："不好意思啊许滨！是我不小心把他刚才那一拳的星之力转移到你那里去的！"

许滨狠狠地瞪了眼庄树的方向："你不早说！"

许滨沉下身加力，再次挥拳，将与邱鸿僵持的力量甩向四楼的庄树。

庄树呜哇乱叫着躲开，却还是被拳风波及，揍飞出去老远。

许滨冷哼一声，对下边的邱鸿说："不打了，我要补觉。"

邱鸿却摩拳擦掌："你是不是这儿最厉害的？"

许滨听后神色一沉，转身看回邱鸿。

邱鸿扬首看着他："如果你不是那就不打了，我要跟这里最厉害的打。"

都兰珉在他身后比了个加油的手势，说道："好兄弟打起来，输了也不丢脸！君子报仇十年不晚，三十年河东三十年河西，莫要啥来着？反正咱们不怕！打起来！再嘲讽他两句！"

程敬白抓着他后撤："不知道就别瞎说乱用，要真打出事了你负责吗？别在这拱火了，赶紧走。"

都兰珉边躲边说："那你别下注啊！"

明栗不再管接下来事态的发展，找到属于自己的宿舍房间进去。解决庄树是为了把窃听的灵技断了，因为她现在只想躺下睡觉去梦里找师弟。

房间干净，床铺虽小，但睡一个人足够。

明栗也没有太过计较挑剔，在床边坐下时运行阴之脉，试图在清醒时分离自我。

她目前的阴之脉境界太低，想要做到分离自我困难又危险。星之力围绕着她高速运转，朝圣之火因此熊熊燃烧。

阴之脉分离自我是个精细活儿，可明栗有耐心，也熟练。她顶着朝圣之火的压力，慢慢地使外在的她陷入沉睡，再以神庭脉的精神力为支撑，分离出另一个自我，进入她沉睡的梦境。

梦中的明栗是清醒的，可这一次却没有梦到师弟。

她不得不重来一遍。

如此反复三次，星之力都快耗尽却还是没能梦到师弟。明栗有些奇怪，平时心里没怎么想着，入睡必定会梦见他，怎么现在迫切想要见到人反而梦不到了。

朝圣之火灼烧着她的星脉，由内而外蔓延，瓷白的肌肤下隐约可见燃烧闪烁的火线。

明栗正要分离第四次，朝圣之火的灼烧疼痛让她皱了下眉头，停下运行星之力稍事休息时，她忽觉屋中光芒黯淡不少。

她似有所觉地扭头看去，紧闭的屋门口不知何时出现另一名背靠屋门站着的黑衣少年。

灰白朦胧的光线透过屋门洒落在少年脸上，是在北斗会试台上初见的疏离模样。当明栗扭头看去时，少年的身影一瞬间变成多年后的大人模样，光影洒在他的上半身，是明栗梦中蔑视万物的疯狂姿态。

明栗眼睫轻颤，眸光明灭。

周子息抬手间衣袖滑落，露出手臂上流动的黑色咒文，抬首间幽深黑亮的眼眸望向角落阴影里的明栗，轻声嘲讽："南雀真是盛产你这种入梦才敢杀我的废物。"

明栗问："你在骂谁？"

明栗撑着床沿站起身，刚要往前走去，周子息却打出一个响指，房间内密密麻麻的星线横冲直撞，瞬间将她关进某个八脉法阵。

周子息愉悦地扬首，还没愉悦片刻，就见自己的法阵在瞬息间被破，明栗又出现在房间内。

明栗抓着破阵的那根星线抬眼看他，有点儿纳闷道："这是我教你的。"

周子息神色莫测地招手，将明栗抓着的星线碎掉，轻撩眼皮缓缓朝她的方向望去。

明栗这才发现他的身躯可以被光影穿透，惨淡灰白的光芒在昏暗中笼罩着他，穿透他的衣发与骨骼，让他在光亮中似一具空心的壳子。

他是一道影子，接受光的穿刺，是不灭的黑，是在这片大陆中不被允许、受到驱逐追杀的存在，是她曾开弓射箭于千万里外也要将其杀灭的地鬼。

意识到这点的明栗一时怔住，伸出的手停在虚空中没有往前。不过短暂的瞬间，屋门因为受到星之力的冲击而被撞开，靠站在门边的人也如被打散的光影般消失不见。

"子……"明栗来不及抓住那消散的光影，仿佛刚才的一切只是错觉，但她明白，这绝对不是错觉或幻想。

她站在门前，星之力的余波扫荡，扬起她的衣发，明栗收回手朝外看去。

许滨与邱鸿还在打，碰撞的星之力波及多处，将难得现形的地鬼影子击散。明栗来到栅栏前，抬手在栏上轻敲，盯着楼下的邱鸿与许滨，屈指轻弹。

她连行气字诀的诀都没念，弹出的一股气流也只靠星之力。朝圣之火熊熊燃烧，却也拦不住她此刻释放的汹涌澎湃的双倍的星之力。这力量如巨山压顶，毫无悬念，下方两人被镇压倒地。

原本兴高采烈看热闹、呐喊助威的人们都因这反转愣住。

那一气不像邱鸿与许滨挥出的星之力拳头，蛮横强势，横扫周围，波及无辜，而是精准操控，只针对这两人，因此其他人连明栗的星之力都没有察觉到，只看见刚才还打得气势汹汹的两人突然泄气一样摔倒在地。

说时迟那时快，都兰珉与程敬白飞快上前拽着邱鸿先起身，顶着他站稳身体，朝下注的人们喊道："他赢了！"

人们发出唏嘘声响，也有人为狠赚一番哈哈大笑。

许滨倒地后愣了半晌，没想到会有人穿透他的星之力防护，将他一击打倒。他虽然没有受到伤害，但简直如遭奇耻大辱，愤愤然地爬起来大吼："谁！"

程敬白跟都兰珉也悄声问邱鸿："咋回事啊？"

邱鸿挠挠头说："突然有人以一气星之力把我俩都撂倒了，应该是个精修行气脉的狠人。"

这两人听后不约而同地扭头去找明栗，却不见她的身影。

恰逢此时新舍里响起了召唤铃，通知部分弟子们上课时间到了。管理员也探头朝众人喊道："今天有院考啊，之前掉级的还不赶紧去？还有新生们，这周的入门课都是星宿院长的，号称南雀最严，可千万别迟到了啊！"

被他一说，人群里立时响起哀号声，看热闹的速速散去，开始收拾东西往外冲。

还有路过的提醒邱鸿三人："可别小看入门课，星宿院长看起来温柔，但却是脾气最差的。祝你们好运！”

邱鸿哦哦两声要走，被许滨拦下：“走什么！”

“你又不是最强的。”邱鸿面不改色地越过他离开。

许滨无语。

“我好好地在屋里睡觉招谁惹谁了要经历这些！”许滨气得直翻白眼。

都兰珉发现站在五楼的明栗，朝她招手喊道：“一起去上入门课啊！”

南雀的新生必上一个月的入门课程，由七院长亲自授课，授课内容分别是宗门相关、八脉相关、通古大陆相关。

这种课程北斗也有，明栗也都知道会讲些什么，所以她虽然去了，却也无心听讲，全程走神沉思。

课台上站着的星宿院长气质温文尔雅，虽为男子，可面相却过分阴柔，若是着女装怕是雌雄难辨，说话也温温柔柔，不少女弟子都盯着他那张脸看去。

方回对自家院长讲了什么也没太认真听，而是朝明栗坐的位置看了眼，再往前方看去，没有瞧见千里。

星宿院长今日讲的是通古大陆相关，从大乾王朝讲到超级宗门和朝圣者们。

他在图版上圈住位置时说：“关于朝圣者，大家熟知四大宗门各有其一，如今北斗与东阳陨落，只剩下我南雀与西天太乙。

“书圣身为武监盟总盟主，一心守护大乾。

“朝圣者各有归属阵营，相安歌在破境后，对外宣布自立一国，名曰无方。无方国只有他一个人，是活人不可涉足之地。”

这无方国就连当今通古最为强势的大乾军队也不敢擅自涉足，这位朝圣者脾气不好，也不怎么理会旁人，若是有倒霉蛋误入其中，只能是有去无回，生死难测。

“与破境后就圈地建国的相安歌不同，最为神秘的朝圣者元鹿，破境后自称没有归属地，也不会有归属地，因此如今仅剩的五名朝圣者中，只有他是散人。”

世人传元鹿行踪不定，最难找寻，但却不知通古大陆的朝圣者们，在某个时间点会定期见面聚会。只因为某些来自天地间，唯有他们才能感悟到的力量。

星宿院长将各方朝圣者的位置圈出来后说：“历代朝圣者都有一个共同的特点，或者说这是通古大陆的特点，因为这里要涉及大陆上某个令人厌恶又恐惧的存在。”

他在通古大陆图版中心圈出一个黑色的圈，黑色的雾气悄然朝大陆四处蔓延。这一举动吸引了弟子们的注意力，之前没认真听讲的弟子们都回过神来。

明栗抬眼朝前望去，通古大陆已经被黑色的雾气整个笼罩。

星宿院长含笑道：“地嵬，不死的怪物。他们虽与人无异，却不是人类。地嵬拥有超强的恢复能力，就算以星之力也无法将其摧毁，除了他们同族相残，就只能靠朝圣者才能彻底杀死。”

他拂袖间，图版上的黑雾少了大半：“经过上千年的时间，地嵬数量已减少许多，只剩下很少的一部分，假以时日将彻底从通古大陆消失，而这，基本都要归功于大陆的历代朝圣者们。”

有女弟子举手怯生道：“只是因为地嵬拥有近乎不死的能力，才要驱逐追杀他们吗？”

这问话一出，其他弟子便给予了嘘声和闷笑，纷纷转头去看是哪个缺乏常识的新人，竟然不知道地嵬是多么可怕又恶心的存在。

面对这名女弟子的提问星宿院长也不恼，而是问道：“你叫什么名字？”

女弟子惶惶道：“弟子薛灵。”

明栗朝她看了眼。

星宿院长点点头，依旧笑道："可有父母、兄妹，或是亲近的好友？"

薛灵或许是因为紧张，回答得有些结巴："有、有的，父母健在，但只有我一个孩子……朋友也不少……"

星宿院长道："父母恩爱吗？"

薛灵愣了下，点头说："他们感情很好。"

星宿院长笑了笑："无意冒犯，如果某天深爱你们的父亲将你的朋友们绑来家中，再将他们杀害，又对你们母女下手，离开时或许还会顺手杀了族中亲友……"

薛灵听傻了，惨白着脸道："为、为什么呀？"

星宿院长叹气，轻声道："许多死在地嵬手中的人都想要一个答案，会问为什么要这么做，可答案是，没有原因。

"他们也许是深爱妻女的丈夫，也可能是深爱丈夫与儿女的妻子，抑或是你引为知己的好友、世人眼中的英雄，地嵬最为擅长的伪装，是善的形象。

"但他们的本质是恶，纯粹的恶。"

"地嵬作恶、杀人，不需要原因，它们就是恶本身。"星宿院长与薛灵对视，以温柔的目光注视着这懵懂的弟子，"地嵬的恶会爆发在某一天，某一瞬间，难以察觉预料，因为在这瞬间之前，他正如自己的伪装一样，是个无可挑剔的善人。他们在释放恶意的一面时，就成了怪物，要被杀灭于阳光下的地嵬。"

薛灵听得怔住。

星宿院长又道："地嵬作恶，小到普通人杀妻灭族，大到修者屠城灭国，所作所为毫无人性。他们不死这份恶意则不灭，存活世间只能带来无尽的灾难，给人们带来不幸与死亡，所以通古大陆将其视为最危险的存在，必须将其杀灭，一个不留。"

明栗杀过许多地嵬。

每一个死前对自己曾做过的“人类眼中罪大恶极、毫无人性的罪行”都无动于衷，不会忏悔，不会痛苦，不会遗憾。

哪怕他们能感知到人类的感情，甚至利用，却永远不会给予相同的情感回应，因为作恶是其本能、天性，是其存在的意义。

人们痛恨地魍，恨他们无法为自己的所作所为给出一个理由，恨他们无法被教化，恨他们永远不能成为人类。

明栗在星宿院长对地魍的描述中垂眸，眸光明灭中回忆起往事。

那天屋外大雪纷飞，明栗开着门窗透风赏雪，想起兄长外出回来送了她许多金银玉石、胭脂首饰等等，心血来潮将它们搬出来，打开盒子一样样地试着玩。

在周子息来之前，这只是一个普通的冬日。

镜中的人着红妆，黑发散着，垂落在地，与红艳的裙摆交缠。明栗姿态随意地半躺在地上，对着镜子晃了晃眉笔，衣肩滑落也不知觉。这份松散的姿态让来找她的周子息看在眼里，在屋檐下停住，到嘴边的“师姐”却没能叫出口。

明栗的小院能来的人不多，所以她在这里很自在，无拘无束。

不知何时周子息也成了那个能在她的小院自由来去的人。

树枝上的积雪坠落发出声响，明栗扭头看去时，停下的周子息也往前走去，迎着那双漂亮的杏眼扬首笑道：“师姐，你今日是要去哪儿吗？”

“哪儿也不去。”明栗说，“外边大雪一片白，就想要看点别的颜色，想起来我哥之前给的这些东西，就找出来玩。”

她说着又看回镜子：“不过都是女孩子用的，不能给你。”

周子息在她身旁坐下，闻言哭笑不得：“我也用不着。”

明栗语气自然道：“不知道为什么，我最近就喜欢送你东西，看见什么好玩的有用的都想给你。”

周子息听得眼角笑意越来越深，伸手替她整理滑落的衣肩："师姐喜欢送，我也喜欢收。"

明栗转了转眉笔，说："我画不好这个，青樱呢？叫她一起来……"

话未说完就被周子息拿走了眉笔，抬首见他一脸认真道："师姐，我会。"

明栗眨眨眼，又问一遍："你会吗？"

周子息点头。

明栗纳闷："你为什么会？我看你也没有画眉。"

"以前见别人画过，我学东西很快，看一眼就会。"周子息说。

明栗对自家师弟的天赋很信任，于是乖乖坐起身来任他摆弄。

周子息认真替她描眉，几笔下去之后，他说："师姐。"

明栗眨了下眼："嗯？"

周子息说："你长得很好看，不用画眉就很好看。"

明栗嗯嗯道："你不是第一个这么说的。"

周子息挑眉："那第一个是谁？"

明栗笑道："我爹呀。"

周子息无语。

明栗等他画完后才扭头去看镜子，凑近镜前一看，好奇道："感觉你也没画太久，却跟我自己动手完全不一样呢。"

周子息听后笑眯着眼，像是冬日的阳光般灿烂。

两人倒腾着明栗的兄长送她的小玩意儿们，精致漂亮的小盒子铺了一地。明栗脸上的妆容在周子息的手下逐渐成形，眉间点了金色花钿。她侧首看了眼镜子说："是不是就差口脂？"

周子息递给她一个口脂盒，明栗看了眼摇头："不喜欢这个颜色。"

她自己找了好几个也没选中喜欢的，好在兄长给她买的最多的就是口脂。

周子息又选了一个，打开后给她："这个如何？"

明栗凑近嗅了嗅，周子息看得扑哧一笑："师姐，这个不是用来闻的。"

"可它很好闻。"明栗也笑，"就这个。"

因为去找口脂盒，这会儿周子息站着，明栗跪坐在地。她扬首望着周子息，忽觉得他已经不再是初见的那个少年了。

明栗的视线从男人喉结掠过，停在那双骨节分明的手上。他的食指在口脂中打了个圈，再将沾上的口脂轻轻点在她的唇上。

温热的指腹晕散开膏状的口脂，在她柔软的唇上涂抹开。

似乎是为了看清涂抹得是否均匀，周子息不自觉地弯下腰去，却在不知觉间屏息，而明栗随着他的靠近感觉心脏有瞬间难言的压迫，于是轻轻张了下唇，看似沉稳涂抹的手却因此一抖，点在了红唇之后的齿上。

两人都因此停下动作。

外边的风雪呼啸，明栗的发丝被风吹起，轻贴着周子息的脸颊，他们这才惊觉二人的距离竟已如此之近。

那时周子息之所以敢低下头去，只因为明栗朝着他笑了。

第8章 未婚妻

明栗很难相信记忆里的师弟其实是只地嵬，可在新舍的那一幕又残忍地告诉她，别逃避了，周子息就是地嵬。

她还能安静地坐在这里听南雀的人讲通古大陆常识，全靠周子息没死这个信息压着心底翻滚的多种情绪。

入门课程占据了弟子们大半天的时间，下课已是黄昏时分，星宿院长却抬手点了点通古大陆图版说：“今日你们的表现让我很不满意。”

满心期待着下课的弟子们听得脸色一僵，心中升起不祥的预感。

眼前这位温柔了快一整天的星宿院长，在通古大陆图版中南雀所在的位置点出一条紫色星线：“没有集中注意力听讲的人实在是太多，如此只能以实际行动考验你们是否听懂了这些知识。今日只有将我这条星线指引去对的路线的人才能下课，祝你们好运。”

睡了一整节课的程敬白问：“这都讲了些啥？”

上百名弟子哀号出声，对着课台上的作业指指点点、议论纷纷。

认真听讲的很快上台调整星线，在图版上画出正确路线离开。

明栗仍旧单手托腮望着窗外发呆。

走的人越来越多，课室里的声音越来越少。

方回原本是想在外边等明栗出来谈话的，谁知她许久都不出来，最后只好又折回去找她，却发现进不去了，只能在外边等着。

总不会是不知道怎么解决井宿院长留下的难题吧。

程敬白望着图版发呆，课室里就只剩下他、明栗与薛灵三人。

三人都没说话，沉浸在自己的世界。

程敬白左等右等终于憋不住，回头看坐在他后边的明栗，伸手在她桌上敲了敲：“天才，你会解吗？”

明栗这才慢吞吞转过头来看他：“什么？”

“你发呆到现在呢？比我都狠。”程敬白指着课台上的图版，“不能用重复的路线找到之前他说过的地鬼分散点，院长讲的时候我都睡过去了，什么也没听到怎么走？”

找地鬼分散点？

明栗这才朝课台上的大陆图版瞧去，起身时瞥了眼还坐着的薛灵，顿了顿问：“你怎么也没走？”

不知为何，她刚刚突然反应过来，这女孩跟她一样也是翼宿院的。

薛灵突然被人询问愣了下，看了眼明栗，犹豫道：“我、我在想……既然地鬼看起来跟人类无异，又善伪装，那要是喜欢上地鬼怎么办……又或者，地鬼会不会喜欢……”

没等说完她就听见了答案：“会啊！”

程敬白支着脑袋歪头看她，在薛灵转过头来时扬了扬眉：“你都说地鬼善伪装，又能感知人类的情感，那他们肯定也会喜欢人类。”

薛灵眼里升起一抹惊喜。

程敬白却扑哧笑道：“可就算地鬼喜欢你，很喜欢你，也一点都不妨碍他杀了你再杀你全家，某些地鬼杀人手段残忍，你要是知道了肯定不会有这种想法。”

薛灵被吓到了。

程敬白叹气道：“这种怪物死不足惜的，要是有人喜欢上一只地鬼，那就算他倒霉，倒八辈子大霉。”

明栗心想，她最近是挺倒霉的。

薛灵失落地低下头去，似乎有些难过。

程敬白挠挠头，有些无奈地看她："我只是说喜欢上地嵬的人，不是说你，你看样子难过得快哭了，你该不会……"

薛灵突然起身连连摇头："没有，不是我，我没有！"

程敬白与明栗都愣住。

薛灵尴尬地抹了把脸，起身去课台上伸手点着星线飞速划动，很快就解出题跑出去。

这节课她是最专注、听得最认真的人。

程敬白望着她离开的方向叹了口气，起身朝课台走去，伸手点住图版上的星线真诚道："天才，救个场呗。"

明栗告诉他正确的走向，程敬白完成后松了口气。

"你一条路线也不知道？"明栗问他。

程敬白无奈道："真睡着了。"

等两人离开课室外边已是黑夜，方回还在外面等着。他靠墙站着在看书，听见动静扭头看去，见明栗出来后表情略显复杂。

程敬白招手跟他打招呼。

方回问明栗："你总不能是不会吧？"

明栗摇头，没多解释，方回也没再废话，直奔主题道："听人说千里醒了，要去井宿看看吗？"

程敬白插嘴问："他醒了有啥好看的吗？倒是今天都没看见他人，刚才课上好像也不在。"

其他人还不知道千里受伤的消息，方回没理程敬白，等着明栗回答。

明栗摇摇头说："我得先回一趟翼宿，晚点再去。"

千里是被吓醒的。梦中他又回到小时候目睹父亲带人灭族的那一幕，身临其境的恐惧让他控制不了自己的身体，只能呆呆地站在道路中看人们互相厮杀。父亲的面容在他布满血水的眼中逐渐模糊，隐隐约约只能瞧见他嘴角微弯的弧度和令人作呕的含笑姿态。

母亲去世前的嘶吼犹在他耳边回荡，一句句“我有悔”声嘶力竭，贴满纸张的墙上是死去族人的名字和母亲对父亲的诅咒。他每天晚上都面对着那道贴满恨意与诅咒的墙壁思考，到底为什么会变成这样。男人靠近他，弯腰替他擦拭脸上血迹，他的视线逐渐恢复明亮。待看清了父亲的全貌后千里惊醒过来，浑身是汗地从床上坐起。

“醒了。”温柔的嗓音瞬间驱散他周身的阴霾。

千里扭头看去，见屋外走廊茶桌边坐着两人——提着茶壶倒水的井宿院长鱼眉，以及把玩空茶杯的崔瑶岑。

鱼眉说：“既然醒了就过来喝杯热茶吧。”

千里脑子飞速转动，忙不迭地掀开被子起身，他记得自己昨晚伤得很重，下意识地摸了把胸口，发现一点疼痛都感觉不到。原来伤口已被处理过了。

“弟子见过院长。”他上前在屋门口垂首躬身道。

鱼眉问：“昨夜的事可还记得？”

千里神色顿了顿：“记得一些。”

鱼眉温声笑道：“不用怕，有崔圣在这儿，今后江氏不敢轻举妄动。”

千里忍不住看了眼没说话的崔瑶岑，脸上是藏不住的惊讶。

鱼眉又道：“昨夜是崔圣将你从江氏手里带回来的。”

千里忙朝崔瑶岑垂首道：“弟子多谢崔圣救命之恩。”

崔瑶岑将手中杯子放下，侧目看他一眼：“幸好，你长得像你母亲。”

千里低着头，不敢抬起头看说这话的人是何种表情，朝圣者的威压让他活泼的性子也难以发挥，只能沉默听着。

鱼眉咳嗽几声，捂着嘴说：“千里，当年我本该出手护下你娘，不至于让她远去济丹病死，只是那时我重伤未醒，如今也难再恢复实力……好在你合崔圣眼缘，她将收你为徒，教你修行，替你母亲报仇。”

南雀的朝圣者要收他为徒？

千里刚还沉浸于朝圣者救自己一命的感叹中，哪知道还有更劲爆的消息在后头，仿佛天上掉馅饼把他给砸了个眼冒金星。

他忍不住问："这是院长你的意思，还是崔圣自己的意思？"

娘亲临死前曾说过要他去南雀找井宿院长鱼眉，无论他想做什么，鱼眉都会帮他。

崔瑶岑听后低笑一声，侧首目光轻点千里，饶有趣味地问道："你不愿意？"

千里连连摇头："当然不是！但我也不好意思强人所难啊……"

崔瑶岑轻哼："你说，谁能强我所难？"

千里呆住。

鱼眉笑道："若是你不愿意……"

"弟子见过师尊！"千里表情严肃地跪下。

鱼眉笑着摇摇头。

崔瑶岑起身道："随我去三圣峰，我要看看你这些年所学。"

"是。"千里从地上起身，抬首看崔瑶岑，那纤细却强大的背影让他心生仰望。

之前李雁丝要明栗晚点儿去主居教她练阴之脉灵技，明栗还在路上就收到了院长的红翼朱雀鸟转信。

她跟着红翼朱雀鸟回到翼宿院。入夜后落雪依旧不停，灯光昏黄，高处的中枢殿笼罩在雪雾中，却遮掩不住那尊显眼的朱雀石像。

明栗不由得想起命星陨落的事，北斗断定青樱死亡除了师兄的证言，在没有发现尸骨的情况下，肯定会根据断星河里的命星来判断。

而师弟被认为下落不明，命星应该还在北斗，北斗能根据命星来判断弟子的位置，为什么却找不到他？

明栗边走边想，在去主居的路上遇见了刚从那边出来的江盈。

两人走上莲池小桥时都看见了对方。江盈手中提着灯，明栗身边飞舞着红翼朱雀鸟领路，走近后双方都停下脚步对望。

“师尊这么晚了也要教你修行，看来确实很喜欢你。”江盈颔首笑道。

明栗也笑道：“江师姐与师尊倒是正好相反，不然也不会让人告诉我内院宿舍满人了。”

被明栗点出这事，江盈却不见半点恼意，依旧微笑道：“你不仅是赵家的帮手，还出手伤我妹妹，为何会觉得我能大度到忍你在南雀好好过日子？”

明栗说：“你妹妹的实力太差，江师姐还是多督促她修行才好，否则也不会被我抢走一个你送的手镯就气得要死要活，却只能动动嘴皮子，不敢真动手把银镯抢回去。”

她凑近一步问江盈：“江师姐，你要不要替你妹妹抢回去？”

江盈垂眸看她，心中有点意外，这小姑娘看起来乖巧，没想到竟这么嚣张。

明栗走上前与她并肩，侧首轻慢道：“江无月当时可是哭着喊着说那是她姐姐给的，一定要抢回去。我还在想那银镯普普通通，堂堂江家小姐哪能送这么不入流的首饰。江师姐，听说你不过是江氏旁支的小姐，不怎么受重视，所以你才送自己妹妹这么不入流的玩意儿吗？”

江盈侧身看她，面带笑意，眸光却不似之前那般温和，而且藏有阴霾。她语气轻柔道：“你口中不入流的首饰，确实是我送的。你也别着急，很快就该你把那不入流的首饰亲自送还给我了。”

明栗只想诈她银镯的来历，没想到江盈真的承认了。

可她又是从哪里得来的？

恰巧有其他弟子路过向两人打招呼，这才把微妙的气氛打破。江盈随着其他弟子离开，明栗也没有多停留，转身去了李雁丝的主居。

翼宿院长的主居没有设成禁地，原本是山竹翠绿的居所，常年清幽雅静，却因为四景法阵的乱象变得积雪颇深，惨白一片。

明栗到的时候，李雁丝正在院里摆弄几个稻草人样式的替身灵。与入山挑战那会儿不同，院里三个替身灵的脸都画得非常好看，像是三个幸福喜乐的小孩。

李雁丝说："来这么晚，你该不会是被星宿留下的课业难住了吧？"

星宿院长最喜欢给新人上入门课，也最喜欢留课业，全南雀只有新人不知道他的爱好。

明栗却说："来的路上遇见江盈师姐，所以多聊了一会耽误时间了。"

"江盈？"李雁丝扭头惊讶地朝她看去，"你俩竟谈得来？"

"江师姐主动跟我说话，应该是吧。"明栗顿了顿，"江师姐这么善解人意，待人温和，应该跟谁都谈得来，师尊怎么还有点儿惊讶？"

李雁丝拍了拍身边的替身灵，示意明栗过来，同时说："你江师姐眼光可高着呢，能让她主动示好的人都不简单，你这丫头也不知道哪里入了你江师姐的法眼。"

明栗说："可能是因为我差点儿杀了她的妹妹。还抢了江师姐送给她妹妹的手镯。"

李雁丝震惊地看着她。

明栗却坦然道："也难怪江师姐说，她没法做到大度地看着我在南雀好好过日子。"

李雁丝震惊过后笑出声来，指着明栗说："小丫头胆子还挺大啊。"

明栗站在替身灵前运行星之力，看似专注修行，对李雁丝似笑非笑的调侃做苦恼状："那时也不知道江无月是师姐的妹妹，因为与千里同路来南雀入山挑战，却遭江无月拦路追杀，为了保命我们才同她动起手来。师尊，听说江师姐就要嫁给南雀少主，那我得罪了师姐，以后的日子会不会很难过？"

李雁丝点着头说："确实。"

明栗扭头看她，眨巴了下眼。

绝大多数人都受不了她这样的小动作，李雁丝本就觉得明栗讨喜，很合眼缘，见她做出如此类似撒娇的小动作立马心软，不由得心生给宠物顺毛加以安抚的想法。

“他二人感情很好吗？南雀少主夫人就定下是江师姐了？”

明栗会问出这种问题在当下的情况很好理解，李雁丝压根没有怀疑。她在桌边坐下解释道：“少主与江盈从小一起长大，青梅竹马，感情深厚。江盈前些年身体不好，整日卧病在床，元西为此外出寻药，落了一身伤才换回她的健康。”

“两人应该算是互相喜欢，这两年江盈身体稳定后，元西便立马去江氏提亲，你现在得罪了江盈，基本就算得罪了南雀的少主。”李雁丝掩嘴笑道，“不过我也挺好奇这样的人会有什么下场，所以为师想先看会儿戏再想要不要救你。”

明栗说：“会不会直接把我赶出南雀？”

李雁丝摇头：“这还不至于。”

明栗问：“让我死在南雀？”

李雁丝哈哈笑道：“不至于不至于。”

明栗也笑了下：“师尊要是想看戏不插手，不如就多跟我说说有关江盈师姐的事，让我也好做些准备。”

李雁丝被她这句师尊哄得十分开心，大方道：“你想知道什么？”

明栗说：“想知道江师姐身体不好是得了什么病。这样，若是打起来我也好有些分寸，知道顾忌什么，不该往哪里打。”

李雁丝听后笑得不行，这小丫头竟然连动起手来该打哪里不该打哪里都想到了。

“详情我没有过问，江盈说那段时间她过得很不好，全是痛苦的回忆，所以大家都不会跟她提这事。”李雁丝回想道，“我只听崔圣提起过，说她是先天星脉逆行，体质比普通人差些，但也能感知星之力，只要不碰八脉修行就不会有事。”

星脉逆行的人只是与修行无缘，这病症说严重也不严重，毕竟没有危及性命，也不会太过痛苦。

可生在修行世家，无法修行对江盈来说是很严重的事。

江盈并不想就这样当一个普通人，于是她选择逆天而行，修炼八脉，却落得个八脉尽断的下场，每日痛不欲生，又吊着一口气难以死去。

明栗扭头好奇看去：“星脉逆行是无解之症，江师姐是怎么治好的？”

李雁丝却摇头说：“没人知道元西是怎么做到的。只是当时情况危急，他也不知怎么伤得不轻，浑身是血地去求了崔圣出手帮忙。”

崔瑶岑出手帮忙治好了江盈的星脉逆行。

明栗听得眼皮一跳，心有不好的预感。

破境成为朝圣者后，对这个世界的认知会领先其他所有人，将能够和那些神秘、古老的力量与声音对话，自动收下这片大陆专门给予的馈赠，包含了无数传承的知识与力量。

星脉逆行无解，可朝圣者却知道该怎么办。

李雁丝抬头看明栗，她反应过来后转开目光看回替身灵，感叹道：“不愧是朝圣者，这么难的病症也能解决。”

明栗问：“那江师姐如今修炼到什么境界了？”

李雁丝也感叹道：“星脉逆行的病治好后，她的修行速度很快。她是八脉觉醒的好苗子，如今已是六脉满境。”

明栗笑道：“江师姐可真是个天才。”

她的师妹也是八脉觉醒，六脉满境。

“这话从你嘴里说出来让人总觉得有点儿不对味儿。”李雁丝伸手指她，“刚才我就想说，为什么你这么舍不得你的星之力，一个低阶灵技也精准控制星之力的释放。”

明栗老实道：“因为我使用星之力会比较费劲。”

李雁丝开始关注她的星脉力量与修行方式，关于江盈的话题告一段落。

她让明栗对替身灵使用阴之脉，发现明栗对使用灵技异能时需要消耗的星之力与其说是掌控精准，不如说是吝啬。

明栗解释说是使用星之力费劲，李雁丝一开始不相信，见过她入山挑战时的表现就知道，她每次使用灵技都显得干脆利落，一击即中，完全看不出有何费劲。

可李雁丝看了一晚上明栗使用阴之脉的灵技后信了。

李雁丝也不愧是能做到南雀七宗院长的人，一眼就看出问题所在：“你的星之力消耗确实比常人要多一些，同样的灵技，你却要用他人两倍的星之力。难怪修行速度会如此慢，至今只有行气脉满境。”

明栗眨眨眼没有解释。

李雁丝误以为她修行了十多年才只是单脉满境，可她也总不能说自己才修行不到一个月的时间吧？

直到深夜李雁丝才让她回去休息，单手扶着脑袋若有所思道：“你消耗双倍星之力的问题我得好好想想如何改善，有点意思。”

明栗也松了口气，这才离开。

打听消息的途中顺便练了一晚上的阴之脉灵技，她倒是不觉得累，但体内朝圣之火却很暴躁，让她想要休息会儿。

回到院外新舍时她发现虽然各个楼层还亮着许多灯，却无比安静。现在已经是休息时间，禁止喧哗吵闹。

明栗回到房间在角落的小床上躺下，目光怔怔地望着透进光亮的屋门，抬手设了个隔音法阵。住在新舍的弟子几乎每间屋都有一个隔音法阵。

她闭上眼轻声道：“师弟。”

“你把七星令给千里，是因为知道他父亲也是地鬼吗？”

除了朝圣者，只有地鬼能杀死地鬼。

所以周子息说杀千里父亲这种货色不用劳烦他的师姐。

“江盈与青樱长得一模一样，如果不是我给的银镯，我也只当她们仅仅是长得像。可今天听说江盈先天星脉逆转，常年卧病在床不醒，这几年却又被治好，如今是八脉觉醒、六脉满境的天才。要治好星脉逆转，就得拿别人的血来蕴养逆转的星脉使其顺行。”

这样的结果必然是一死一生。

生者要八脉觉醒，星脉与病者契合度高。

光是契合度高这点就能刷掉许多人，这世上所有人的星脉走向都有着微妙的不同，各有其特点，而八脉觉醒也只有万分之一的概率。

生者的神庭脉还得异常强势，这样病者才能活得久一些，自身蕴养的血效果也会更好。

到这里已是千万分之一的概率。

八脉可具象化游走人体各处经络，每一脉都代表着人体的某个力量，因此连接它们的人体血液也能承接这份力量将其转移到体外。

星脉逆转者顺行后，立马就能得到换血者的力量。

就算知道了办法，但为病者进行血养之术却只有朝圣者才能做到，听起来似乎只需要放血给病者泡就行了，但其实涉及八脉力量，很难掌握。

可江盈何其幸运。

每一个看似不可能满足的要求都实现了。

快死的病者得到蕴含八脉力量的血液供养顺行星脉，生者却会因失血而死。

“可师兄说青樱是死在北境鬼原，那就不可能会被当作血养之术的药引。”

明栗说完后顿了顿，语气缥缈道：“除非有人偷天换日，将师妹从北境鬼原带走了。”

能做到这点的只有朝圣者。

崔瑶岑若是进入北边肯定会被她发现，既然她没有察觉，那就说明这事发生在她死后。

能让崔瑶岑大费周章去北境抢人，只能是受她弟弟崔元西之托。

否则明栗实在是难以理解青樱的手镯为何会出现在南边江氏姐妹手里。

可如果真如她所想，那就说明被血养之术当作药引的青樱已经死了。

明栗睁开眼，屋门前依旧空空如也，没有那只地鬼的身影。

她有些无奈地说："你是地鬼的事我会给你保密。"

明栗又闭上眼，或许今晚梦里能看见师弟。

等明栗睡着后，屋外的灯盏逐渐熄灭，屋中光芒黯淡，散落的光影们逐渐凝聚成形。是一道见不得光的影子，静立在门前若有所思地望着床上睡着的人。

明栗当晚没梦到周子息，却梦到了小时候跟兄长一起外出的情景。

那会儿兄长刚十二岁，她十岁，两人才和好没多久，彼此都还有点儿别扭。父亲良心发现，知道自己没时间带孩子才导致兄妹不和，于是这次外出特意带上他俩。

他们去了离北斗很远的地方。这里有宽阔的梯田，层层相叠延伸开去很远，春日水流灌溉，人们下地锄草插秧，日子过得忙碌又充实。

梯田旁边是茶园，新茶嫩芽泛着香味，正是父亲来此的缘由。他的朋友退隐在此种茶，种的茶自带香味，不仅对星脉受损的修者有奇效，对普通人也有提神醒脑静心的效果。

明栗站在梯田埂上，低头蹙眉看沾染杂草泥屑的裙摆，站在原地不走了。

前边的兄长本来已经走远去茶园里撒欢，回头一看妹妹不见了，又返回去，问站在田埂不动的明栗："你在那儿不动干什么？"

明栗双手提着裙摆，昂首示意他：“地上有泥，裙子会脏。”

“你用疾风飞过去不就可以了？”

明栗冷冷淡淡地看他一眼，那鄙夷的目光每次都看得兄长额头青筋乱蹦。

见兄长还是一脸“干吗？我说得不对吗？你为什么这么看着我？难道是想动手打一架？但你是妹妹，我大人有大量，不跟你动手”的隐忍表情，明栗才说：“爹爹说了，来这里不准用星脉力量。”

兄长这才恍然大悟。

明栗则一脸“你快走吧，我不想跟傻子说话”的嫌弃表情。

十六岁前的明栗非常挑剔，且目中无人，毒舌，遇事就动手，偶尔狠劲上头不死不休。是个非常不讨喜、作风阴狠的小孩。

北斗宗主说她像是一把未被教化的绝世神兵，偏偏北斗七宗上下都宠着，彼此庆幸明栗从不对自己发脾气动手。

那时候能镇住她的只有师兄陈昼。

兄长则是拿她最没有办法的那一个。

见明栗站在那儿不肯走，兄长有些犯难，清秀中还带着点稚气的脸皱巴一下，上前道：“那我背你走。”

“你不会趁机把我摔下去吧？”

在她面前蹲下身的兄长回头瞪她一眼：“爹还在前边，我敢这么做？”

“不敢？那你果然心里是这么想的。”

兄长感觉自己太阳穴一跳一跳，没好气道：“赶紧上来，等会儿采摘时间过了。爹也说了想喝茶要自己摘。”

明栗轻哼一声，搂着兄长的脖子靠上去，在他背上叮嘱：“我的裙子。”

“我在看着，掉不下去，脏不了。”兄长背着她往前走着，“你就这一条裙子？”

“当然不止。”明栗说，“师兄和曲姨给我买了很多，还有青樱，甚

至连爹爹都送过我。”

兄长大步跨过前方小沟渠，同时说：“我也送过啊！”

“你没有。”

“我有！”

明栗歪头看他：“你什么时候有？”

兄长认真道：“去年除夕前日，你来曲姨这儿吃晚饭穿的那套就是我买的。”

明栗冷不丁道：“那不是青樱送我的吗？”

“……”

他不说话，妹妹也不说话。

沉默片刻后，兄长慢吞吞道：“年初那会儿，璇玑院的孙今虎就比武的事来找我道歉了。”

明栗趴在他背上闭眼感受春风拂面：“关我什么事？”

兄长耐心道：“青樱说是你把他揍了，他才来跟我道歉的。”

明栗睁开眼，稚嫩的面容却带着点阴沉：“揍他是因为他心术不正。”

兄长又说：“以后我送你东西，会以兄长的名义，正大光明地给你。”

后来他说到做到了。

而北斗这把绝世神兵依旧没被教化，却在后来的某天突然学会了自我约束，完完全全脱离少时的自我，变成另一种模样。

那是在明栗十六岁那年。她成了朝圣者，而后性格大变。

起初人们困惑不解，难以适应，唯有兄长与她相处没有半点不习惯，反正不管妹妹变成什么样，他都是明栗的兄长。

明栗醒来目光微怔。

昨晚她知道周子息在屋里才说了那些话，虽然他不现形，但她以为他会像往常一样入梦，谁知道这次她的阴之脉没能连接到梦境，反而梦到了兄长。

因为兄长不是北斗弟子，所以无法从北斗据点得知他的近况。

兄长又爱在外边天南地北自由行，几个月没消息都是常事，但北斗出了重大变故，妹妹死了，父亲重伤，他应该会在北斗多待些时间吧。

明栗坐起身揉了揉眼睛，如果那天晚上她冒险去见了付渊师兄，很可能会被崔瑶岑发现，连带着北斗隐藏在南雀的弟子都会遭殃。

北斗离南雀实在是太远了，七宗没有人能在三息之间赶过来，除非是全盛时期的她。

得赶紧确认青樱是否真的被用作江盈的药引。

至少现在崔瑶岑替江盈医治了星脉逆行是事实。

南雀的静神钟在辰时准点敲响。

钟声提醒弟子们早起修行，明栗却躺在床上没动，心里数着钟响，一下，两下，三下……有人来敲响她的屋门。

程敬白在外道："周栗！我这儿有个惊天大秘密，你快出来！"

明栗刚坐起身就听外边的都兰珉大声道："千里被崔圣收徒了！"

张嘴正要道出惊天大秘密的程敬白把那口气憋回去，追着都兰珉就跑："……你又抢我台词，你死定了奸商！"

明栗开门出来，就看见一个邱鸿。

邱鸿问她："千里比你还厉害吗？"

明栗随口回："说不定。"

邱鸿却挠了挠头，怀疑道："入山挑战的时候没看出来，如果说崔圣要收徒的话，我以为收的肯定是你。"

明栗听后却摇头说："可别恶心我。"

邱鸿懵了，这怎么算是恶心了！

成为大陆仅有的五个顶尖强者之一的徒弟是很恶心的事吗？

邱鸿不懂，却对明栗的反应大为震撼。

明栗对千里成为崔瑶岑徒弟的事没有太大反应，顶多只有点小惊讶，在现阶段千里如果能得到崔瑶岑的指点，修炼自然一帆风顺，对抗江家也有了靠山。

只不过崔瑶岑会收千里为徒，原因恐怕不简单。

“这是什么时候的事？”明栗关上门朝楼下走去。

邱鸿说：“昨晚。新舍确实是消息流通最快的地方，因为你昨晚很迟都没回来，所以你不知道。”

走过明栗身边的人都在讨论这事。崔瑶岑此前还没有徒弟，千里是第一个。之前大家都以为崔瑶岑不收徒，或者收徒标准高，不知有多少人心里暗暗期待自己能入崔圣的眼。

在南雀混了好些年的人都想成为崔圣的大弟子，谁知道竟被一个刚入门的新人弟子给截和了。而他们讨论的主角就站在新舍门外眼巴巴地望着大门，直到发现出来的明栗后才展露笑颜，疯狂朝她招手示意。

当静神钟安静下来，帷幔后的江盈才起身。她发现昨晚睡在身边的人不知何时早已起来，正披着外衣靠在窗边看日出。

崔元西沉默时神色微冷，不知是在想什么，目光望向窗外，眉头微微皱起，似有烦心事。

江盈掀开帷幔问：“在想什么？”

崔元西转头看回来，眉眼间的冷峻收敛，变得温和：“没什么。”

面对江盈时他永远是温柔体贴，百依百顺，长达十多年的相处中，这已经成了他的习惯。

江盈抬首朝崔元西笑了下，赤脚点地朝他走去，伸手搂着未婚夫脖颈靠他怀里，感受到他抬手回抱自己的动作后满意地眯了下眼。

可她却在这人身上闻到了熟悉的气味，那是令她获得新生之人的味道。

江盈眼里的笑意消散，额头抵着崔元西的心脏，她轻声说：“最近又开始睡不着了？”

“偶尔。”崔元西抬手顺着她冰凉的长发，垂首疲惫地靠在她肩头，“是最近太忙，没休息好，不用担心。”

江盈说：“你是南雀的少主，南雀的大小事务都需要你，若是太累了就让别人代劳一会儿，崔圣不是回来了吗？”

崔元西低声道：“阿姐有别的事要忙。”

江盈笑道：“忙着对付江家吗？”

崔元西轻抚她长发的动作顿住，直起身低头看她。

“崔圣眼光这么高的人，为何会突然收一个只有六脉觉醒的小子当徒弟，好巧不巧，他还是赵家的人呢。”江盈依旧头抵着他胸膛不紧不慢道，“那日也是崔圣亲自去将赵千里带回南雀。江家交给我的事我一件也没有办成，就算如今可以修行，可我在江家眼中恐怕还是曾经那个什么事也做不好的废物。”

崔元西听得眉头紧皱，伸手捧起她的脸。江盈目光灼灼地望着他：“我连你给的镯子也护不住被人抢去，如此废物，你会不会后悔治好我？”

“说什么胡话？”崔元西用指腹摩挲着她温热的脸庞，脑子里第一个想到的却是陶瓷美人的冰凉，他压下心中烦躁，耐心地说，“阿姐针对的是江氏，并不是你。”

“至于那镯子……”崔元西垂下眼睫，话说得有几分阴沉，“谁抢了？”

江盈歪头在他掌心轻蹭，轻柔的嗓音带着点怅然：“元西，如今我在这世上就只有你能依靠了，你是我至亲至爱之人。那些痛苦不堪的日子都已熬过去，我的星脉逆行已经被崔圣彻底治愈，你再也不用为此担惊受怕，我们也活得轻松快乐些好吗？”

崔元西得到了他曾梦寐以求的承诺，却不觉半分激动或欣喜若狂，反而无比平静，似乎早已知道会有这么一天。可随着某些东西的改变，这似乎已经不是他想要的，可他没有说，而是任由自己追随曾经的想法去微笑，皮相骨骼都随之表现出开心的模样。

崔元西说："好。"

第9章 禁地圣物

千里跟方回一起来找明栗。静神钟响，提醒他们该去南门朱雀台静修星之力。

路上千里问她：“你怎么住新舍？是不是钱不够？”

明栗摇头，方回替她解释：“被翼宿院的师姐针对了。”

千里问：“谁？”

方回看他一眼：“江无月的姐姐。”

千里扭头问明栗：“是因为我的原因吗？”

“我挺喜欢新舍的。”明栗不答反问，“你现在是崔瑶岑的徒弟？”

千里听得愣了下，似乎没想到会有人直接叫崔瑶岑的名字，一般大家称呼她都是叫崔圣，或者朝圣者等尊称，而听明栗说得如此自然，倒是让他莫名感到陌生。

“昨日我醒后崔圣收我为徒，带我回三圣峰将觉醒的七脉走向都顺了一遍，两个时辰前还盯着我练八脉灵技。”千里老实回答。

方回说：“你能被崔圣收徒算走运了。”

千里却道：“其实我一开始就觉得不对劲，或者说不相信自己会成为崔圣的徒弟，在三圣峰时又问了一遍。”他顿了顿，压低声音道：“那天晚上我不是在南雀被法阵传出去了吗？要不是崔圣来了，你们估计这会儿已经见不到我了。”

方回不知道崔瑶岑救千里的事，听到这儿才恍悟为什么那天晚上江氏的人会把千里送回来。

明栗却道："是她救的你？"

千里点头。

明栗笑了下，看来这小子还不知道自己的七星令碎了，崔瑶岑也没有说。

南雀的弟子让北斗的人先一步救下，这种事崔瑶岑最为硌应，肯定不会主动跟千里说。

"江无月她姐姐，也就是与南雀的少主有婚约那位，现状是他俩两情相悦，江氏与南雀的关系却不太好。"千里说，"崔圣知道我的身份，收我为徒也刚好能对付江氏。"

他平静道："在这事上我俩目标一致。"

如今能借崔瑶岑的势震慑江氏，还能变得更强，他当然不会拒绝。

方回拍了拍他的肩膀说："你加油。"

千里扭头跟明栗说："江氏知道这事后应该不会再轻举妄动，毕竟崔圣是他们得罪不起的。如果江盈找你麻烦……"

明栗说："不用担心我这边，我会看着办。"

千里是师妹唯一的族人，也是肩负赵家血海深仇的那个人。师妹是北斗弟子，明栗也不想千里卷进北斗与南雀的事来，最好的办法就是各忙各的。

这一路上明栗对千里的定义只是师妹的族人，而非同伴。

南门朱雀台已经到了不少人，随着静神钟的钟声停止，大家都朝着日出的方向各自凝神静心感受天地之间最纯粹的星之力。

方式并未统一，但大多数人都是正经打坐，也有少数特立独行者直接躺倒在地，或者搬来凳子坐着发呆。

都兰珉身边堆了四五张椅子，明码标价。

千里看得纳闷："你到底哪来的这些东西？"

都兰珉骄傲道：“只要有心，哪里都能找到。”

千里一挥袖把凳子全买了，明栗挑了张靠椅坐下，然后曲起双脚靠着椅背缩成一团闭上眼。

旁观的弟子们道：“原来修行星之力还能这么享受？”

今日来监管修行的正巧是江盈。崔元西送她到南门朱雀台，远远地瞥了眼后方修行的弟子们，叮嘱江盈注意身体。

明栗听见耳边有人说“南雀少主”这才睁眼，顺着大家八卦的方向看去，见到与江盈站在一起的崔元西。

崔瑶岑的弟弟，南雀的少主。

这是明栗对崔元西的主要印象，直到昨晚确认崔瑶岑以血养之术治愈江盈的病，她才恍悟崔元西在其中的作用。

江盈遭到八脉反噬整日痛不欲生，难以下床，崔瑶岑知晓治愈之法，但要求很难，她不可能为江盈四处求药，所以找药引的只会是崔元西。

李雁丝也说了，崔元西外出给江盈寻找治愈之法，那么最先接触青樱的必定是他。

明栗忍不住回想师妹是否说过她认识南雀少主的事，答案是没有。

可如果崔元西知晓青樱是北斗摇光院弟子，知道她师姐是北斗朝圣者，将青樱当作药引来看待的崔元西，肯定也不敢让她知晓自己的真实身份。

如果师妹真的被当作江盈的药引而死，那罪魁祸首一定是崔元西。

明栗陷入沉思。

身边的程敬白睁开一只眼感叹道：“看起来郎才女貌啊。”

都兰珉摩拳擦掌：“成婚那天一定很热闹吧！”

连邱鸿都睁眼看了会儿。

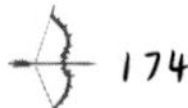

千里翻了个白眼道：“你们干吗啊，放着一天之内最纯粹的星之力在面前不认真感应，看什么八卦！”

程敬白不紧不慢道：“这就是八脉觉醒的傲慢呗。”

都兰珉难得跟他在同一战线：“不是八脉觉醒的人不懂的。”

两人说完还当着千里击掌庆祝这难得的默契。

千里扭头问方回：“我这是被针对了？”

方回在专心感应星之力没理他。

等江盈走近朱雀台，小声八卦的弟子们才闭嘴专心起来，反倒是明栗懒洋洋地靠着椅背睁开眼，黑亮的眼眸静静地望着江盈。

江盈驻足朱雀台边缘，迎着明栗的目光温声说：“静修要闭目专心。”

明栗朝她笑了下：“江师姐在这儿看着，我怎么敢闭目专心？毕竟江师姐昨晚才说过，你可没大度到能看我在南雀好好过日子。”

江盈面上的笑意淡了不少。

两人的声音不大不小，但在场的弟子几乎全都听见了。原本专心修行的，这会儿都忍不住竖起耳朵偷听八卦。

程敬白几人心中更是佩服明栗的勇气。

“你放心，我还不至于当着这么多人的面对你下手。”江盈见明栗公开表态，也无所谓道，“不过周师妹，你一个人的时候就得小心了。”

明栗轻抬下巴以目光点她：“江师姐，你也是。”

晨修的弟子心想：你俩都说这些了，我这儿哪还有心思修行啊？

可惜后面这两人再没有说过话，一直到晨修结束大家纷纷装模作样地睁开眼起身，见到的是江盈一贯温和的笑和明栗懒散的模样。

江盈带着几名弟子离开，都是翼宿院的新人，唯独没叫明栗。

明栗也没当回事，难道江盈以为她会在乎南雀的修行教学资源？

程敬白几人讨论明栗被翼宿院孤立，招呼她一起去斋堂吃早膳。都兰珉说：“你可千万别一个人走啊，刚才江师姐都说要你小心了。”

邱鸿也点着头道：“跟着我们人多些。”

千里最为担心，挠着头道："等会儿我去找她说清楚，要她有事冲我来。"

明栗摇头示意他们不用管。他们去斋堂吃了些馒头咸菜后各回各院。

上午，李雁丝教大家南雀相关心法与灵技，盯着他们熟练掌握在南雀各院通行需要的常用灵技。

这一学就是一上午过去，午膳时间明栗刚出翼宿，就看见千里在外边等她。

不少翼宿院高级弟子上前笑着招呼千里说："崔圣首徒来我们翼宿找谁呀？"

千里在济丹摸爬打滚好些年，对这种试探十分了解，应付自然，而他笑起来很阳光，很富有朝气，让人瞧着心生喜爱。

他也很会说话，一口一个"漂亮师姐"，称赞的话自然不油腻，把翼宿院的师姐们逗得笑声不停。

见明栗出来后千里才结束谈话，朝明栗招手走去。

明栗在公告牌前停下，扭头看千里："你怎么来了？"

千里问她："等你一起去斋堂吃午饭。"

明栗又问："你不忙？"

千里老实道："不太放心。"

明栗收回视线看向公告牌，认真道："你不用跟着我，只需要帮我做一件事。"

千里立马道："什么事？"

明栗说："你师父离开南雀的时候告诉我。"

千里怔了下，不清楚她为何会提出这样的要求，却没有多问，点头答应："好。"

在斋堂时大家说起今日的公共任务，需要跑大半个南雀，往返七院帮忙做各种琐碎的小事。奖励不多却又麻烦，大多数弟子看见这个公共任务都不会理。

明栗却说："我接了。"

"你缺钱吗？"千里忧心道。

都兰珉马上道："你缺钱找我借呀，我可以少收点利息。"

明栗摇头说："不缺，就是想多熟悉下南雀。"

程敬白道："那你一个人可得小心了。"

他们都不想做这个又累又麻烦、报酬还低的任务，没法跟她一起。

见程敬白跟千里几人怕明栗做任务中途被人打一直唠叨，方回终于听不下去，扭头道："我说你们，自己都不一定打得过周栗吧？"

世界安静了。

下午明栗跟着星盘指引熟悉南雀的道路，往返了最近的轸宿院与柳宿院。

第三个任务是给井宿院长去物资堂拿茶叶。

明栗拿着茶叶罐来到井宿院，一路来到井宿院长主居，刚进门恰巧遇见院长鱼眉病发倒在地上，茶桌上都是她咳出的血，浓稠中带点黑。

她没有上前，而是叫来了守在外边的弟子，然后看着井宿的弟子们焦急地把人带回屋里。

这种事也不是第一次发生，守门弟子唤来了井宿院的大师兄山思远。

明栗站在屋中角落，看见一名腰间佩剑的俊美青年蹙眉从外进来，焦急等候的弟子们道了声"大师兄"，领着他绕过屏风去后边给鱼眉医治。

因为井宿院长身体病弱，这几年都将院中事务交给大弟子山思远管理，导致山思远整日忙来忙去，又因为师尊病弱，不知何时就会复发，所以他不敢离开井宿院。

可谓是二十四孝好徒弟。

明栗见井宿的弟子忙着拯救他们的师尊，便将茶叶罐留在屋中悄然离去。

她走在路上看星盘，下一个任务是去鬼宿院替斋堂整理菜园，确实都是些小事，但路途远，也麻烦。

明栗走了没多远指路的星盘就开始出问题，画面模糊，指线不对，把她带到了荒无人烟之地，前方巨石上写着又大又红的两个字：禁地。

明栗仰首看着，顺手将星盘塞回兜里，巨石后方是巨树丛，绿植葱葱，地面看不见路，全被延伸的绿藤覆盖住。

看起来阴森恐怖、仿佛吃人的丛林，明栗却能感觉到深处传来的磅礴星之力。

这力量她有些熟悉。

来自她守护多年的北斗圣物，世间难得的超品神武：石蜚。

明栗望向丛林深处的目光微沉，开启重目脉试图往更深处探去时忽觉异样，回首抬手接住飞来的叶片。

这叶片沾染了某人的星之力，锋利如刀刃，若是她没接住，就会在她脸上划出一道见骨的深痕。

“不愧是单脉满境入南雀的新人，反应很快嘛。”取笑的声音在林间回荡。

明栗将这叶片捏碎，也道：“江师姐的狗来得挺快。”

对方被这话噎住，话里带了点生气：“说话严谨点啊小师妹，我分明是来给少主拿回他的东西。你也是，抢谁的东西不好，偏偏要抢他的。听师兄一句话，那镯子再漂亮，不是你的也别拿。”

明栗听笑了，突然释放大量星之力横扫四周：“你说得对，不是自己的东西就别拿。”她释放出的星之力像是一张蛛网，连接地面与上空，从地上花草到树干枝叶都受到了震荡。

孔仪也没想到明栗能够瞬间释放出如此庞大的星之力，范围又广速度还快，立马后撤退开却还是被发现。

明栗朝着孔仪所在处抬手点出一字：“斩。”

孔仪见星之力化刃，从虚空而出对准自己飞射，心中一惊，暗想：竟然一来就出杀招！完全不讲同门友谊！我虽然是来找人麻烦的但却没有半点杀心啊！

飞刃碎片多且快，明栗毫不留情的攻势完全打乱了孔仪的办事节奏，他飞身连退数步远从树上落地才堪堪躲开，目光望向明栗所在之处略显恼怒。

“你可真是一点也不客气啊！”

明栗神色认真地问：“为什么要对你客气？”

孔仪哑然，他还没回话又听那姑娘脆声道：“束音。”

孔仪惊骇地瞬间抬首，束音炸碎了他的衣袖，伤到皮肤红了大片，火辣辣的疼，如果刚才没躲掉，又或者慢一些，这只手就断了。他神色变得凝重，这才开始认真，清楚意识到对方是来真的，他若是再失误，说不定就会死在这儿。“死”这个字从脑子里冒出来时孔仪都觉得荒唐，还有一丝自心底蔓延的恐惧。

孔仪深吸一口气，五指紧握打出一拳拦下明栗的行气字诀，双方星之力碰撞在白日爆发出星火，趁束音效果被抵消，他一鼓作气冲到明栗身前砸下一拳。

孔仪这一拳朝着明栗脸上砸去，蕴含了星之力与体术脉，一般的人要是挨了这一击最轻也要掉几颗牙。

凑近了他才发现，这小姑娘面对他的近身攻击没有半分惊吓，神色沉着冷静，只轻撩眼皮，抬手同样以拳相击。

孔仪暗喜，明栗中计了。他挥出的右手五指戴有半截黑色指套，是上品武器，指套中射出之刀的刃可划破星之力的屏障，还淬着毒。

孔仪作为修者算不得很厉害，但阴招很有一手。

可惜就在这指套射出刀时明栗早有所察觉地后撤，更是有剑光从远处飞斩而来将孔仪击退。

这谁啊来搅局！孔仪恼怒地抬首，见到来人时却脸色微变。

来者是井宿院的大师兄，山思远提剑指向孔仪，面色冷道：“你在这干什么？”

孔仪阴阳怪气道：“我跟人切磋你也要管？”

山思远瞥了眼明栗，又看回孔仪冷声道：“方才师尊病发晕倒，若不是她及时发现恐难救回，先不说你又替少主做那些肮脏事，与同门切磋也用这种阴损的招式，师尊平日的教导你都学到哪儿去了？”

孔仪被他说得脸色青红交加，眼生恼意，也冷嘲道：“我学哪儿去关你什么事？反正师尊也只在乎你学得怎么样，我跟人切磋爱用什么招式就用什么招式！”

山思远面上冷意更甚。

明栗不想听这俩人吵架，转身要走，被孔仪伸指喊道：“站住！”

她回头看去，却听山思远说：“师尊的事多谢了。”

山思远拦在她与孔仪之间，剑尖指着孔仪说：“今日你休想在井宿给师尊丢脸。”

孔仪气笑了：“你才给师尊丢脸，我让她站住是要提醒她，今天最好别去鬼宿院，那边也有人等着她。”说完瞪了眼明栗：“我是看在你救我师尊的分上！”

明栗问：“鬼宿院是谁？”

孔仪瞪大了眼看她，似乎没想到她会这么问。

“你以为我会告诉你？”

明栗却道：“你都说鬼宿院有人，为什么不告诉我是谁？”

孔仪一听又觉得有道理，于是嘴快道：“许滨。”

明栗有点印象，是之前在新舍跟邱鸿打起来那人，又问：“那你叫什么名字？”

孔仪脑内警铃大作，她问我名字干什么？肯定是想报复！

于是他说：“山思远！”

旁边的山思远愣了：“……”

明栗："我记住了。"

孔仪大喜，她果然是想报复！还好我聪明！

在明栗转身离开时，山思远面无表情道："他叫孔仪，我才是山思远。"

孔仪道："功亏一篑！"

明栗安全离开井宿后继续忙剩下的任务。在忙碌中时间过得很快，因为她每到一个院都会转完再走，记下各个院禁地的位置，甚至还能猜到那些禁地里面都是什么。

比如南雀的神兵库在轸宿，灵技传承古籍藏书阁在柳宿，处罚弟子的惩戒楼在星宿，记录命星位置的星盘在翼宿，等等。

明栗看了一圈发现南雀确实强势，所有东西几乎都是最好、最强的，院中弟子也是个个身手不凡，只不过宗内势力复杂。而井宿禁地内传来石蜚的力量气息让她感到困惑，五年前若是南雀的人去北斗抢走了镇宗之宝，还重伤不少院长与弟子，留守北斗镇山的父亲不可能毫无所觉。

明栗沉思着，发现任务的最后一环才是去鬼宿。

这会儿已经接近日落时分，明栗又在鬼宿帮忙分装要用的药材。鬼宿药斋弟子对她很是感谢，结束时还热情地送了她好多疗养的伤药，感叹道："你会用上的。"

明栗懵懂地接住对方硬塞过来的药包。

对方继续感叹道："听说你因为跟江盈的妹妹抢崔圣的首徒得罪了少主……"

"流言已经离谱到这种程度了吗？"

对方摆摆手又道："这世上优秀的男人不少，小师妹不要痴恋一人，南雀多的是身材、品行、能力全方位优质的师兄们，比如我——哎，师妹？听我说完再走啊！"

明栗离开鬼宿药斋，在药斋山下的河道遇见来堵她的许滨。

许滨双手抱胸站在路中，目光略显感叹地看她，说："若是你答应将东西还回去……"

话还未说完，就听明栗说："那日出手打断你与邱鸿的是我。"

许滨先是一愣，随后脸色微变，原本放松的肌肉骨骼逐渐变得紧绷，沉声道："你怎么证明？"

明栗怀抱一堆药包，歪头看向前边的许滨平静道："很简单，你跟我打，我会先废了你的右手，再碾碎你的体术脉。你的主星脉是体术，主修灵技也是，若是没了它，你的修行就得重新来过，还缺一条胳膊。"

随着明栗的话音落下，许滨的脸色已经变得很难看了。

这新来的翼宿师妹看起来又乖又美没什么杀伤力，一开口说话却能把你戳成筛子。

瞧瞧她都说了什么？

废了你的右手，再碾碎你的星脉。

如此狂妄，可许滨却不敢应。

如果她真的是那日出手的人，那就不是在说大话，而是真的有实力做到。

赌，他也许会失去一条胳膊加体术脉，不赌……好像没什么损失？

许滨默默退去一旁，语气硬邦邦道："事情解决之前你可别来鬼宿了。"

明栗说："把能证明你身份的东西给我。"

许滨不解："你要干什么？"

明栗抬眼看他："不给就说明你选择跟我打。"

许滨差点就忍不住大吼一声"打就打我怕你"，却在对上明栗那双平静的眼眸时硬是把话吞回去，不知为何，他就是觉得明栗没撒谎。

许滨黑着脸将自己的星命牌扔给她，说道："这是七院高级弟子才有的。"

明栗站在原地没动，星命牌啪嗒落在地上。

“你不是要的吗？”

明栗眨眨眼说：“我没手拿了，你放在药包上。”

许滨额角狠跳一瞬，被迫上前弯腰捡起来小心翼翼地给她放在药包堆上，明栗还礼貌地回了句：“谢谢。”

“……不客气。”许滨望着明栗离开的背影，讽刺地笑道，“我到底在干什么啊！”

七院各位来帮南雀少主摆平手镯事件的高级弟子，被紧急召唤聚在一起讨论战术。

没跟明栗动过手的人都有些纳闷：“至于吗？就一新人还要开什么作战会，丢不丢脸啊？”

跟明栗动过手的孔仪翻了个白眼：“等她的束音在你脸上炸开花的时候你就知道原因了。”

他举起自己还在发红的手臂说：“要不是我躲得快这手就废了，那丫头出手是真的狠，上来就是杀招，我就是去要她还个镯子，不知道的还以为我跟她有什么血海深仇不死不休！”

许滨看后不由得搓了把自己的右手臂，对明栗的话又信了几分，庆幸自己没跟她动手，否则还真有可能断手废星脉。

倒吊在树上啃馒头的柳宿弟子问：“有这么厉害？”

坐在树上的星宿弟子嗤笑：“得了吧，孔仪自己本身就打不过行气脉厉害的。”

孔仪指许滨道：“那他可算是行气脉的克星吧，怎么也打不过啊？”

许滨沉声道：“她确实很厉害。”

柳宿弟子道：“听说是单脉满境过的入山挑战，光是这点已经很了不起，看起来是个狠角色。”

“她能徒手捏碎我的窃风鸟，实力我是不怀疑的。”帮忙望风的庄树回头问，“但是你们都不好奇为什么有人敢抢少主给自己未婚妻的镯子，而少主的未婚妻还不亲自出手，要我们去施压吗？”

星宿弟子沉思道：“要这么问的话，我倒是更好奇她怎么敢抢这个镯子还不肯还。”

孔仪嘲笑道：“你俩再努力一点，多想想，保不准接下来被针对的就是你俩。”

星宿弟子问庄树：“你的窃风鸟打听到她的动静没？咱们一起上，还不信拿捏不了这小丫头。”

庄树伸出手接飞回来的窃风鸟，看见消息后脸色古怪道：“她回翼宿……拿着许滨的星命牌去找江盈了。”

其他人听得一愣，随后默契地想到，坏了，她可能要去把少主的未婚妻揍一顿。

庄树尬笑道：“不会吧……她胆子没这么大吧？”

“去看看。”孔仪道。

落日西沉后，天上明月半隐半现，翼宿院大雪纷飞，外边都见不着什么人。夜里降温，别的院春风暖意正好，唯有翼宿还在寒冬腊月，冻得人发抖。

江盈身为翼宿院的高级弟子，有单独的住所，但她其实不常在翼宿住，平常处理完翼宿的事务，结束修行后就会回崔元西的住所。

明栗掐着点儿在她回去的路上把人拦下了。

和那天晚上一样还是在莲池桥上，周围石灯透出昏黄的光芒照明，明栗等在桥上，看从竹林道中出来的江盈。

江盈看见她时眯了下眼，刚走到桥头就见明栗扔来一物，是许滨的星令牌，落在地上发出清脆的声响。

明栗说：“没想到江师姐这么看重一个不入流的镯子，派来的都是些厉害人物。”

江盈只觉得这话从明栗嘴里说出来无比讽刺，再看看地上的星令牌，面色微冷，心中也有几分惊讶，一个刚入门的小弟子，竟然让那几个高级弟子都没办法。

明栗要来许滨的星令牌，是为了有借口与江盈动手而不会被怀疑，她今日必须确认江盈的星脉是否与师妹青樱的一样。

“你也比我想的要厉害。”江盈淡声说着，慢步朝上走去。

“江师姐你不如亲自动手，也好知道我到底有多厉害。”明栗也朝她走去，“白天可说过的，你一个人的时候要小心些。”

两人的星之力同时爆发。这次为了试探，明栗选择近身打斗，没有一开始就使用行气字诀。

星之力将两人交战范围内的落雪震飞，明栗挥出的每一拳都带着狠劲，压迫感十足。江盈心中惊讶，虽然明栗体术脉并非满境，可使出的力量却几乎与满境程度无异。近身格斗和疾行时，必须依靠体术脉扩增加强自己的身体机能，满境时体术脉对身体骨骼的最高加成是一百八十倍，非满境的极限是一百倍，如此可见满境与非满境之间的力量差距。

江盈没有一上来就全开体术脉加成，倒是开了重目脉加成准确地看穿明栗的行动。动手先开重目脉是她的习惯，因为曾经作为普通人，她完全看不清修者的行动轨迹，得到新生可以修行后，她选择主攻的就是重目脉。可即便如此，江盈还是觉得看清明栗的速度与招式有些吃力。她上次有这种感觉还是在刚开始修行的时候，这几年随着每日不懈地勤学苦练，她已经获得了显著的成长，就算跟李雁丝对战也很有自信。

然而此时此刻她却在一个刚入门的小弟子身上感受到了久违的压迫感。她的神色越发冰冷，心中不受控制地蔓延开嫉妒的情绪，她讨厌所有天赋好的人。

八脉觉醒，明明如今的我也是，为什么却还是会觉得有压力，她不过单脉满境，我六脉满境还不能制裁她吗？

愤怒与嫉妒让江盈下手越发地重，在与明栗两拳相击时她吐气道：“束音。”

一道道音在明栗周身炸开，她被逼退，足尖点在桥栏，又见江盈伸指点她：“破风。”

爆裂声在她周遭响起的同时，天地行气逆转，重力下沉压着明栗的双肩与背脊，卸掉她的星之力强迫她跪下。

明栗反应神速地退离开她的破风灵技范围，这一退就退到了湖中，借着积雪的莲叶站稳后抬首朝站在桥上的江盈看去。

江盈朝她抬首，居高临下道：“周师妹，这南雀可不止你一个人会行气字诀。”

明栗似笑非笑道：“这一手行气字诀虽漂亮，可惜却没伤到我半分，江师姐多少有点学艺不精。”

江盈听得恼怒，终于忍不住冷笑出声：“那就看看你学得怎么样。”

青樱主攻的是冲鸣脉，与听觉相关的灵技，江盈从头到尾都没用过。而青樱的神庭脉异常强势，对修行行气字诀很有帮助，可青樱不爱学。

明栗没能从江盈的招式中看出半点与青樱相关的影子，这两人是完全不同的修行方向。

师兄妹之间常有切磋，明栗与青樱对战过无数次，对青樱的星脉力量和出招再熟悉不过。

青樱很聪明，每一次都能从失败中自己找到原因，有些时候她还没说，青樱已经唉声叹气地总结哪里不对了。

师妹与她对战总是很认真，不会放松警惕当作玩闹，而是在明栗出招的时候把她当成对手而不是师姐。

明栗很喜欢师妹这份认真，所以教得也用心，就连十六岁前——那时的明栗脾气很不好，也不会对跟自己切磋的青樱说一句重话。

青樱和她从小一起长大，从面容稚气的孩童到后来笑容明艳的少女，一起在北斗度过数十个春夏秋冬。她曾在夜里与她小声倾诉心事，也会在出过远门后第一时间来找她，开心地说一句："师姐，我回来啦！"

明栗看着眼前这张与师妹一模一样的脸，脑海中有一幕幕的往事闪过，眸光更冷。

江盈被快捷迅猛的攻势逼退，有些狼狈，面色发狠，开启了还不能熟练运用的八目魔瞳，试图封印明栗的星脉力量。

没想到却被明栗无情嘲讽："太慢了。"她扬手在被封印的前一秒以落雪击中江盈的眼睛，听她惨叫一声摔倒在地。

"我的眼睛……"江盈捂着看不见东西的眼睛难得慌乱，只听见明栗说："瞎不了，一点儿落雪而已，江师姐慌什么？"

江盈心中燃起滔天怒意，咬牙切齿道："周栗，你、找、死。"

明栗垂眸看着从地上爬起身的江盈道："体术脉快不过我，行气脉不及我，重目脉也不精通，江师姐，你还会什么？"她在等江盈用师妹的主星脉，冲鸣。

江盈是不想用冲鸣脉的力量，因为这是青樱的主星脉，蕴含着她最多的力量，这份力量或多或少地转移到了她自己身上。说来好笑，江盈不愿意用冲鸣脉的灵技是因为觉得硌应。

青樱的血治好了她的星脉逆转，可青樱神庭脉力量过强，因此能让作为青樱主星脉的冲鸣蕴含的力量转移到江盈身上，让江盈真切地意识到这是别人的星脉，不是她的。只有运行冲鸣脉时江盈才会有这种想法。

或许是第一次发现崔元西看青樱的目光藏着他本人都没察觉的占有欲，又或许是第一次在崔元西身上闻到那个女人的香味，又或许……发现崔元西不可抑制地爱上青樱以后，江盈就对冲鸣脉有了忌讳。

崔元西这个蠢货，连自己到底喜欢谁都不知道，懦弱得不敢承认面对，南雀高高在上的少主其实是个不敢面对自我的胆小鬼。

江盈一想到崔元西跟她同床共枕，夜里却总是偷跑去看青樱就觉得好笑，太好笑了。

这愚蠢的家伙在想什么，他把那女人变成那副人不人鬼不鬼的模样，还奢望什么？既然他背叛了自己，那她也乐意看崔元西自我折磨。

江盈让崔元西对自己越来越愧疚，也让他更加没有勇气意识到自己喜欢上青樱的事实。

崔元西可以不再喜欢她，但南雀少主夫人的位置必须是她的。

江盈已经得到了自己最想要的修行机会，一个胆小鬼的喜欢与否就不再重要。

此刻被明栗挑起怒火与妒意的江盈略失理智，忘记了崔瑶岑曾警告过她不到万不得已不准用冲鸣脉的事。等眼睛恢复明亮后，江盈看向站在湖中莲叶上的明栗阴沉着脸道："我还会什么，你可以看看。"她终于动用了自己的冲鸣脉，听觉扩增数倍，如野兽般敏锐。

明栗感觉到两人之间的星之力发生动荡，范围内的天地行气发出尖锐的声响，她知道江盈用的什么灵技，如她所愿地张嘴发声："江师姐——"三个字刚出声，后面的声音都被无形之物吞没，喉咙像是被无形之手扼住。

江盈看着明栗嘴角弯起诡异的弧度。

冲鸣脉高阶灵技吞音绞。

吞音绞将明栗的声音吞没，顺着她的声音入侵体内形成一股股小漩涡绞杀她脖颈的血肉，不出意外，它最终会破皮而出，使她断舌而死。

江盈目光灼灼地盯着明栗，她要亲眼看着这个讨厌的新人在她面前变得血肉模糊！

明栗感受到喉间疼痛，却从这份疼痛中感应到了她最不愿感应的力量。来自师妹青樱冲鸣脉的力量，微弱地混杂其中，却是她无比熟悉的存在。

明栗没有拦下或者避开江盈的吞音绞，就是为了从她的冲鸣脉力量中找到能证明她猜测的证据。

可明栗宁愿相信青樱是死在北境鬼原，死在北方，死在她消亡的地方，也不愿她一个人悄无声息地死在遥远的南雀，孤零零地一个人感受自己血液流逝而亡，而她的同门、师长、朋友，竟无一人知晓她死亡的真相。

明栗证实了自己的猜测后觉得荒唐得好笑。怎么会发生这样的事情？又到底发生了什么？她缓缓抬眼朝站在桥上的江盈看去。

这时候才赶到翼宿院的孔仪等人刚落地就感觉到不对劲，躲在暗处齐齐朝前方两人看去，彼此惊讶于这突然蔓延的杀意。

谁的？

好像两个人都有杀意。

孔仪转身就跑，当自己没来过。

其他人纷纷跟上。

只是刚跑了没两步就被爆发的星之力惊得回首看去，只见刚才还看似占上风的江盈毫无预兆地被天地行气击飞落入水里，明栗抬手擦拭嘴角血迹，嗓音略哑道："吞音绞，你也配？"

朝圣之火灼烧着她的星脉却也拦不住此时心生杀意的明栗，被朝圣之火阻拦的星脉拼命与外界的星之力连接，从前满境的冲鸣脉与如今新的冲鸣脉连接的瞬间，让此刻的明栗晋升冲鸣脉满境。

明栗站在莲叶上，看从水里冒出头来、狼狈又慌张的江盈，江盈脸色微变，目光惊悚地望着明栗，满是不可置信。

江盈张了张嘴，却不敢发声，熟悉的力量悬在她脖颈周围，让她意识到自己此刻正是对方吞音绞的攻击对象，只要她发出一点声响——

明栗抬手指她，眸光明灭道："束音。"

江盈这才反应过来，咬牙从水中起身，却没能躲过这一击，被束音炸伤了脸，刚好毁去她眼角的泪痣，使那里变得血肉模糊。她没忍住痛叫出声，刚发声就知道完了，回到桥上捂着嗓子惨叫吐血。

远处观战的孔仪等人看得头皮发麻，根本不敢上前插手，彼此将目光落在明栗身上时都只有一个想法：是个狠人。

“住手！”

明栗又要朝江盈点出一道行气字诀，却被发现动静不对赶来的李雁丝拦下。

李雁丝看着浑身湿透还被毁容的江盈震惊不已。她见江盈捂着喉咙，惊觉她还在被吞音绞折磨，立马上前点出一指，将困在她喉中的吞音绞散去。

江盈捂着喉咙倒在地上狼狈喘息。

李雁丝神色凝重地转身看明栗：“你可知你都做了什么？”

第10章 七院会审

明栗这才收敛杀意，因为杀意而沸腾的星脉力量骤减，朝圣之火重新占据主导地位，切断她与重生前的星脉的连接，她的冲鸣脉瞬间从满境跌回之前的四境六十九重天。

李雁丝完全没想到她俩会打得这么严重，之前只感觉到她俩打起来，但以为是小打小闹，便没有插手，谁知道过不一会儿就发展到这种要命的程度。

江盈捂着喉咙说不出话来，也不知是湖水还是汗水将长发粘在脸上，乱糟糟的看不清面容。她艰难地站起身，被李雁丝带来的翼宿院大弟子伸手扶住。

李雁丝看看江盈这副狼狈模样，心道："这下不好交代了。"

翼宿院弟子内斗、一人重伤的事很快就传遍七院。

崔元西起初并未在意，他每天都有许多事要忙，这种弟子内斗的事各院长会自己看着办，直到得知被打成重伤的人是江盈后他才立马起身去找人。

江盈的脸被束音炸毁了皮肉，看着严重，但只需要敷一段时间药就能好，以她的身份背景用的药品肯定是最好的，所以并不致命。

主要还是吞音绞带来的伤害，若是李雁丝出手迟些，江盈就会因伤而变成一个哑巴。

如今及时治疗后，已经能开口说话，只不过声音听起来又哑又涩。

崔元西看见江盈的惨状后额角狠抽，怒不可遏，问："是谁干的？"

门口的翼宿院大弟子低声道："是新入门的弟子周栗。"

又是她。

崔元西冷眼看去，这新人不仅拿了银镯，还把江盈伤成这样。

"南雀的新人什么时候这么嚣张了？"他横眉怒目道，"内院私斗造成重伤，必须严惩，把她直接送去惩戒楼，按照最重的罪名惩处。"

翼宿大弟子却为难道："少主，因周栗有其他院高级弟子向她施压威胁的证据，还能证明是江盈先动的手，此事牵扯到她与江氏的恩怨，所以是否将周栗送去惩戒楼需要经过七院会审。"

"七院会审？"崔元西冷笑声，"谁提出来的？"

"是师尊。"翼宿大弟子很快又补了句，"崔圣已经同意。"

崔元西听后神色阴沉地转身去了趟三圣峰。

三圣峰，望月殿。

殿前平台立着八只替身灵，分别对应八脉，而它们都是给崔瑶岑新收的徒弟练习灵技用的。

这会儿已经入夜，千里却没能休息，正满头是汗地跟代表体术脉的替身灵较劲。

崔瑶岑就在他不远处拿本书靠着石桌坐下翻看着，不时瞄两眼这徒弟的招式思路是否正确。

千里的表现她很满意，可瞧见从石阶走上来的崔元西时，表情顿时变得有些不悦。

崔元西无视了修行中的千里，径直来到崔瑶岑身前问："为什么同意七院会审？"

"为什么？"崔瑶岑冷笑一声，"你还好意思问？"

崔元西说："江盈已经伤成那样……"

"这些年你为江盈坏了多少规矩！"崔瑶岑冷眼道，"就为了一个镯子，找了七院高级弟子去为难一个新人，这是身为南雀少主的你该做的事？其他宗门知晓后会怎么看待南雀？江盈她已是六脉满境，却打不过一个单脉满境的新人。"说到这里她顿了顿，抬手设了一道隔音法阵又道，"我警告过她，不准随意用冲鸣脉，可她今日意气用事，用了吞音绞还被反噬……"

崔元西道："不是那弟子对她用的吞音绞？"

崔瑶岑以看傻子的目光看他："翼宿院说她冲鸣脉只有四境，如何使用满境高阶的吞音绞？我也警告你，不要再傻傻地被江盈利用，她说什么你就信什么。你看看你如今的样子，仔细想想你这些年对江盈的好究竟是为了弥补江盈还是把江盈当作别人来补偿。"

崔元西听得瞳孔紧缩，声音颤抖："阿姐，你在说什么……"

崔瑶岑看见他这副模样就来气，将手中书本重重地摔在桌上起身道："崔元西，今日你给我想清楚。江盈星脉逆转完好，根本不用再留着那女人！把你那些可笑的借口都收起来，好好问问自己，你留着一个只剩微弱神庭脉支撑的空壳子干什么！"

崔元西只觉得脑子嗡的一声巨响，袖中双手紧握成拳，喉结滚动，艰难地开口说："是为了江盈身体有恙能……"后面的话在姐姐威严鄙夷的眼神中再难发声，他心跳得厉害，脑子里有根弦紧绷着就快要断掉。

"你觉得你还能从那具身体再换什么给江盈？"崔瑶岑一字一句地敲碎他的伪装，让他正视自己的内心，"血养之术结束时就该让她痛快死去，你却背着我将她做成没有神志的傀儡藏起来，当你不愿意让她死的时候就该知道自己到底想要什么。"

崔元西只觉得喉咙被堵住陷入窒息，阿姐的话如一阵天雷劈在他身上，让他懦弱的自我无处可逃。

正视这样的自己时，他终于发现自己都干了些什么。

崔瑶岑道："如今北斗的人在南雀东躲西藏，就等着我们疏忽让他们有机可乘，我绝不容许你这些事给南雀抹黑。今夜我就去替你解决那女人，断了你的心思！"

她刚掠影就被崔元西拦下，两人对招的瞬间爆发的星之力过于强势，将隔音法阵碎裂。

修行区域的千里侧身避开余波的横扫，惊讶地朝谈话的两人看去，他不知两个人话说得好好的怎么忽然就打起来了。

崔瑶岑要动手绝对是崔元西无法阻拦的，她隔空扇去一巴掌，将崔元西打出了血。一点血珠悬浮在空中，被崔瑶岑伸指点去，山巅的禁制要崔元西的血才能破。

朝圣者的行气字诀，能在遥远的千里之外瞬息之间落至目标身前。

血珠飞去破了禁制，崔元西见崔瑶岑又点出一字杀诀时惊得肝胆欲裂，飞身上前阻拦："阿姐！"

他被这杀诀击飞老远摔倒在地，半边身子陷入麻痹难以行动，星脉受损，却堪堪拦下这一击，让这杀诀无法飞到山巅。

崔瑶岑脸色难看地看着他："崔元西！"

崔元西艰难地从地上起身，汗与血混杂在脸上，痛苦让他拧紧眉头。可他却又拼命撑着，固执地拦在崔瑶岑前方："阿姐，我说过，我不要她死。"

崔瑶岑见他豁出命去拦刚才的杀招，终是不忍再动手，只骂道："蠢货！赶紧滚！"

崔元西连脸上血污都来不及擦一擦便朝着山巅小屋赶去。

崔瑶岑见他如此着急地向小屋赶去，又是气不打一处来，脸色阴沉如水，不远处的千里都能感觉到这位至尊强者难以发泄的愤怒。

千里挠了挠头，犹犹豫豫道："师尊，要不你打我出出气？"

"好好练你的体术脉！"崔瑶岑没好气地一甩衣袖离去。

等望月殿前只剩千里一个人后他才松了口气，终于自在了。

崔元西从未以如此狼狈的姿态来过山巅小屋，他着急忙慌地修补了禁制。屋中是他死也不肯放手给任何人的至宝，为此他每日都在担惊受怕，每日都要来确认禁制是否完好、他的至宝是否还在。

日复一日，他却从来不肯正视自己的内心。

远处的朱雀州城形成了一条灯火长龙，明明灭灭的萤火围绕着永开不败的樱树闪着光芒，屋中的陶瓷美人坐在窗前安静无神，灰蒙的瞳孔中倒映着世间美景，却无法真正欣赏到这份美。

崔元西拖着受伤无力的半边身子跪倒在窗前，目光晦涩难明地朝窗后的人看去，心脏被酸涩感填满，难以控制地鼻酸眼红，似乎是怕惊扰窗下的美人，连飘落的樱花和风都悄无声息。

崔元西早该发现自己看见江盈受伤时的愤怒源自什么了，原来是记忆里磨灭不了的青樱浑身是血的模样。

当年青樱看见崔元西受伤会为此吓一跳，惊讶地跑过来问他怎么啦，谁干的，是不是又被周子息打了。

青樱耐心地给他包扎着受伤流血不止的手，一边止不住地碎碎念："子息也不是故意的，他跟我一样讨厌南边的人，因为以前南边的人常说我师姐坏话，不过南边肯定也是有好人的，只不过很少见。"

崔元西看着眼前明艳活泼的少女，只觉她垂眸为自己包扎时又温柔又细心，让人忍不住心动。

最初，青樱以为崔元西只是来自南边的普通修者，来北边为朋友寻求治病之法，感念他对朋友的善意，也因第一次见面时他碰巧救了东野昀而对其心存感激。

就连东野昀也能跟他谈上几句，唯有周子息对他没个好脸色。

不过周子息讨厌崔元西单纯是因为南边的朝圣者对师姐的态度，他不是针对崔元西一个人，而是不喜南边所有的修者。为此青樱常常劝他不能把所有南边的修者都视为坏人，要因人而异，她觉得这位来自南边为朋友寻药的修者就很好。

青樱道："他也总是夸师姐是最厉害的朝圣者呀！"

周子息以看傻子的目光看她："那是他也因人而异。"

青樱懵懵懂懂："什么因人而异？"

东野昀坐在旁边擦着自己的剑随口道："他知道在你面前夸你师姐能讨你欢心。"

青樱笑眯着眼骄傲道："那当然啦！谁夸我师姐我都会开心啊！"

东野昀说："我的意思是他喜欢你。"

青樱愣住，又吓了一跳。明栗与陈昼从外回来，问："谁喜欢谁？"

"没有没有！"青樱连忙摇头，一边用眼神示意身边两位知情者不准说。

明栗看周子息轻扬下巴，便无声示意他来找自己，周子息被这一眼点得哪还有心思管青樱的事，上前去跟师姐说两人之间的悄悄话。

在这天晚上，崔元西约了青樱去看城中灯会。

城中灯会青樱从小看到大，却每年都觉得新奇，乐此不疲。人群汹涌，她自己玩得太开心，因回头不见崔元西而愣住，四处找人时忽然被抓住手腕拽回首。

她第一次见崔元西以这种目光看着自己。

专注而热烈，似火焰能灼烧她的肌肤。

崔元西说："别跑丢了。"

那天青樱第一次静下心来看灯会，没有再走出崔元西的视线范围。

因为从小失去父母，被师尊与师兄姐们带大，青樱骨子里有着难以抹掉的自卑。尽管北斗的所有人都对她很好，可他们也都比自己更厉害，大家对她都是出于同情与责任，所以青樱很难拥有被人需要的认同感，常怀疑自己的存在是否重要。

她也总想：师兄师姐们对她好，是因为师兄师姐们本身就是善良温柔的存在，而不是她有什么值得被温柔对待的地方，否则她怎么会一出生就被父母抛弃？

青樱如此自卑，就连对自己的名字也常难以接受。

师尊说这是她父母留下的名字，所以当初未曾替她更改。

世上没有青色的樱花，正如她不该降临这人世。

明栗偶然察觉到青樱的想法，这才去了趟东阳，为她做了那只银镯，将青色的樱花装在铃铛中，告诉她这种花是存在的。

可青樱当时没能理解，只单纯地觉得师姐对她真的太好了。

往河里放灯时青樱无意说起这事，却听崔元西说：“也许你师姐是想告诉你，这世上确实存在青色的樱花。”

“那是师姐为了安慰我呀。”蹲在河边放灯的青樱笑着回头，却见崔元西垂首认真又温柔地道，“你师姐是想告诉你，你就是存在于这世上那朵独一无二的青色樱花。”

“若你师姐不是这么想的……那么我是。你父母或许也知道世上没有这样的花，可为你取这个名字，是因为你对他们来说是特别的，独一无二的。”崔元西俯身替她擦去眼角泪水轻声说，“对你父母来说是，对我来说亦是。”那时候说下这些话时有几分真有几分假崔元西已经记不得了，或者说他不敢记住，可青樱在这瞬间才将他的模样牢牢记在心里。

青樱身边的男孩子很多，可他们是师兄、同门、好友，唯有崔元西，让她知晓了什么叫作心动、思念、爱慕。他们也曾有过甜蜜的记忆，是少女情窦初开的美好与甜腻，以为能这样一生一世，白头到老，直到她被人从北境鬼原带去南边。

青樱不明所以，在这份疑惑与恐惧中被施以血养之术，而崔元西根本不敢在她面前露面。他听她惨叫、崩溃、歇斯底里，心似麻木，却又日日越发坚定不让她死的念头，甚至疯狂嫉妒青樱崩溃之后还惦记着她的师兄，在血液流失殆尽、奄奄一息时还哀求着他的阿姐放过陈昼。

崔元西以为施行血养之术后青樱还能活，直到发现无论如何做怀中人的气息都越发微弱时才陷入恐惧。

青樱什么都不知道，不知道他做了那些卑鄙的事，不知道他最初是怀着怎样的心情才接近的她，只要她不知道，他就可以假装什么都没有发生过，他还是青樱眼中善良的南边修者，是她说过最喜欢的人。

崔元西怀着这样的想法去看怀中无论如何也无法唤醒的人，终于疯狂，做出了崔瑶岑也不敢想的事。他留下了青樱，哪怕她只是一个常常碎裂需要缝补的傀儡。

月色下的樱树温柔美艳，伸出的枝条差一点点就能触碰到陶瓷美人的额头。

她安安静静，对窗前跪地哭求的人无动于衷。

崔元西垂着头，泪水混杂着血滴落在地上的樱花瓣上，他终于明白自己都做了些什么——他让青樱死在了最爱他的时候。

因为翼宿院弟子内斗有人重伤的事需要七院会审，院长们纷纷放下手头的事赶去会审堂。

不少人在来的路上已经知晓其中细节，而且也知道换作平时，少主崔元西直接就把人扔去惩戒楼了，根本轮不到他们来开会决定如何处置罪魁祸首。

谁都看得出来他有多宝贵自己的未婚妻，这新来的弟子却差点把他的未婚妻毁容断舌，别说大发雷霆，他直接把人逐出宗门下杀手都有可能。

偏偏崔圣却同意了这次的七院会审，没有将决定权交给崔元西，其中信号大家多少也明白，看样子崔圣是要整治这两年对江盈过度宠爱、坏了不少规矩的少主。

会议桌前的李雁丝冷静地说明情况："当时附近没人，也就没人知道是谁先动的手，但周栗有鬼宿许滨的星令牌，又在井宿遭到孔仪袭击有人证，两人都证实是受江盈的委托去找周栗麻烦。”其他院长都明白，这里说的受江盈委托，其实是遵从崔元西的指令。

许滨的星令牌是板上钉钉的事实，鬼宿院长也没什么好说的。孔仪的事是山思远承认的，井宿院长病重，这次会审也是让山思远代为出席。

在所有人都心知肚明这次事件的原委时，星宿院长不紧不慢道：“看起来是江盈先挑起的争端，但她却是受伤最重的人，周栗对同门而且是自己的师姐下手是否过重了？”

轸宿院长慢吞吞道：“江盈既然用了吞音绞，谁下手过重该是一目了然的事吧？”

柳宿院长哑着声音说：“那造成江盈重伤的吞音绞是谁使出的？”

李雁丝解释道：“周栗的冲鸣脉只有四境，完全不可能使出高阶灵技吞音绞，这也是能召开本次七院会审的重要原因之一。”

鬼宿院长问：“还有第三人在？”

李雁丝摇头：“暂未发现。”

张宿院长打着哈欠懒洋洋道：“差不多得了，这种事放平时该怎么处理大家都心知肚明，还用得着开七院会审浪费时间？我很困，难得能早点休息，却得在这种小事上耽误工夫。”

山思远也神色凝重道：“师尊今日病发，我不能在外待太久。”

轸宿院长也道：“投票吧，认为周栗不用去惩戒楼的人现在就可以走了。”

张宿院长当即起身离开。

随后是山思远，他起身朝剩下的人垂首致意后离去。

鬼宿院长摸了摸胡子，朝李雁丝眨了下眼，和提出这个办法的轸宿院长一起离开。

走了四个，还剩下三个，结果已出。

李雁丝起身道："那就都散了吧。"

入惩戒楼证明这个弟子犯了很大的错，需要严厉惩罚，虽然明栗不用去惩戒楼，但并不是说对她就一点惩罚都没有。

最终结果是她因为与同门私斗造成恶劣影响，被罚了三日禁闭。

禁闭室窄小昏暗，四面都是墙，唯有靠顶的部分有一点光芒洒进来。

明栗跪坐在光影中，看似神色平静，却是在认真思考如何在崔瑶岑还在南雀时，杀了她的弟弟与江盈。

杀江盈较为容易些，杀崔元西却不容易。

该怎么杀才能解她心头之恨也是个问题。

明栗认真回想一切与青樱有关的记忆，试图从中找到一些蛛丝马迹。她同时又操心师弟的处境，所以抽空以阴之脉分离自我入梦。

这次她终于梦到了周子息。

黑色的雾影比之前噩梦中的还要多数十倍，它们围绕着长阶上方的白骨堆哀号或诅咒，尸首碎肉落了一地，有动物的，也有人类的。

尸堆中还在流动鲜红的血，黑衣青年坐在白骨堆积而成的椅子上，姿态慵懒地靠着椅背，手腕还有断了链子的铁铐束缚着。

那双藏着邪祟的黑色瞳仁朝明栗看去："你数次以梦为连接入此地，又不是南雀的人，我给你一个机会，告诉我你究竟是谁。"

明栗抬首看去，见到周子息心情好了几分："我是你师姐。"

周子息赤脚踩着一支短箭，单手托腮若有所思地盯她片刻，语气轻慢地笑道："真是什么阿猫阿狗都敢当我师姐。"

明栗问："是谁把你变成这样的？"在最初知晓周子息是地嵬，又没第一时间认出自己后，明栗就已多少猜到师弟遭遇了什么。

"我自己的事，我自己会处理。"周子息刚说完，脚下踩着的短箭受力浮空，明栗这才发现它是断裂成两截的断箭。

箭头与箭尾悬浮，随着周子息抬手在上空旋转交错。

周子息漫不经心道："我师姐可是八脉满境的朝圣者，你也不装得像样点？"

明栗话里带了点儿难过："你如今只能靠星脉境界认人了？"

这话戳中了周子息的痛处，他气息一沉，眉目也染上戾气，诡笑数声："你在这么个鬼地方待着试试看你会不会瞎。"

不仅会瞎，还会丧命，可他是地嵬，所以身体无论被摧毁多少次都能重新修复。距离他上次活过来才刚两个月，他却发现自己的眼睛越来越没用，视力随着复活次数的增多竟然变得越来越弱。

明栗朝尸堆走去，悬空飞旋的断箭发出尖锐声响警告她，明栗却没管。

周子息身体后仰靠着椅背，好整以暇地看着那模糊的影子朝自己而来。

断箭朝着明栗飞射而出，她没有阻拦，箭头悬停在她额头上方却再难前进半分。

周子息笑她："真不怕死。"

明栗踩碎一节尸骨，逐渐缩短两人之间的距离。

"起初我不明白为何总是会以梦入此地，后来才明白是因为你曾说过——只要我一句话，你可以无处不在，也可以从此消失。"明栗抬起眼眸看他，"我说过，我不要你消失。你是地嵬也没关系。你是我师弟，是在北斗已经学会如何做一个善恶并存之人的师弟。我不管是谁将你学到的人性洗去，让你恢复了恶的本性，我都会将那人找出来碎尸万段。"

明栗来到尸堆顶，弯腰伸手抱住他。

周子息没有阻拦，任由她将自己拥入怀中，而他也在这个充满腐臭糜烂的地方闻到了一点点清香。

可明栗如今的阴之脉不到满境，停留的时间到此为止，几乎是才触碰到师弟就从梦中醒来。

周子息坐在椅子上无动于衷，他轻轻嗅了嗅空气中曾短暂停留的气息哑然一笑，觉得有点意思，他什么都没忘，却又什么都不一样了。

明栗在禁闭室中睁开眼，目光所及是昏暗窄小的空间，不再是血腥压抑的祭坛。她刚要重新回去，却见一抹光影自黑暗中成形，立在门前居高临下地看着她。

周子息如一个黑色透明的影子，是能被光影穿透的空壳，他手上没有戴着半截链子的铁铐，说明出现在这儿的确实是影子。

周子息的本体在祭坛出不来，却能让影子在光影暗淡处为所欲为。

周子息似笑非笑地问她："你说说看，我八脉满境的师姐为何成了一个单脉满境还困在南雀的废物？"

明栗听得眸光微闪。

周子息不知道她死了。

整个通古大陆都知道北斗的朝圣者明栗死了，可周子息却不知道，这说明他在明栗死前，就被困在了那阴森血腥的祭坛，从此与世隔绝。就算如今的周子息，她觉醒了地嵬恶意本能的师弟，毫无人性，不行善事，不会对她的生死感到半分悲伤痛苦，明栗还是不舍得告诉他自己死过一次。

明栗低声说："你就当我也跟你一样被困在某个地方出不去，出去的代价是要重新修行。"

"什么地方能困住我师姐？"他忽然走上前来，弯腰伸出手抬着她的下巴，在她肌肤上游走后改为轻轻捧着她半边脸，笑道，"还能让我师姐长回少年时的模样？"这张脸在笑着，却没有半分笑意。

明栗侧首习惯性地在他掌心蹭了下，周子息没收回手，依旧用一副带笑的口吻说："这习惯倒是跟我师姐一样。"

从前他恨不得明栗多碰一碰他，在他肌肤上的触碰停留得再久一些。

如今却能心如止水地调侃。

明栗忽然扯过他衣领将他往下拽去，周子息低笑一声，任她扯开衣领看见胸膛上那些乱七八糟的伤痕，有一道伤口是他无论复活多少次都不会消散的。

在他胸膛靠近心脏的位置，有着被神杀之箭穿透的痕迹。

明栗上辈子射出过三支神杀之箭。

第一支拦江氏杀赵婷依。

第二支破北境鬼原结界。

第三支杀偷南雀镇宗之宝入北边的地嵬。

那天乌云压顶，雷鸣声声，却没有雨落下。

天地生异象时，明栗还在静室跪坐沉思。神木弓就放在她身前，惨白的枯藤作弓，弓弦接近透明，肉眼难见。

在她静思的时间里，外界就地嵬一事来通报了数十次，从武监盟到各家宗门，都在请求朝圣者出手，而她还要分神去看北境鬼原的战事，因此才没有亲自过去，而是在北斗射出一箭。

明栗射出的神杀之箭是以星之力为媒介，靠虚化物将其实化。她用五指拉弓搭箭，惨白的枯藤弓身在这瞬间焕然新生。松手的瞬间箭身飞射而出，划拉出星火，燃烧成一道火线远去。

刚入北方平原草地的周子息被这一箭命中，跪倒在地。追随而来的数道身影将他围住，试图将其拿下，有人欲抓住神杀之箭留他活口，却被周子息一指点开。

他紧握着穿过胸膛带血的箭身，语气阴鸷道：“我师姐给我的，你们可没资格碰。”

明栗不知道那一箭射中的是周子息，她忙于北境战事时也会抽空想念与兄长去了冰漠的周子息，想着等他回来时自己应该摆平这些麻烦事了。

可自从那日之后，明栗却觉得神木弓用着有些不顺手了。

这些日子来明栗心中已有猜测，可亲眼确认后还是难以接受。

周子息见她久久不说话，模糊的身影在他眼中忽明忽暗看不真切，却能从这份沉默中感受到些微难过。

也对，他的师姐得知自己曾将他一箭穿心，用的还是神杀之箭，的确会难过。

“为何用这种眼神看我？”周子息带着足以惑乱人心的笑问她。

周子息弯了下唇角，就着这个距离低头，轻而易举地在明栗唇边落下一吻：“师姐，你放心，我那么喜欢你，你就算再给我几箭也没关系。”

曾经这份喜欢是他最隐秘的心事，是他为之努力的信仰，是他一切自卑的源头，是他不肯言说的梦。

如今却以如此轻慢的语调说出。

明栗抬眸看他，眼前人是她的师弟，也是一只地鬼。

地鬼是什么样的存在，身为朝圣者的明栗比普通人更清楚。

地鬼的复活指的是肉身，无论复活多少次都是同一个人这点毋庸置疑，某些特别的印记就算复活也无法更改，比如她的神杀之箭造成的伤痕。

所以眼前的人既是地鬼，也是她的师弟。

明栗抓着他衣服的手没放，却也任由周子息暧昧地垂首与她额头相抵。她看向师弟的目光清明、冷静又理智。

无论发生什么，她总是如此冷静，不会失控。

周子息细细打量着她的眉眼。那些在北斗的点点滴滴：落星池对练，攀登万丈悬崖，故意输了点星比试让明栗继续教他八目魔瞳，风雪檐下为她涂抹唇色，追逐着师姐的背影前行，无数次希望她回头看一眼却在明栗回头朝他看来时胆怯又满足……他全都记得。

他曾经作为地嵬学会了如何做“人”，而今这些东西虽然被抹去，可记忆还在，他仍知晓那些情感名为“爱意”。

他喜欢明栗，或者说深爱着明栗。

周子息知道“爱”怎么写，却再也无法像从以前一样对它有所反应。

“通古大陆之所以遇地嵬必杀，只因为地嵬是恶本身，擅长作恶，会带来灾难与死亡。他们可以感知甚至理解人类的情感，却无法拥有。就像你刚才说的，你喜欢我，可你这里是没有感觉的。”明栗用食指点着他的心脏说，“我爹……也是你师尊以前说过，如果一个地嵬说喜欢你，当成笑话听听就行，因为地嵬喜欢你和他想要杀了你完全不冲突。”

周子息皱了下眉头，有点不悦道：“我知道这事。”心里下意识地念叨：我没忘。

明栗帮他将刚扯开的衣服穿好，神色平静道：“但地嵬有没有感情，懂不懂什么叫爱，会不会做一个善良正直的人并不是最重要的，最重要的是他们只要还活着就会杀人。”

地嵬不死，杀意不止。

“似乎地嵬存在的意义就是杀光天下所有人。”明栗帮他系好衣服后微微后靠拉开距离，坐直身子，像是往日在教他修行般认真，“地嵬从杀第一个人开始就会觉醒，接收地嵬一族传承的记忆，凭借本能做事，给他人制造灾难与不幸，开始无休止地杀戮。”

周子息垂眸看被她系好的衣服，同时缓缓直起身站好。

“可你在北斗时没有杀人，你在学着如何做一个人，你已经学会了。”明栗随着他直起身而抬首，明亮的眼眸中倒映着周子息，“好在你没有忘记，那些记忆全都还在，再学一遍总归不会太难。”

周子息嗤笑：“我为什么要学？”

明栗说：“因为你是我师弟。”

周子息笑她：“我是地嵬。”

明栗又道：“因为我喜欢你。”

周子息静静地看着她没说话。

当初明栗就想等周子息从冰漠回来告诉他这件事，却没想到中途能出这么多意外，于是这句话在这样的时间与场合说出，有了不一样的意义。

“真稀奇，堂堂朝圣者喜欢一个地嵬。”周子息果然没有半分触动。

他若有所思地看明栗：“师姐，你的师弟跟从前不一样了。”

“没有不一样，你在我面前与其他人面前两副面孔，我也不是第一天才知道。”明栗却认真道，“你只是终于可以在我面前随心所欲了而已。”

周子息这瞬间竟然产生一种我说不过她的感觉，低垂的眼睫颤了颤。他慢悠悠地眨了下眼说：“你也不怕我遵循本能杀人时先从你下手？”

明栗说：“爱也是一种本能。”

周子息漫不经心道：“那是什么？”

明栗朝他伸出手，带着点儿笑意说：“正好，我也想看你遵循的本能会是什么。”

她的虚化物在瞬间成形，以星之力化作的断箭分别飞向周子息与她自己。杀意在窄小昏暗的静室散开，断箭朝着他的心脏飞射而来，周子息却想也没想，身体选择了去拦飞向明栗心脏的断箭。

周子息捏碎了刺向明栗的断箭，明栗也毁去了攻向他的断箭。

在刚才生死一瞬，他依照本能做出了反应。

明栗轻颤着眼睫抬首看他，问：“你的本能是什么？”

周子息没有回答。

他当时只顾着明栗，自己还是被断箭的星之力伤到，碎成光影，融入黑暗散去。

明栗却已经得到了想要的答案。

周子息的出现总算让明栗感觉好过了些。

重来一次她听到的看到的全是些不好的事情，虽然师弟也没有好到哪里去，可对比死去的青樱着实要好得多。

在询问本能事件过后周子息就没再露面，也不让她入梦。

第三天，明栗面对空荡荡的静室终于忍不住说："我不要你回答了，你出来陪我说说话吧。"

没有动静。

她盯了会儿黑暗的光影，随后低垂着头，露出落寞的神色。

那只没心没肺的地鬼出来了，靠墙站着懒洋洋地说："你如今单脉满境，不抓紧时间修行，还在这儿浪费时间？"

真稀奇，有一天竟然会被师弟叮嘱好好修行。

明栗弯了下唇角，抬头看去："你被关在哪儿？谁做的？"

周子息还是那句话："我的事我自己会解决。"

明栗问："崔瑶岑？"

周子息轻挑下眉，没说话。

明栗又道："是你偷了南雀的镇宗之宝，无间镜？"

周子息轻声道："师姐要我还回去？"

明栗摇头："偷得好。"

周子息却道："不是我。"

明栗扬首看他，周子息语调森森："我在北斗规规矩矩忙着讨你欢心，哪来的时间去南雀偷东西搞事情？"

他瞥见明栗的目光，不等她问就道："南边的地鬼不比北边的少，我也不是谁都认识。哦，你身边那小鬼的爹我倒是挺熟。我还把我的七星令给了那小鬼，而他用它招来了付渊几人，让北斗的弟子在朱雀州城暴露位置并被崔瑶岑盯上，啧。”

明栗说：“七星令是你给他的，付渊师兄他们也因为那是你的七星令才现身的。”

周子息笑了下：“师姐这是怪我害他们暴露？”

“我不是这个意思。”明栗摇头，“我是想告诉你，你被关起来消失后，北斗的同门们一直都在找你。”

周子息单纯觉得奇怪地问了句：“你没找我？”

明栗却因为这话愣住，忍不住想她死了五年，在这五年里周子息又死过多少次？

“我找了。”她说。

周子息却道：“你回答慢了，师姐，撒谎的时候就别再露出犹豫的表情。”

明栗忍不住笑了下：“当初你说和哥哥要去冰漠……”

周子息忽然扭头看她说：“我杀的第一个人就是你哥哥。”

明栗完全看穿他，笑道：“地鬼的恶劣我比你清楚。”

周子息见她完全没有被吓倒的意思，有些无趣地抿了下唇。

明栗毫无芥蒂地问他：“不过我确实许久没有他的消息了，当初哥哥不是跟你一起去的冰漠吗？”

周子息懒洋洋道：“那只是个幌子，我们刚下山就各走各的了，他去了帝都，我一个人去的冰漠。”

明栗问：“你一个人去冰漠做什么？”

周子息不答。

他比以前野了不少，不想说的就不答，从前不敢说的倒是张口就来。

也正如明栗之前所言，师弟并没有如何改变，他只是在明栗的面前变得随心所欲了。

明栗如今只是看着他心情就能好几分，师弟叛逆了些不要紧，反正她也挺喜欢。

“你不愿意说就不说，我会一直找，如果你不在南雀，我就先把青樱的事解决了。”她轻声道，“大家都以为青樱死在北境鬼原，可她却是被人带到南雀施以血养之术而死。”

周子息没什么表情地说：“她喜欢崔元西这种懦夫能有什么好下场？”

明栗并未因他话里的冷漠而被伤到或者生气，因为她知道如今的师弟情感淡薄，或者说根本就没有，说出这种话完全能理解。让她不能理解的是这话里的内容。

“谁喜欢谁？”明栗感到震惊，“青樱为什么会喜欢崔元西？”

“对了，她从未跟你说过这事。”周子息似笑非笑地看明栗，“这懦夫也知道一进北斗就会暴露身份，所以只敢约她去外边见面，还花言巧语骗她不与旁人说起自己。”

他从来没给过崔元西好脸色，倒是因为崔元西的事与青樱吵过好几次，某次还动起手来，被她在脸上划了好长一道伤口。

青樱当时都蒙了，反应过来后慌忙跟他道歉，急得都快哭了。

周子息却转身去找明栗，只道自己受伤好痛，半个字不提怎么受的伤。

青樱自知有愧，老老实实在北斗待了两个月没下山去见崔元西。

那时的周子息也不知道崔元西是南雀少主，只觉得这人心怀不轨，不想让青樱陷得太深，事后知道崔元西真实身份时，他已经没有机会再劝青樱一句了。

明栗从周子息这儿得知青樱与崔元西之间的纠葛后沉默良久，直到周子息觉得无聊离开都没有说话。

如今的师弟无法共情理解青樱的处境，可明栗能。

她从这些细碎信息中拼凑出了事情原貌，难以想象青樱被喜欢的人背叛后死去的心。虽然前几天她就推断出了崔元西是罪魁祸首，却没想到还有青樱动心这一层，如此一来所有的伤害都被放大翻倍。

崔元西这个人死不足惜。

明栗听见静室的门传来咯吱声响。门从外边被人打开，千里拎着一袋甜点探头看进来：“周栗，你还好吗？三日禁闭期限已到，你可以出来了。”

第11章 潮汐之地

外边这会儿刚天黑，千里掐着点儿来接她，知道明栗在静室饿了三天，所以特地带了吃的。

明栗就在静室里吃着包子，听千里说外边的事。

“好在七院会审没有重判，院长们还是有良心的。”千里唏嘘道，“那天晚上少主来找师尊，两人也不知道谈了什么，师尊被惹怒，还点出杀诀要杀什么人，被少主不要命地拦下。”

明栗咬了口包子后问：“杀谁？”

千里摇头说：“不知道，起初我以为是江盈，毕竟能让少主拼命维护的人也就是他的未婚妻，可我听见他当时说了句话，说什么‘不要她死’。”

明栗听得顿住。

“听起来不像是说江盈。”千里肯定道，“少主伤得挺重，这几日都没出来，倒是江盈恢复得很快。”

不是江盈会是谁？

崔瑶岑不待见，要动杀招，崔元西却以命相拦，如果不是江盈，难道会是……

明栗想起崔元西曾蛊惑青樱喜欢他，再加上青樱与江盈长得一模一样，心里的猜测便压不下去了。虽然觉得荒唐，不可能，她却又隐隐希望如此。

若是青樱没死，只是被关在南雀，崔瑶岑当然不待见。

明栗还在沉思时又听千里道：“对了，今天师尊出远门了，说是要一两天后才能回来。”

他朝明栗眨眨眼，似乎在问“我做得好吧”。

明栗在此时做了个决定，朝千里点头致意：“谢谢。”

千里摸着脑袋笑：“哈哈，咱们之间说这些多见外！要不要出去再吃点儿？”

明栗却道：“她有在教你修行吗？”

“师尊吗？在教的，她每天都有盯着我跟替身灵对战，监督我灵技的熟练程度，有时候还挺严格。”千里话里带着感激，“跟以前在济丹自己一个人钻研的时候不同，有困惑的地方师尊三言两语就给我解决了。”他对崔瑶岑的崇拜倒是与日俱增。

明栗吃着包子说：“你本来就聪明，基础也很扎实，指点几句自己就能想通。”

千里被夸得不好意思，嘿嘿笑了两声，眸光明亮地望着她：“真的很谢谢你让我能活着来到南雀。”

“不客气。”明栗说，“如果没遇见我，你自己有后路吗？”

千里蹲在门口摸了摸下巴道：“应该是走一步算一步吧，被江氏抓到反正也是带回朱雀州，没准到朱雀州内反而有更多的机会。”

明栗问：“带着方回一起吗？如果你被抓，那方回怎么办？”

千里却笑道：“他会没事的。”见明栗没说话，千里又自顾自解释道，“方回只是体术脉不行，体质比较弱，不擅长肉搏打架，不代表他没有生存下去的能力。说起来他跟程敬白差不多，都是体质比较差，但别的地方能弥补这一点。”

明栗若有所思地点点头。

千里挠挠头又道：“何况还有井宿院长鱼眉在，她和我阿娘有些交情，按照我阿娘的意思，应该也是要我来投奔她的。”

明栗回想了一下井宿院长鱼眉的情况：“她现在似乎有伤在身。”

千里点头：“我小时候见过她，虽然次数不多，但那时候她身体可比现在好，现在像是多走两步就会喘。听说不是什么病症，而是阴阳双脉的咒术导致的。也不知道是什么人伤了她，她也算是我在南雀唯一有点关系的人了。哎，上次的事也是鱼眉院长帮的忙，我得找点时间多去看看她才行。”

明栗听着他的碎碎念吃完了包子，这才站起身道：“走吧。”

千里低头看了眼，发现明栗难得将带来的甜食都吃完了，之前从没见过她吃甜的，看来被关三天是真的饿了。

外边天已经黑透，月色与云雾交错，翼宿院的雪依旧下个不停。李雁丝最近忙着别的事，都没空管翼宿的四时法阵，翼宿的春季就在雪色中度过。

明栗跟千里说有些累所以先回新舍去休息，千里没有多想，还叮嘱她好好休息，别想其他事。

刚到新舍明栗遇见了出去的邱鸿，邱鸿问她：“没事吧？”

明栗摇头。邱鸿简单说了句“没事就好”，就急匆匆地朝外走去。

这会儿正是休息时间，新舍外边已经没有人，也没有吵闹声，安安静静。

明栗没有进去，她转身离开，在夜色中朝着三圣峰的方向赶去。与江盈一战的时候明栗发现新的星脉能绕过朝圣之火与过去的星脉相连，这样能将新的星脉瞬间提升至巅峰满境的状态。她在静室这三天并非什么都没做，周子息不出来的时候她就在做绕过朝圣之火将新旧星脉相连的实验。这种类似作弊的手段目前只能做到单脉相连，没法同时将八脉一起提升至巅峰状态，但这对如今的明栗来说也足够了。

听了千里的话后，明栗决定去崔元西的主居看看。如果青樱没死，还被他藏起来，那她在崔元西这边总能找到点儿蛛丝马迹。

崔元西住在三圣峰靠下的八离峰，二者虽然挨得很近，却是各自独立的山峰。

明栗靠着重目脉高阶灵技沉垢让自己融入黑暗。如此，她便会消失在其他人眼中，移动时只是一团黑色的影子。她藏在八离峰树影中时，瞧见江盈自前方宫殿里走了出来。她低声问站在门前的侍女："少主还没回来？"

侍女垂首答："还未，少主只叮嘱了姑娘要好好休息。"

江盈脸色看起来不太好，拢了拢肩上披风朝外走去，侍女要跟来被她拦下了。

虽然崔元西不在八离峰，但看见了江盈，明栗便改变主意跟着江盈走了会儿。她藏进江盈的影子里，悄无声息地跟着她前行。

江盈知道崔元西肯定是去看青樱了，却不知道青樱被藏在哪儿，这让她心里很是不痛快。仔细一想，这次她受了伤崔元西却不像往常陪在她身边日夜不离，反而一直不见踪影，这可不是什么好事。

难道这胆小鬼终于肯正视自己的内心了？现在绝对不行。江盈沉着脸，越想越觉得事态对自己不利，脚下一转，朝着八离峰的藏秀阁而去。

阁楼很高，里面楼层相叠，旋转的楼梯一眼看不到尽头。

江盈提着灯往高处走去。阁楼墙壁上的小隔间里放着古书卷轴或是某些小盒子，里面装的都是贵重珍品。她来到阁楼顶层四处翻找着，重点是隔间里的小盒子，似乎确定要找的东西在盒子里，却不知道是哪个盒子。

明栗在黑暗中耐心等待着。

江盈又打开一个盒子时顿住了，她小心翼翼地拿起盒中的黑色玉牌观看，玉牌小巧轻盈，有着盈盈光泽，隐隐约约写有"七星令"三个字。

明栗看得沉默。

江盈将七星令收起，重新拿起提灯，刚转身就见守卫藏秀阁的守卫正在楼梯口看着她。

藏秀阁守卫神色淡淡道："这东西江姑娘不能带出藏秀阁。"

江盈不慌不忙道："什么时候我来藏秀阁拿东西还需要你同意？"

守卫也不着急道："别的东西江姑娘都可以随意拿，因为是少主同意过的，可唯独这玉牌不可以，也是少主说的。"

江盈提灯的手收紧，神色不悦道："若是我非要拿走你又如何？"

"若是江姑娘执意如此，那小的只好去问少主是否同意了。"守卫侧身道，"少主就在藏秀阁下方的潮汐之地。"

江盈听得眼皮一跳："他什么时候回来的？"

守卫说："到了有一会儿了。"

江盈沉着脸随他往下走，心中不好的预感越发强烈。

崔元西既然回了八离峰却没来找她，反而来潮汐之地待着，这太反常了，平时就算是忙于事务他也不会连去见她一面都不肯。这胆小鬼多半是发现了自己的内心真正所想，所以一时半会儿不敢面对她。

江盈在心中冷笑，神色冷淡地跟在守卫身后。越往下方走去光亮越暗，这样的环境对明栗来说倒是非常有利，十分安全，让人很难察觉到她的存在。

八离峰藏秀阁的地下被称作潮汐之地，是存放南雀至宝的地方。比如镇宗之宝无间镜就藏在此地。

藏秀阁的移门之后也是旋转的楼梯，只不过是朝着地下延伸，扶手上隔一段距离就悬浮着点燃的蜡烛，将人们的影子拉长。

楼梯的尽头亮着光芒，进入里边像是走进某处山洞。洞里有高高的穹顶，山壁有奇石和绿油油的藤蔓，正中央是一条清澈又较为宽阔的河流，水下是缩小版的丛林，时而能看到不同颜色的小鱼儿在其中嬉戏。

守卫顺着河流朝里面走去，地下的温度偏低，山壁偏黑色，整体庄严肃穆。

往前走着能瞧见河道对岸隔一段距离就有座黑色的方形井口，贵重的珍宝们都被放在这些井中。潮汐之地很大，河边还有参天大树支棱着为井口遮阴。

崔元西在河道的尽头，最后一口井比前边的要大一倍。他站在井口前垂首沉思着，听见动静才扭头看去，见到守卫身后跟着的江盈时目光微沉。

“少主。”守卫停在河道对岸，迎着对方不悦的目光说，“江姑娘要拿走藏秀阁顶楼的玉牌，需要征得你的同意。”

顶楼的玉牌只有那一个，崔元西看向江盈，他伤还没好，加之情绪大悲，整个人看着疲惫不堪，脸色惨白。此时哑声问道：“你拿它做什么？”

江盈说：“我如果不拿它，是不是就再也见不到你了？”

崔元西道：“胡说什么？你不听阿姐劝告意气用事已经惹怒她一次，还想再惹怒她一次吗？”

江盈却眼眸含泪地望着他，脸上挂着凄惨的笑容：“崔元西，那你告诉我，既然知道会招来麻烦，你为什么还要留下这东西？难道与你有十多年感情的我，会输给同样的一张脸？”她这是第一次明着试探崔元西。

崔元西却没表现出她想象中的痛苦犹豫，反而平静地解释为何会留下七星令：“只要将它碎掉就会触发召唤、暴露位置，所以不能扔，不能碎，只能藏起来。”

江盈被噎了下，一时竟不知道说什么才好。她刚修行没两年，对南雀的了解与日俱增，对别的宗门却知之甚少。

在江盈略显尴尬、恼怒无言以对的时候，崔元西转身看向她，给她台阶下：“将它放回去吧，我晚点儿再去看你。”

江盈轻声嘲讽：“是去看另一个我吧。”

明栗总算听到了她想要听的。

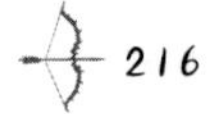

崔元西蹙眉不语，刚要示意守卫将江盈送回去时忽然目光微冷，井中传来尖啸之声，从中飞出一道道强势星之力。

江盈身后的参天大树上随着星之力的追击落下一道黑影，虽然被发现却仍旧保持影子的姿态，光芒映射的剪影中可见一个狼头。

狼头影身躯强壮充满爆发力，手中横刀朝追击的星之力斩去，碰撞之下横扫河水，导致水面动荡，将星之力余波扫进水下。水下藏着的黑影因此被迫现身，带起一阵水花落在地面。在光亮下他的影子呈现淡淡的红，这才能躲在水中的红花丛中不被发现。

红影子被从水下打出来后朝狼头影骂了句脏话："你故意的是不是！"

话音雌雄难辨，而红影掀起的水花一甩，将隐在墙壁藤蔓之下的黑影打出来了。藤蔓之下的黑影是圆形的，速度却非常快，从地面立体站起时也是圆形，像颗球，却蕴藏着浓厚的星之力防护，将井中飞出的无间镜攻击抵消。

圆影面向红影，无声骂着脏话。

仍旧藏在江盈影子里的明栗内心道："原来这地下这么热闹。"

这一下打出三个影子，江盈惊得往后退去，藏秀阁守卫做出戒备姿态。对面的崔元西阴沉着脸看向这三道影子，冷冷笑道："阿姐刚走，你们倒是迫不及待。"

"崔少主若是不来走这一趟，我们也已经收工回去了。"圆影声如机械地说道。

"今夜来此就是为了看看偷溜进南雀的老鼠都是什么样。"他嘲讽道，"只是没想到一下来了这么多。"

狼头影声音沙哑低沉，宛如五六十岁的老者："可别把我跟这两只老鼠混在一起，我是独狼。"

红影子阴阳怪气道："我晚上无聊，来听听你们南雀八卦怎么了？关于那姑娘手里拿的北斗七星令的事，你们展开说说呗？"

江盈脸色微变，下意识将装有七星令的盒子抓紧些。

圆影朝江盈看去：“哦，原来那玩意儿是北斗七星令，没想到南雀潮汐之地连别人家的宝物都有。”

红影子又道：“什么十几年感情输给同一张脸这种爱恨情仇也展开说说呗！”

崔元西听得脸色越发难看，杀意陡盛，他的星之力与井中无间镜感应而动，井中再次爆发数道强势星之力，朝着三个影子飞去。

壁上藤蔓也随之而动，似坚韧长剑朝三个影子斩去。

狼头影在如此攻势下却盯上河边江盈，手中横刀朝江盈斩去。斩出的刀光化作无数流萤，每一片都是致命的利刃。江盈慌忙闪身。崔元西瞬影来到她身前，抬手将散开的流萤利刃拦下。

这一下却把江盈影子里的明栗打出来了，她悄无声息出现在江盈身后，一手扣住江盈咽喉封了她的星之力，再反手夺过她手中装有七星令的盒子。

崔元西反应很快，在江盈刚痛呼出声时就察觉后方异象，点出杀招的手在看见被黑影挟持的江盈时顿住。

潮汐之地的其他影子都因为突然出现的明栗惊住，本以为只有他们几个，没想到竟然还有！

红影子敲了敲墙壁说：“崔少主，今晚你家潮汐之地到底来了几个人？”

崔元西没理他的嘲讽，目光冰冷地盯着挟持江盈的明栗。

明栗掐着江盈封了她的声音，似笑非笑道：“崔少主，现在这七星令和未婚妻，你只能选一个。”

明栗这话一出其他人都默契地没有动作等着看戏，可她没有给崔元西太多思考的时间，手下用力卸掉江盈半条胳膊。后者被封了行气脉无法发声，只能痛苦地张了张嘴。

江盈看向崔元西的目光充满了哀求，仿佛无声在问：难道我在你心里真的不如那个女人的东西重要吗？她从来都清楚该露出怎样的神情才能让崔元西对她心生愧疚妥协。

崔元西脸色十分难看，目光盯着挟持江盈的黑影，抬起的手本是要点出行气字诀，却因为江盈而顿住。

“把人放了。”崔元西咬牙威胁道。

明栗却道：“那我现在就打碎七星令如何？”说着盒子嘭的一声炸开，露出里面的黑色玉牌。明栗作势就要捏碎，崔元西却点出杀诀穿过江盈的肩膀阻拦，这会儿再也没有顾及江盈的安危，直接飞身上前抢七星令。

红影看得笑出声来：“崔少主，你未婚妻可要气死啦！”

江盈捂着被崔元西杀诀点穿的肩膀摔倒在地，不可置信地睁大了眼，她万万没想到崔元西竟然真敢伤她。明栗在这瞬间解封了江盈的行气脉，听她怨恨道：“崔元西！你竟然为了她伤我！”

崔元西没有回头，专注于夺取七星令，狼头影也加入了战斗，三方都在抢七星令。

守卫要加入战斗，红影出手拦下了他，接着跳上飞来的绿藤朝江盈点出杀诀。崔元西用余光瞥见这一幕才回身去救人，刚俯身把江盈扶起来就被她打了一巴掌。

江盈此刻怒上心头，已经有些失去理智，刚才崔元西是真的不顾及她的性命行动，就为了拿回那个女人的七星令！

这巴掌打得其他人都停下动作，再次进入看戏状态。

明栗对这两人的反应挑了下眉，忽然发现周子息不知何时也出现在树下阴影中靠墙站着看戏，见被明栗发现后还朝她似笑非笑地眨了下眼。

周子息语调轻慢道：“挺热闹啊。”他同样用了灵技沉垢，在场的只有明栗能看见他。而周子息出来的本就是影子，虽然一击就碎，目前却因为没暴露而未受到一点伤害。

面对愤怒的江盈，崔元西面无表情地抬手擦拭嘴角血迹。抬眼时的目光让江盈心头一凛，手指忍不住颤了颤。这时理智回归，她立刻心生惧意。

崔元西对守卫说："你看着她。"

红影踩着藤蔓善解人意道："我们不着急打，崔少主你还是先把你未婚妻哄好吧。我看你俩马上就要翻脸，由情人变仇人了，我最不爱拆人姻缘了。"

崔元西手腕翻转，一柄折扇自袖中落出刷地一声打开，一百八十根黑色扇骨散开，每一根扇骨都再次生成一把折扇悬浮在空中围住每一个黑影。

上品神武飞流扇。

明栗是飞流扇的主攻对象，因为她拿着七星令。崔元西追着她而行动，每一根黑色扇骨都沾染着无间镜的强势星之力，只要被打中一次身体就会碎掉半边。

偏巧狼头影也在抢七星令，崔元西几次差点儿追到明栗都被狼头影拦下，而狼头影去追明栗又反被崔元西拦下。

红影与圆影同样目标明确，他们一再朝着井里的无间镜飞去。藏秀阁守卫也不是吃素的，能调动周围山壁吃人的藤蔓进行阻拦，手中弯刀也数次击退试图靠近无间镜的影子们。

明栗嘲讽崔元西："别人的七星令，你南雀这么着急抢回去干什么？"

扇骨带着破空声而来，几次擦着明栗的咽喉而过，都被她反应神速地避开。

全场就周子息还能好整以暇地观战，他的目光慵懒地追随着明栗：崔元西等人眼中明栗只是一团身手矫健的黑影，周子息却能瞧见明栗衣袂翻飞，肌肤上落有地下光影，后仰躲开扇骨攻击时展露出脖颈纤细的线条。

他一手就能握住，掐断这么漂亮的脖子也不知手感如何。

应该会很好。

周子息若有所思着，目光完全随着明栗而动。

一直追不到明栗的狼头影忍不住道："那你抢什么？"

井边的红影回："你俩都追着七星令不放，不用猜都知道是北斗的人。"

圆影盯着井口，话却是对那边三人说的："南雀这几年把北斗欺负得厉害，现在又发现南雀还抢了七星令，肯定忍不下去。"

狼头影没忍住回头道："你俩快闭嘴吧！以为多说几句就能把无间镜偷走不成？"

说完又嘲讽崔元西："看看，你南雀的敌人还真是不少！"

崔元西沉着脸道："北斗也不比我们少。"

狼头影说："我还真不是北斗的！"

明栗说："我也不是。"反正她现在是南雀弟子，这么说也不是不行。

崔元西肯定不信，他突然加速冲上去拦下明栗，地面绿藤去抓明栗则被狼头影斩断。明栗没有用行气字诀，这容易暴露，此时她绕过朝圣之火作弊满境的是重目脉，于是在崔元西越过狼头影来到她身前时用了八目魔瞳。

黑影睁开的竖瞳泛着妖冶的光芒，崔元西反应很快，直接自断招式，折扇凭空出现截断八目魔瞳的封印。

明栗对崔元西的反应速度挑了下眉，而两人交战的河道突然掀起巨浪，飞溅的水花在影子们的落脚点下变成了镜面映照着。

在场的影子们皆是脸色一变，立马飞身躲开脚下水滴炸开后化作的镜面，可无论他们落脚在哪儿，这水滴都能精准出现。

若是快不过这镜子展开的速度，那就会被照出原貌，直接暴露身份。

井口边的那两人退得最快，崔元西的主要目标还是明栗，此刻飞流扇与无间镜都盯着明栗。周子息神色无趣道："师姐，这东西你现在拿着也没用，带不走就让它碎了吧。"

确实。

明栗只是想确认这玉牌是不是青樱的，现在她已经得到了想要的答案，让七星令碎在南雀，也算是给朱雀州城的北斗弟子一个信号。

青樱的七星令在南雀被使用，发生这种事付渊师兄总该汇报给各宗院长，到时候父亲知道了肯定不会放任不管。

明栗刚想击碎七星令，无间镜的碎片忽然间全向她飞来，这要是还不撤她的沉垢就会被看破。

周子息随手捏碎其中一片。见七星令从明栗手中脱落，狼头影横刀斩去试图把它捞走，却被飞来的扇骨抢先。

崔元西终于拿到青樱的七星令，却因星之力消耗过大牵动了伤势，顿时一口血吐在玉牌上。

明栗只觉晦气。

南雀镇宗之宝，超品神武无间镜这会儿发挥了作用，强势护主的同时杀退了见不得光的闯入者们，四道黑影急速后撤，退去潮汐之地上边。

外边早有警示铃声响起，却不止一处。

八离峰的对面是井宿院，这会儿也跟八离峰一样响起了有人闯入禁地的警示铃。先来藏秀阁的轸宿院长与翼宿院长皆是眉头一皱。

李雁丝问："井宿那边是什么？"

传信的红翼朱雀鸟从虚空中飞出，将井宿的消息带到："有三人闯太微森禁地杀了四名井宿高级弟子。"

有弟子伤亡，南雀院长们的表情都不太好。

"鬼宿和张宿先去了井宿，至于我们……"李雁丝看着从藏秀阁出来的四道黑影眸光微冷，"先把这边的鼠辈解决了。"

第一个从藏秀阁出来的是红影，见到外边的人没有半分停顿，继续往前冲刺。紧随其后的是圆影。李雁丝在最前边抬手朝他俩扇去，手腕上的玉串散开，力道强势地将冲刺的红影拦下。可红影半分不虚，身形一晃突然分裂出四五道影子躲闪。

圆影直接贴地消散成小光影四散。轸宿院长放出的数十只窃风鸟追逐着地上的小光影，速度飞快地将其吞噬。眼瞧着只剩最后一颗，对方却融入了大片树影中。

窃风鸟们一时难以辨别，彼此在树影中追逐时，圆影已在老远处冒头。

“追。”李雁丝当机立断地追上。

这时候冲出来的狼头影受到的压力倒是最小的，追着他的不是各宗的院长，而是部分高级弟子。

狼头影带走了大部分火力，明栗出来后却没着急着走，反倒是冷静地重新融入黑影中藏起来安静等待。

周子息走到她躲的地方说：“师姐，你胆子真大，要是无间镜也跟了过来，你就走不出这八离峰了。”

明栗小声说：“你踩到我裙子了。”

周子息听言挪了一步。

好在明栗运气好，无间镜没有追出潮汐之地，因为伤重出来慢了会的崔元西心中有事，也没想到有人胆子敢这么大还待在这儿不走。

江盈被卸掉半条胳膊又被杀诀穿透肩膀，早就疼得脸色惨白，浑身是汗，血也染了半身，却强撑着走出藏秀阁对崔元西说：“今晚的事……”

“你先回去休息。”崔元西却看都没看她一眼，径直越过她匆忙离去。

江盈似不敢相信地睁大了眼，望着崔元西匆匆离去的背影目光一点点变冷。

明栗跟着崔元西。之前只是在赌，赌他没有杀青樱，还留着青樱的七星令，再加上今晚对待江盈的态度，她基本可以断定自己赌对了。

并且她还有了新的猜测——崔元西若是心中有青樱，眼下这种情况绝对会去看看青樱是否还在来让自己安心。而她跟踪他，便是为了验证自己的猜想。

南雀的最高处在八离峰的对面，那边是离朱雀州城最近的地方，却是离南雀弟子们的活动范围最远的地方，平日根本没人来，有的南雀弟子在南雀数十年可能都没来过这儿。

院长们没事也不会来，被崔元西设下禁制后更不会有人来，这些年更是连飞鸟都避开这片领域。

明栗跟到山峰下就被禁制拦住进不去，只能瞧见崔元西的身影消失在夜色薄雾中。她在黑暗中现形走出，抬首朝山峰高处望去，曲折蜿蜒的道路与高耸的树冠丛交错，一眼望不到尽头。

明栗正沉思该如何解除眼前禁制时，却见周子息一步步走上了山中石阶，到转角高处时才回头看还站在禁制结界外的师姐。

明栗微微错愕道：“你怎么……”

周子息没什么表情地答：“师姐，我现在只是一道影子，这世上专门拦地鬼影子的结界有，但肯定不是你眼前这个。”说完他似想到什么，朝明栗微微笑道，“要我去帮忙看看你那被虐身虐心的小师妹过得如何吗？”

明栗答得干脆：“要。”

周子息站在高处，轻抬下巴道：“那师姐你求我试试。”

明栗眨了下眼，倒是第一次听周子息提出这种要求。

“你慢慢想。”没心没肺的师弟漫不经心道，“我不着急。”

明栗朝他伸出手道：“你出来。”

周子息刚从结界里出来就被明栗伸手拽过去，他下意识地低头，明栗抬首在他唇上落下一吻。

温温柔柔的吻。

明栗放开他，迎着地鬼镇静的眼眸微微笑道：“快去吧。”

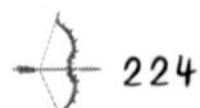

周子息最终还是答应帮她去山巅看看青樱的状况。走在山石道路时他还在想，刚才明栗的行为是什么意思。以前她也没有这么直接过，曾经的师弟与她相处不敢僭越，时时克制，只有在个别几次情况下没能忍住，却都是因为明栗的纵容才敢一时冲动。

明栗随意的一个眼神和动作，就能让周子息为之着迷心动，猜测万分，就连现在，尽管没有半分爱欲之情，却仍旧不由自主地去猜想她的意图。

想了半天才意识到这个问题后，周子息不由得笑了下，用余光往山下瞥去。

山巅小屋笼罩在月色中，云雾于不远处盘旋在灯火明亮的朱雀州城上方。周子息还在院外就瞧见了坐在窗前的陶瓷美人，樱花枝条垂落在她上方，似在轻轻抚摸她的头顶予以安慰。

崔元西受伤吐了一身血，身形踉跄地走到窗前跪倒在外边，将沾血的七星令缓缓递给陶瓷美人。

陶瓷美人在他的示意下伸出手接过去。

崔元西看着这一幕终于笑了下，目光却充满悲伤与悔恨：“对不起……七星令留在你身边，你应该会安心些。”

周子息没什么情绪地看了会儿，便绕过崔元西进屋去，仔仔细细打量坐在窗前目光灰蒙的陶瓷美人。是他认识的北斗同门，明栗的小师妹青樱没错。

曾经明艳动人、爱撒娇的摇光院小师妹，如今却成了安静坐在窗前听人指令行动的傀儡。

周子息眼含嘲弄地笑了下。

崔元西咳着血皱紧眉头，额上汗水不断滴落，鬓发都湿润地贴着肌肤。他强撑着站起身，一手撑在窗台，一手缓缓朝青樱伸去，颤抖着停留在她的脸颊上。

“青樱……”他颤声叫着陶瓷美人的名字，“我们重新开始吧，过去的都不再提，我会让你变回原来的样子，你失去的我都还给你，只要你留在我身边，好吗？”

最后的话越说越哽咽，如浑身污垢的卑贱奴隶向主人请罪，却低着头不敢去看对方空洞的眼。

陶瓷美人垂首看双手捧着的七星令，她的手指微曲，指上有数道细小的裂痕，若崔元西未能及时缝补，光影便能从这些缝隙中穿插游走。

崔元西没有操控青樱，痴心妄想地等待着她能自己给出反应。

旁观的周子息只觉得这南雀少主无耻又令人作呕，深觉没意思。人也看了，知道是什么状态后他就朝外走去，准备下山去跟他师姐唠叨。

夜里的风一阵一阵，吹得樱花枝条颤动，又是一阵落花。

陶瓷美人指尖随着飘落窗前的花轻轻颤抖，崔元西瞳孔紧缩，瞬间抬首。走到院前的周子息感受到某人神庭脉的细微波动后轻轻挑眉，回首望去。

“子息……”在扬起的夜风中，青樱残存世间的神庭脉对好不容易见到的同门传递信息。

“杀了我吧。”只要随便一点星之力就能击溃那具易碎的陶瓷身躯，甚至不需要星之力，只要将她从窗前推出去自己就能摔碎掉。

崔元西看着轻轻颤动的美人指尖狂喜，小心翼翼地握住她的手，重新跪倒在地，扬首目光虔诚地看着她说：“我在……青樱，我在这儿。”

周子息神色淡淡地收回视线，走时说：“师姐还在下边。”

陶瓷美人的指尖又颤抖一瞬，眼中雾气加重。

明栗耐心等在山下，不时抬头朝高处看一眼。南雀的警示铃在这边也能听见，有传信的红翼朱雀鸟飞过时她还会特地躲起来以防万一。

井宿与八离峰同时遇袭，这会儿崔瑶岑不在，得靠崔元西发号施令，偏偏他现在满心只想着山峰之上的陶瓷美人，被青樱给出的回应激动地跪地颤抖。

周子息下来得挺快，没让明栗等太久。

明栗拉着他避开红翼朱雀鸟的可视范围，周子息姿态散漫，一点都不着急。

“你看见青樱了吗？”明栗问。

“看见了。”周子息垂眸看被明栗牵着的手，半点没有要收回去的意思，任由身体随着明栗的牵引行动，同时将自己看见的告诉她，“血养之术后她必死无疑，却因为天生神庭脉异常强势，被崔元西做成傀儡撑到现在。”

傀儡与替身灵相似，制作两者的手法都被称为器术，但替身灵是死物，多用于对战练习灵技。傀儡是活物，这复杂的傀儡器术多用于痴情的对象，只吊着人最后一口气，似生似死，听从傀儡主人指令行事。

明栗以前也见过不少将自己妻子或是丈夫在奄奄一息即将离世时制成傀儡的器术修者，有的因为彼此相爱，也有的是因为一方过于偏执死不放手。

别人的事她管不着，也无心去评价对错，但当她得知青樱被崔元西制成傀儡后，想到那些年看过的傀儡姿态她禁不住停下脚步陷入了沉默。

周子息又道：“她的神庭脉非常坚韧强大，所以才能撑到现在。就算崔元西不管她，她的神庭脉也在缓慢地自我修复，今天她恢复了点儿自我意识，并且说——”他走到明栗身前以双手捧起她的脸，弯了下嘴角，期待地等着师姐即将露出的表情，“杀了我吧。”

明栗只是短暂地愣了下，随后说：“我不会杀你。”

周子息扑哧笑道：“师姐，我说的是青樱……”

话说到这儿他突然反应过来，迎着明栗黑亮的眼眸挑了下眉。

明栗神色平静道：“就算以后全天下都要我杀你，我也不会动手。”

她已经误杀过他一次，绝不允许有第二次。

周子息听得来劲了，笑眯着眼问："北斗的人让你动手也不会？"

"不会。"

周子息又道："如果是你父亲的要求呢？"

明栗摇头说："如果他知道我喜欢你，他就不会向我提出这种要求。"

周子息盯着明栗，指腹轻轻摩挲着她被夜风吹得有些冰冷的脸颊："哦，北斗最厉害的朝圣者对我如此承诺，让我感觉可真安全。"

说完他别过脸去止不住地笑，似乎是听到了什么特别好笑的事。

明栗倒也没生气，任由他去笑，等周子息笑够后才问："崔元西在做什么？"

若是在对青樱做苟且之事，那她就不必多考虑，直接等他下山把他杀掉就好。

"他啊，在做些恶心事，跪在青樱面前哭得鼻涕眼泪到处都是。"周子息想起那画面顿时笑不出来，变得满脸嫌弃。

明栗回头看了眼被结界笼罩的山峰若有所思，现在还不是时候，得再等一等，至少今晚不算白来一趟，她得到的情报比想象中还要多。

崔瑶岑一走，南雀就变得"热闹"起来。各处禁地都被来路不明的人闯入，造成不同程度的损失，其中以井宿院最惨，追捕打斗时造成了大规模伤害，弟子的死伤数量还在增加。南雀各地边界线都在严防今夜的闯入者离开。可敌人不仅存在于他们内部。南雀外边的人们发现信号后开始动手。其中一人悄无声息地来到南雀边界线的防守高墙上，快准狠地对守卫下了手。后者眼睛还未看清招式，人头便已经跌落到了高墙之下。仅他一人，便在瞬息之间将高墙上的六名守卫斩了首。他与夜色融为一体，由倒映在地面的影子可见他头上戴着一个方形之物。

方头影很快等来了那抹红色的影子。

红影速度飞快地来到高墙上与同伴会合，同时碎碎念道："你下次斩首后能不能把人也一起踹下去？墙上立这么多没脑袋的家伙我看着不害怕吗？"

方头影声色平静道："不能。"

红影问："井宿那边也去人了？"

方头影答："去了。"

红影朝他扔去一物："南雀和潮汐之地的分布图，还有一片无间镜的碎片，虽然出了南雀就变成死镜，但也不是完全没用。"

方头影将东西收好。

红影平复喘息后懒洋洋道："今晚除了我们以外还有三拨人，一个能确定是北斗的人，剩下两个有点儿难猜。"

"不管。"

"对了，再给你个好玩的。"红影又扔给他一物，是颗莹白圆润的听音石。方头影抬手接住，有些疑惑地看他一眼。

红影摆摆手，跳下高墙消失在夜色中："你下次能不能别再往脑袋上套酥油饼袋子了？一身饼味你不暴露谁暴露！"

方头影摸了摸头上的纸袋，原地消失。

狼头影飞奔到了与同伴约定好的边界线位置，确认甩掉了所有跟着自己的人后才从暗处走出，一眼看到等在高墙之上的"黑狐面"。

"黑狐面"朝他轻抬下巴，狼头影刚刚落地就道："没拿到，被发现了！"

"我就知道。""黑狐面"轻声叹息，摸了摸狼头影的头以示安慰，"你第一次做这种事，失败就当积累经验了。"

"黑狐面"说完就要走，被狼头影抓着道："我还没说完呢！"

"既然没拿到无间镜那还有什么好说的？""黑狐面"摊手道，"丽娘最近已经怀疑我外边有人了，要是今晚她发现我又半夜出去，我哄到天亮都哄不好的。”

狼头影长话短说：“摇光院弟子青樱的七星令在崔元西手里！”

“嗯？”“黑狐面”这才转过身来，“详细说说。”

两人的时间并不多，狼头影尽量挑重点告诉他，却也没忘记结合崔元西与江盈的对话，得出一个可怕的结论：“她可能没死……而是被困在南雀了。”

“黑狐面”摸了摸他的头：“自己在这儿要多加小心。”

情报交接完后二人各自离去。

“黑狐面”回到安静的朱雀州城，朝自己的温柔乡看了眼，心中叹气，恐怕等他再回来人已经醒了。可得到这样的消息后他不能耽误，第一时间去找了付渊。

南雀因为崔元西不出面，寻找闯入者的事都由七宗院长进行，各院所有人都遭到排查，重点查问重目脉、体术脉、阴之脉满境的人。

明栗完美避开查问要求，任由南雀折腾一晚上。

李雁丝等几位院长都聚在井宿，到目前为止他们只抓到一名闯入井宿太微森的人。对方不是南雀人，且未答出什么就自裁了。

他们就这样折腾到天色微亮，也没有再找到别的人。

明栗在经过反复检查后被解除了嫌疑，跟打着哈欠昏昏欲睡的程敬白打了个照面。

程敬白身旁还跟着一名睡眼惺忪的女弟子。她肤色很白，一手抓着程敬白的衣袖，对于人多的环境有些害怕，就差没把自己缩成一团藏进程敬白衣袖里。

“这大晚上的干吗呢？”程敬白嘟囔着，一手还顺了顺身边女孩的头发，似乎在安慰她别害怕。

明栗看向旁边的女孩，有点眼熟，似乎在翼宿见过。

程敬白见明栗盯着周香，便介绍道：“喏，你们同一个院的，她叫周香。”

说完又看着明栗说：“你我就不介绍了，你很有名的，大家都认识你。”

明栗朝周香点点头示意，周香抬头飞快地看了她一眼又低下头去。

程敬白问明栗：“你饿不饿？要不要去斋堂偷点儿吃的？”

旁侧的都兰珉窜过来，语气森森地吓他：“这时候去偷东西吃，若被发现指定会引起混乱，我看你是想被当作闯入者抓起来。”

程敬白刚要还击，一张嘴却听到有声音自天上来，遥远缥缈，却又清清楚楚：

“崔少主，七星令和你未婚妻，只能选一个。”

“把人放了。”

“崔元西！你竟然为了她伤我！”

短短几句话，却被人在整个南边循环播放。

因为夜里的动乱，南雀所有人都是清醒着的，因此他们都听见了在潮汐之地时崔元西与江盈的对话，尤其是最后的巴掌声，听得人浮想联翩。

“哇！”都兰珉震惊地捂着嘴，明栗也有点惊讶，程敬白摸着下巴道，“有情人反目啊，多有意思。”

身边的周香却默默地伸出手捂住耳朵。

南雀弟子们都因为这不断循环播放的本宗八卦沸腾起来，议论声纷纷。

井宿院的李雁丝等人听着脸色一沉，立马察觉出其中玄机：“是听音石。”

“在哪儿？找出来！”

“谁？竟然敢做这种事！”星宿院长对南雀的名声十分看重，此时脸色微微扭曲道，“若是崔圣回来发现……”

“找到了，在朱雀州，但是……”轸宿院长顿了顿，脸色也不太好看，一改往常慢吞吞的语速道，“这颗听音石的范围至少被扩大至整个朱雀州了。”

听音石的范围被扩大至整个朱雀州，也就是说，此刻朱雀州上千个城郭的数百万人都听见了。

在八离峰养伤后睡着的江盈突然惊醒坐起身，听见自己恨声冲崔元西发脾气的话语还以为是在做梦，却听见这声音反复播放，脸上血色全无地匆忙下床。

一晚上都在山巅小屋跟青樱絮叨做白日梦的崔元西原本笑得温温柔柔，刚问了青樱想要什么样的嫁衣，就听见天上传来的声音。在那忘不了的巴掌声中，崔元西人整个僵住，逐渐变得难堪、慌乱。

第12章 曾经少年

循环播放持续了快一盏茶的时间后听音石才被南雀的人找到并打碎。

这一盏茶的时间里整个朱雀州的人都在被迫听南雀少主与江家小姐的爱恨情仇。之前南雀少主去江氏提亲不少人都知道，连个别宗门和帝都贵族都知晓这门婚事，私下里也会谈起这事，有些还等着参加婚礼好过去热闹热闹。谁知今儿来这么一出，众人都觉得这婚礼还没办南雀就已经热闹起来了。

帝都，武监总盟，听雨阁。

帝都高山之上，可见龙城蜿蜒，立在山尖处的阁楼屋檐外还下着蒙蒙细雨，雨丝如幕，院中圆桌边或坐或站着三道身影。

朝圣者们每隔一段时间就会因天地间的某种力量而聚在一起商讨事务。

由谁发起，便由谁决定去往何处。

这次的聚会是书圣发起的，地点在大乾帝都。

帝都有书圣镇守，可以说是整个大乾最安全的地方。

听说自从书圣破境成为朝圣者后就再无人得见他的真颜，他于外界露面时都戴着白色面具，额头上方有两道鲜红似血染的横条。

白面没有五官，听说盯着书圣的面具看久了，会从中看到不一样的脸，千奇百怪，最终自己的脸也会被吞噬，成为面具的一面。

这世上只有当今大乾陛下才知晓书圣的真容。

圆桌首位坐着的白衣书圣正静心煮茶，崔瑶岑仔细看了眼，方觉这茶具与她家井宿院长鱼眉的一模一样，便顺嘴问道："你这茶具出自南边？"

书圣颔首道："南边的琉璃紫砂茶具是一绝，京都宫里的茶具皆是此级别。"

坐在崔瑶岑对面的男子青衫抱剑，瞧着朴素无比，却能见头上有几缕银发，因而显得有些许颓废老态。他靠着椅背似漫不经心地提了句："这是江家的生意。"

书圣朝崔瑶岑偏了下头，声色温润如玉，带着点笑意说："再等些时日就该是南雀的了。"

崔瑶岑不动声色道："何以见得？"

书圣以聊家常般的语气说："南雀的少主不是向江氏的小姐提亲了吗？想必是非常喜爱这江氏小姐，婚事应当也不远了。"

"感情这种事难说。"崔瑶岑不咸不淡道，抬首朝对面的太乙叶元青看去，"我倒是听说最近你女儿对外放话要比武招亲，整个大陆的儿郎都朝太乙赶去，梦想去做太乙朝圣者的女婿。"

叶元青无甚波动道："外界的流言蜚语多得是，你怎么尽挑这些瞎话听。"

在两人气氛微妙时，书圣扭头朝院门看去，道："他来了。"

远在楼外石桥上的清俊少年嘴里叼着根狗尾巴草笑得吊儿郎当，牵着一匹黑色的骏马慢悠悠地走在桥上。他身影微动，不过眨眼间已从石桥来到院里。

通古大陆唯一一个散人朝圣者，元鹿。

"哎呀老朋友们，又见面啦！我在来的路上听见个好玩的事，跟你们分享分享。"元鹿在院里拴缰绳的时候朝那三人甩去一颗听音石，"我路过南边时保存下来给你们听的！”

庭院里响起一个雌雄难辨的声音：“崔少主，七星令和你的未婚妻，只能选一个。”

崔瑶岑当即变了脸色，霍然起身。

接着是她弟弟崔元西阴沉的声音：“把人放了。”

书圣与叶元青都朝她看去。

江盈的声音充满愤怒与怨恨：“崔元西！你竟然为了她伤我！”

啪的一声，在座的都听得出来是力道很重的巴掌声。

元鹿哈哈笑道：“好玩吧！”

崔瑶岑恼怒地朝他瞪去：“元鹿！”

元鹿立马举起双手连连后退道：“哎哎哎，这可不是我干的，我都说了是经过南边时顺手保存的。就今天早上，整个朱雀州的人都听见啦！”

这次出门与朝圣者会面的崔瑶岑虽然知晓自己离开，那些藏在南雀的人必定会出来搞事，可估摸这些人多半都是为了无间镜而来，所以没怎么放在心上。

南雀有七宗院长镇守，这种事还不用她费心。

可万万没想到家里的超品神武没丢，南雀的脸面却丢了！

崔瑶岑听完元鹿的解释气得捏碎了手中茶杯，神色难看地坐下。

叶元青若有所思地看她一眼：“北斗的七星令怎么会在你那儿？”

“是啊是啊，而且还要你家少主在七星令跟未婚妻之间二选一，而令弟竟然选了七星令！难怪要挨一巴掌。”元鹿摇头晃脑地感叹着，避开崔瑶岑的目光偷溜到叶元青身边坐下，“我看你们南雀的婚事难喽。哎，你女儿什么时候嫁？”

叶元青眼都没眨一下道：“与你无关。”

元鹿委屈道：“干吗呀！我又没说要去太乙跟你女儿比武做你女婿，我就问问婚礼是什么时候，去蹭顿饭还不行吗？”

他给书圣使眼色，示意他作为大家长赶紧批评一下这位太乙的朝圣者。

书圣摇着头，虽然看不见脸，却也能感受到他的无奈。

崔瑶岑沉着脸道："我急着回去，先谈事。"

书圣说："无方国主还没到。"

元鹿举起手说："我知道！我也路过了无方国，相安歌说他不来。"

"不来？"崔瑶岑额头一抽，很明显不满，"他怎么越来越放肆了！"

叶元青摇摇头说："他本来就孤僻，只爱待在无方国跟那些替身灵在一起，以前是有明栗在才肯来，现在是谁的面子都不给。"

元鹿趴倒在桌上唉声叹气："明栗不在他也就不来，我也好几年没见到他了，还想让他送我几个替身灵玩呢。"

书圣也带着几分惋惜道："明栗和宋天九的事确实很让人遗憾，我们也需要警惕防止这样的事再发生。"

崔瑶岑皱着眉朝南雀的方向看去，根本没去听这事。

元鹿忽然歪头看向崔瑶岑问："不过我很好奇，北斗的七星令为什么在南雀？今天过后北斗肯定知道这事，估计没多久北斗那老头就该找你谈话了。"

崔瑶岑神色淡淡道："若是如此，我也想问问他老人家北斗派人偷偷摸摸入我南雀禁地是什么意思。"

书圣带着点安抚的语气说："北斗如今式微，正是修养阶段，诸位就不要再给他们多增烦恼了，还是先谈谈正事吧。"

大乾，北斗。

朱雀州听音石的事闹得过于壮观，消息很快传遍各地，就连最远的北方也在日出后收到了消息。

收到消息的七宗院长陆陆续续来到了天枢殿议事厅。

天权与玉衡两位院长身死，至今没有定下新的院长，由名下大弟子代为出席。

天玑和开阳的两位院长各断一臂，神色还算温和地坐在议事桌边。

天璇院长曲竹月单手支着下颌朝外看去，见到摇光院长来时才收起手。

摇光院长东野狩刚进议事厅，坐在首位上的北斗宗主便道："不带陈昼来吗？"

"他不适合。"东野狩在曲竹月对面坐下，他眉眼沉静，无论从前还是现在，都是北斗最从容镇定的那个人。

成为朝圣者后的明栗倒是完美继承了父亲这个特点。

北斗宗主听后轻轻点头，略显几分欣慰道："看来你已经有了想法。"

天玑院长看向东野狩说："根据付渊传回来的消息，你准备怎么做？"

"南雀应该比我们更着急。"东野狩道，"昨夜闯入南雀禁地的共有四拨人，这时候强势反而会被南雀以付渊等人来威胁。据我所知，崔瑶岑已经盯上他们了。"

"可如果青樱真的没死反而被困在南雀……"玉衡院大弟子梁俊侠沉吟道，"出了这事南雀肯定会更加谨慎，说不定还会杀人灭口，错过时间就来不及了。"

"以我对崔瑶岑的了解，她若是能杀早就杀了，根本不会把人留到现在。"开阳院长后靠椅背沉思道，"肯定有什么原因让她没法动手。"

东野狩手捧茶杯，没什么情绪起伏地说："先保在朱雀州的弟子们。"

没人反对。比起生死不明的青樱，他们确实更该保护还活着的其他弟子。

"等到四方会试的时候我再去……"

东野狩还未说完就被曲竹月打断："我去吧。"

他抬了下眼皮，曲竹月微微笑着，目光却不容拒绝："你伤还没好，不能让南雀的人看出来，所以我去。”

东野狩顿了顿，只道：“让郸峋也跟你去。”

曲竹月含笑道：“四方会试去两位院长，南雀更该笑话我们了。”

东野狩却无所谓的样子：“如果可以，我会让除我以外的人都去。”

开阳院长：“倒也不是不行。”

曲竹月朝他看去，开阳院长挑眉，旁边的天玑院长轻抬下巴说：“你让一堆老弱病残守家也不太好吧？”

曲竹月微笑道：“老弱病残确实该在家里守着。”

北斗宗主叹气：“果然还是嫌弃我老了。”

两位大弟子互相看了眼，挠了挠头，心想我俩是老弱病残里的“弱”吗？

开阳院长举起自己由器术制成的铁爪晃了晃：“铁手也是手，你不要有器术歧视。”

天玑院长也举手道：“我的是寒冰玉制成的，比他的寒铁贵，我去。”

曲竹月对开阳院长说：“有歧视的是他。”

开阳院长一爪子朝天玑院长挥去，被对方弯腰躲开。

北斗宗主看得笑了，摇摇头说：“都去吧，也是时候做个了断了。”

这事就这么决定了，院长纷纷散去。东野狩走在最后，与曲竹月同行。两人一路无话，直到各自走向不同的道路后，东野狩停下脚步回头看去。

从前他身边跟着能扛事的徒弟、听话的儿子、叛逆的女儿，热热闹闹，如今只有他一个人了。

摇光院长叛逆的女儿这会儿正在遥远的南雀新舍床上准备补眠。

明栗被罚禁闭这三天就没怎么睡过，刚出来又连夜搞事情，到天亮又因为南雀盘查没能睡着，一整天她都在装没事人好让自己洗脱嫌疑，直到天黑才终于能回到新舍休息。

她躺在床上浅眠，发现睡着没能入梦见到师弟，便自己醒来，坐起身朝虚无的黑暗轻声道：“子息？”

无人应答。

“周子息。”

“师弟。”

明栗双手抱膝靠着墙壁，盯着黯淡的光影看了会儿后埋首打了个哈欠，抬首时瞧见靠门而站的青年。

周子息懒懒地朝她看来，明栗笑了下，这才重新躺下闭眼休息。

两人都没说话。

外边还有些吵闹，或是从门口走过的脚步声，或是弟子们的嬉笑声，随着休息时间到后逐渐减少，直至安静。

周子息始终在原地听着，偶尔会回头看一眼屋里睡着的人。

明栗难得睡了个好觉。

没有梦，在静神钟响起前自然醒来，她一眼就看见还站在门口的人。

这瞬间她恍惚回到了还在北斗的时候。那时候，她总是被周子息叮嘱不要睡在外边，偶尔犯懒在院里竹席或是檐下走廊睡着后醒来，她总是能看见师弟神色无奈地守在身边。

那时候所有人都在。

明栗揉着眼睛坐起身，随口问：“你以前为什么总叮嘱我不要睡在外边？”

周子息侧着脸看屋外光影，眉眼淡然道：“会被除我以外的人看见。”

他倒是答得一点都不犹豫，换作以前绝对不敢说。

明栗忍着笑意假装不懂地问：“看见又如何？”

周子息略微思考了一下才说：“该说是嫉妒？”

“能到我院里的人不多。”明栗说，“父亲、哥哥、师兄、青樱，还有你，你嫉妒谁？”

“哦，师兄。”周子息确定道，“是嫉妒他。”

“为什么嫉妒师兄？”

周子息挑眉看过来，倒像是不理解明栗为什么会问这样答案显而易见的问题：“他是离你最近、和你关系最亲密的男子，又不像东野昀那样和你有血缘关系，也不像青樱那样是女孩子，我不嫉妒他陈昼还能嫉妒谁？”

从前他是真的嫉妒陈昼。

嫉妒他能与明栗并肩行走，嫉妒他们相处那么随心所欲，嫉妒他可以自然地触碰到明栗。

嫉妒陈昼与明栗的相处，也嫉妒陈昼本身。

因为陈昼太好了。

是身为地鬼的他永远也无法成为的那种人。

明栗听完师弟的话后忍不住笑了笑。

“师姐笑什么？”

明栗摇着头没答，她笑周子息虽然变得情感淡薄，却也因此能毫无负担地将从前的不可说全都说了。

她没答这个问题，反而说：“我以前也嫉妒过师兄。”

“嗯？”周子息来了兴趣，“你嫉妒他什么？”

在他看来师姐是这世上最厉害的人，根本不会有能让她心生嫉妒的存在。

就算是觉醒地鬼本能后，周子息也是这么认为的。

明栗似回忆地说道：“小时候只有师兄才能跟在我爹身边陪他外出。师兄是他养大的第一个孩子，意义总是不一样，而且你也记得的，师兄主修心之脉，心之脉养性，算是八脉里最难修的一脉。他修心之脉养性与曲姨等人的内敛沉静不同，还是我行我素，桀骜不驯，看起来不好惹，却对身边人无微不至。”

陈昼内心坚韧，良善，向往光明，像是一棵树，一棵大树，让自己茁壮成长的同时，也为更好地给树下的人们遮风挡雨。

明栗单手支着下颌说："从前我跟哥哥都觉得师兄才是爹爹的亲儿子，我只嫉妒了师兄两个瞬息，我哥却嫉妒了他整整三天三夜。"

后来他们才发现其实父亲也是爱他们的，只是表达的方式各不同。

周子息听着她的话不由自主地想起曾经在北斗的日子。

某年乞巧节，同门中的男男女女都忙于你爱我、我爱他、他爱她的狗血爱恋。八卦常常都有，节日期间最为频繁。

这天明栗去东阳参加朝圣者聚会不在，好不容易处理完摇光院的事务的陈昼一身轻松，准备跟付渊几人去城中游街看灯会，却在刚入城时就看见两个落寞的身影在城楼屋檐上闷头喝酒吹风。

陈昼让青樱跟付渊他们先去玩，转身去了城楼上问闷头喝酒的两人："乞巧节这么热闹，不下去玩在这待着干什么？"

两人没说话。

陈昼看了看他俩身后堆成小山的酒坛子眼角轻抽，问："有心事？"

周子息垂首说："没有。"

东野昀摇头道："没。"

陈昼面不改色地拎了坛酒在两人之间坐下，他也没说话，就陪两人有一搭没一搭地喝着。夜里的风清凉，偶尔还能听见孩童嬉笑玩闹的声响。

背景里的声音杂且多，包括吆喝叫卖、路人谈笑、器物碰撞等等，陈昼耐心等着。等到了酒过三巡后，这两人喝多了。

周子息托着酒坛子神色郁郁道："东阳有什么好的能让师姐一去就是整夜不回？"

陈昼道："你师姐是去办正事。"

东野昀又开了坛酒仰头喝着，闷声说："我以为她已经放下了，没想到她心里那个人从来都不是我。"

陈昼道："那你也不要她就好了。"

周子息说："朝圣者那么多，宋天九怎么偏偏就只来北斗接师姐？

我师姐又不会迷路。”

陈昼跟他碰杯道：“她确实不会迷路，你也不用担心她一去不回。”

东野昀低声说：“我送了她玉簪，她虽然收了，却从没戴过，头上还是那支别人送的木簪子。”

陈昼转而跟他碰杯：“我是不知道你到底痴情哪家姑娘，但听你刚说的，你该及时止损了。”

他左耳听周子息念叨“师姐”“师姐”“师姐”，右耳听东野昀叫嚷“心碎了”“又碎了”，对这两个自说自话的人很是无语，之前不是说没心事吗？

彼此碎碎念半晌后，周子息张开手臂躺倒，望着天上银河说：“你们喝吧，我要去找师姐。”

陈昼挥手道：“躺着吧你。”

周子息喝得有些醉了，眯着眼躺了会儿又道：“师姐什么时候回来？”

陈昼道：“明天吧。”

“这么晚？”周子息又起身道，“我要去找她。”

陈昼挥手把人摁回去：“去什么去？等着吧你。”

东野昀抹了把脸说：“我妹她真不会迷路。”

周子息眨眨眼：“哦。”

周子息安静了，东野昀却还没停息，仍旧一口接着一口地喝闷酒，喝完絮絮叨叨说：“她要复仇，我帮她。燕匪欺辱她哥哥，我去救。”

“她想要罗侯城的人死，我也动手了。”说到这东野昀顿了顿，抬首朝另外两人看去，明亮的眼眸中充满了怀疑与茫然，还有些不易察觉的无措，“我以为我做了很多，又好像什么都没做，似乎真如她所说，我根本帮不了她……那天送她回帝都后，离开时她一次也没有回头。”

两人都是第一次见东野昀露出如此脆弱茫然的神情，一时听得沉默。陈昼抬手拍了拍他的肩膀说：“你最近别出去了，就在北斗待着。”

“去跟师尊修行一段时间吧。”周子息也道，“师姐不会迷路，你这状态出去该迷路了。”

东野昀看起来很失落，低垂着头不说话。

陈昼又道：“你喜欢她，也已经努力表达过这份喜欢，别人不接受或是不需要，那也不是你的错，先把你这像落水后等不到主人怜悯的小狗眼神收起来再说。”

东野昀默默转过身去背对这两人。

陈昼道：“你转过去有用吗？谁不是重目脉满境？谁还看不到？”

东野昀听得额角狠抽，干什么还要开重目脉看？

他又开始闷头喝酒，陈昼跟周子息有一搭没一搭地劝两句，大多时候都在说别的事转移他的注意力，东野昀渐渐地也会接上几句话。

街上行人慢慢变少。

青樱抱着装满东西的纸袋跟着付渊一行人回来，朝屋檐上的三人喊：“师兄！你们怎么还在喝呀！”

陈昼对下边的付渊说：“赶紧来把阿昀背回去，他醉了。”

抱了满怀纸袋的付渊黑着脸道：“你看我还背得动吗？你旁边的子息呢？”

陈昼说：“子息还能站着不倒就算谢天谢地了。”

“那还有你啊。”

“我还能认出你也算谢天谢地了。”

最终付渊将怀里的东西交给不停打哈欠困成狗的“黑狐面”，背着醉倒不省人事的东野昀回北斗。

“黑狐面”不时将倒向自己的陈昼推回去，本来困成狗的他倒是给整清醒了，好笑道：“你们这是干什么要喝这么多？”

陈昼捏了捏鼻梁扬首说：“他俩都吃了爱恨的苦，所以要一醉解千愁。”

青樱翻了翻纸袋，掏出一瓶解酒香，拧开盖子，在满脸慵懒、站在原地发呆不走的周子息身前晃了晃。被香味刺激回神的周子息才继续往前走，青樱又将解酒香递给陈昼。

付渊说：“爱恨的苦？”

“黑狐面”道：“最好别吃。”

陈昼点着头说：“我肯定不吃。”

一行人刚过山门，就见到对面花林下走过的明栗与几位院长们，随着一声声“师尊”响起，东野狩等人都往山门口看去。

明栗在夜色中看见走在最后边的周子息，他似乎是愣了下才反应过来，酒意瞬间就散了，漫无目的的眸光有了焦点，变得清明，变得笑意弥漫。

付渊背着人走上前去，被天玑院长嫌弃满身酒味，因而他大喊冤枉：“不是我是东野昀，师尊我没有喝酒！”

青樱将买来的礼物送给曲竹月，玉衡院长在旁边眯眼看着，忍不住回头问“黑狐面”：“为师的呢？”

“黑狐面”被他给问蒙了，说：“师尊你不是不要吗？你说乞巧节要什么礼啊，咱不稀罕这种没意思的节日。”

玉衡院长恨铁不成钢道：“你看看别人家的徒弟。”青樱听得笑个不停，忙将礼盒塞给“黑狐面”让他去哄人。

陈昼跟自家师尊说东野昀的状态不好，最近要看着点，东野狩回头看了眼醉酒不醒的儿子。

明栗朝周子息走去，闻着他身上的酒味说：“喝醉了？”

周子息摇头，笑道：“没有。”

他与明栗并肩走在众人后边，轻声问：“师姐不是要明天才回来吗？”

“东阳又没有什么好玩的，能早点回来就早点回来喽。”明栗走着走着又顿住，挨着他嗅了嗅他身上的酒味，又问，“真没醉？”

周子息认真点头：“真没醉。”

明栗伸手比了个数在他眼前晃了晃：“这是几？”

周子息没有半点犹豫就答：“是师姐。”

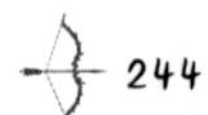

明栗被他给说蒙了，眨巴下眼，摇了摇头笑得许久停不下来。

静神钟准点响起，钟声响彻整个南雀，提醒沉睡中的弟子们醒来。

周子息回过神来，轻撩眼皮看下床的明栗。

她说："我要去南门朱雀台静修了。"

"你现在的实力确实有些让人失望。"

伸手解着衣裳的明栗听了也没生气，只道："我也不想的。"

周子息盯着她问："师姐，你在干什么？"

明栗头也没回道："换衣服。"

在禁闭室待了三天又过了一夜，她忍到现在才换已是极限了。

明栗已经褪下外衣，正将长发束起，周子息瞧着她纤细的脖颈漫不经心道："师姐对我一点儿也不避嫌吗？"

"这是我住的屋子，要说避嫌，应该是你的自觉。"明栗倒是真的没管他。

若是以前，师弟早在她解第一颗扣子的时候就识趣地转过身去了，可此时的周子息在别过脸去前还要嚣张两句："师姐既然都说喜欢我，我为什么非要自觉？"

"你说得没错。我喜欢你，所以会纵容你，可我纵容你，和你有自觉选择尊重别人是两回事。"明栗认真道，"如果现在这屋里换衣服的是别的女孩子，那么该避嫌的人是你。"

周子息却淡声道："如果是别的女孩子我也不会在这屋里。"

带着点嘲讽的话语，却让明栗听得无声笑了下。

他继续道："是师姐你叫我出来的，看起来没我你就睡不着。"

明栗点着头说："因为你不告诉我你被关在哪儿，要是连影子都见不到，我确实很难睡着。"

周子息听完依旧不肯告诉她。

他现身是觉得堂堂朝圣者竟然如此离不开他，实在是好笑，所以出来看笑话，谁知道他一出来明栗就肯睡了，倒是自己在这儿站了一晚上。

门外渐渐热闹起来，出来的弟子们随着静神钟的敲响频率的增加也变得多起来。

偶尔有人从门外路过时还能听见他们小声谈着崔元西与江盈的八卦。

虽然各宗院长严令禁止谈论此事，但大家私下里肯定还是会讨论的。

周子息听得笑了：“将听音石记录的内容播放至整个朱雀州确实是个好主意。”

“只能是当时在潮汐之地的人做的。”明栗换好衣服转过身来，周子息也掐着点儿回头看她，似笑非笑道，“师姐，今天崔瑶岑就该回来了。”

周子息看不出明栗脸上有半点害怕，又道：“崔瑶岑那么讨厌你，要是发现你在南雀还成了单脉满境，肯定会毫不犹豫地杀了你。”

明栗无所谓道：“我不会给她这种机会，她现在该操心的是进入潮汐之地的三个影子和闯入井宿太微森的人们。”

周子息漫不经心道：“那只狼头明显是北斗的人，怎么跟你反而不是一路？”

明栗有点被问住了，她说不出自己死了五年，北斗的新弟子不认识她这种话，于是拿起旁边柜台上的木梳递给周子息说：“我想要小辫子。”

周子息神色漠然地看着她。

两人陷入无声的僵持中。明栗就这么看着他，保持着递木梳的动作，就算手臂出现酸软也没有半分动摇。

最终周子息说：“你觉得我会？”

明栗肯定地点头：“你会。”

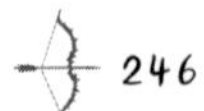

他确实会，当年在雪下屋檐时，他给明栗描眉晕染唇色，也给她编发佩戴金饰，选了冰凉细长的红色发带点缀在柔顺的长黑发中，这些步骤他都没忘。

周子息朝她轻抬下巴问："我为什么要做？"

"就算你觉醒了地鬼本能，给我编发有什么损失吗？"明栗说，"何况你说过的，你那么喜欢我，既然喜欢我，就不会拒绝我。"

周子息听笑了："师姐，我可不是来跟你学这种东西的。"

"我也不管你想不想学，反正我都会教给你。"

在两人僵持中外边来人敲了敲门，程敬白在外边问："周栗？"

都兰珉在他后边问："起了吗？该去南门朱雀台了。"

"你们先去。"明栗在屋里说，"不用等我。"

程敬白道："好吧，那我去跟千里说让他别等了。"

两人这才走了。

周子息想着那两人刚叫的名字，鬼迷心窍地伸手接过了明栗递出的木梳，走去她身后，等他的指尖触碰到师姐冰凉细软的长发时，才惊觉自己刚做了什么。

"要小辫子，不要绑太多，不过没有簪子固定，你看着办吧。"

周子息面无表情地照做，骨节分明的手指穿梭在柔软冰凉的发丝间，像是见到了久违的老友，不需要多做思考就能给出最佳反应。编发期间师弟还嫌弃了句："买点珍珠金簪备着，不然光秃秃的只有辫子。"

"下次。"明栗说，"现在有点儿来不及。"

周子息忽然俯身凑近她耳边道："师姐，你是不是被赶出北斗了？"

明栗面不改色道："没有。"

周子息不信："那为什么在我问你跟狼头没有一起行动的原因时你要转移话题？"

明栗一本正经道："我只是忽然怀念你给我编小辫子的时候，就算我在南雀卧底，也不至于不能穿好看的衣服，不能梳好看的发饰。"

周子息倒是确信他的师姐对妆容仪态很在意，知道她不喜欢脏了裙子，不喜欢乱了头发，但他还是有些疑点，便问：“谁能把你关起来还让你变成单脉满境？”

“你先告诉我你被关在哪儿，什么人干的，怎么救你出来？”

周子息顿感无趣道：“师姐，你的南雀卧底修行该迟到了。”

明栗根本没把南雀的修行课程当回事：“我不着急。”

周子息倒是耐心地给她编着辫子，安静了会儿又随口问：“那师姐你知道潮汐之地的三个影子都是谁吗？”

明栗老实回答：“大概知道狼头是谁。”

之前千里摔碎七星令，招来北斗付渊等人时她于匆忙间瞥了一眼，在潮汐之地交手后心里已经有了个大概。

周子息漫不经心道：“其他两个呢？”

“还没有头绪，但看样子来南雀卧底的人不少。”明栗思考着，“北斗既然派人来卧底，肯定也是有所计划，我出来后还没跟北斗联系过。再过些日子就是四方会试，到时候东阳、太乙、北斗和部分宗门武院的人都会来南雀，对南雀有想法的势力太多，不好猜。”

“我来南雀是因为青樱，如果不来这一趟，怕是谁都不会知道她还活着，只是被崔元西做成傀儡关起来了。”

明栗没有回头，所以看不见周子息嘴角噙着诡谲笑意。

“那师姐就只关心你那变成傀儡的小师妹就好，别的可不要再多想了。”

周子息将最后一缕发丝放下，明栗回头，却只瞧见影子消散后浮动的尘埃粒子。

明栗摸了摸头发，摸到辫子凹凸不平，屋里没有镜子所以看不见，但既然是师弟弄的肯定没问题，明栗也没有多想，这才动身去南门朱雀台。

今日在南门朱雀台监管新弟子们静修的是轸宿院大弟子，林枭。

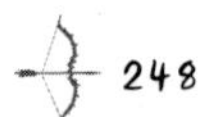

这一批弟子大多是由林枭指引通过的入山挑战，再加上他为人和善，新弟子们对他印象很好，彼此关系也不错。

明栗迟到林枭也没有说什么重话，只温声叮嘱下次注意。

一日之中天地间最纯粹的星之力只在此时出现，错过了也挺可惜。

明栗在思考自己的修行方式，单靠行气脉满境确实不行，最近这段时间盯着崔元西的时候也得花点工夫来修行。

等静修结束后其他人纷纷睁开眼站起身，这才准备去斋堂吃早饭，却在瞧见走在前边的明栗时皆是一愣。

程敬白摸着下巴，目光在明栗头发打转道："你迟到就是为了这个？"

都兰珉夸道："好看啊！"

明栗弯眼笑了下，心想师弟编得果然好看。

千里边走边说："回头再买点金簪琉璃步摇什么的吧，戴着更好看。"

都兰珉立马自荐："有钱吗？钱够吗？没钱找我啊。"

千里急忙说："我有！别找他借！"

昨日到斋堂时众人还在聊崔元西与江盈的八卦，这会儿重点已经转到太微森的闯入者杀了十多名井宿院弟子的事上。

明栗小口喝着放了酱油的粥，听坐在对面的邱鸿说："井宿已经封院，人进不去出不来了。一共死了十七人，其中包括十名高级弟子。"

"井宿太微森有什么？"程敬白纳闷道，"南雀最重要的兵器库不是在轸宿吗？"

跟明栗一起埋头吃饭的方回淡声说："太微森是南雀蕴养药材的地方，也算是一处极品宝地，而且每年七院用不完的材料，还能高价转卖给外边换成钱财，这也算是南雀的重要收入来源之一。"

都兰珉听后恍然大悟："那这闯入者是要断人财路啊，歹毒。"

明栗却不觉得是这个意思，因为她感应到北斗神武石蜚的力量，就来自井宿太微森的深处。

"怎么看我也不觉得抢井宿太微森比抢轸宿兵器库要划算。"千里吃完了，单手支着脸看其他小伙伴说，“兵器库那边可全都是神武，最低下品起步，既然都能想办法潜入南雀，又为什么要在井宿太微森功亏一篑。”

“我看这帮闯入者也不算亏啊。”程敬白笑道，“死了十多个井宿院弟子呢。”

邱鸿说：“闯入者也被抓住了三个，都已经死了。”

方回问：“闯入者一共几个？”

“听说是五个。”邱鸿略显感叹道，“难怪昨天把所有人都盘查了一遍，其中一个就是盘查出来的，说是某个院的弟子，但是没有具体公布是哪个院。”

明栗也喝完了粥，适时表现自己的无知：“你们怎么知道的？”

程敬白目光同情地朝她看去：“忘了你还处于被少主的未婚妻孤立的状态，在我们之前都没人肯跟你聊这些小道消息。”

明栗装傻：“哦。”

千里没好气道：“别听他瞎说，江盈这会儿自身难保，没本事再针对你了，要是想知道什么，你问我肯定比问他们了解得还快。”

程敬白挑眉看过去：“哟，你能有多快？”

千里说：“被盘查出来的太微森闯入者之一是柳宿弟子，被发现的时候就自尽了，完全不给审问的机会。晚点儿这三名闯入者的尸体都会被吊在朱雀台上，为了警告还没被发现的闯入者，和其他对南雀有异心的人。”

邱鸿朝他伸出拇指夸道：“不愧是崔圣的首徒，探听消息就是快。”

程敬白改口道：“得，好兄弟我承认，你最快。”

千里谦虚道：“过奖过奖。”

因为是崔瑶岑的首徒，崔瑶岑不在的时候三圣峰的一些事会交给千里，七宿院长对他的态度也跟普通弟子不同。

千里的修行课程跟明栗等人不一样，因为是崔瑶岑直接教学，所以别的课程都可去可不去，但为了跟小伙伴们见面，他还是坚持每天都去南门朱雀台静修。

一起在斋堂吃过早饭后千里回了三圣峰，明栗等人则各回各院忙自己的事。这时候各院气氛都不太好，风声鹤唳，草木皆兵，从前闹腾的人们都安静了下来。

井宿。

入夜后周边起了薄薄的山雾，夜灯在山道各处亮起，通往井宿的出入口都有人看守。

崔瑶岑会在明日天亮时分回到南雀。今晚是潜伏在南雀的影子们最后的机会。

狼头影蹲在树上打量下边井宿入口的守卫们，脑子里过了一遍行动计划后开始动手，准备先设置好脱身时用来传送的八脉法阵。谁知他手上刚浮现黑色咒纹，就感觉周围天地行气被扭曲抽离，惊得立马退去老远。

入口的守卫看见某一处的树梢轻轻晃动。

狼头影反应很快，落地后隐入黑暗，冷静地观察着是谁在暗处对自己动手，却没能找到目标。当他以为刚才天地行气扭曲可能是因为触碰到某种八脉法阵后，这才重新朝入口的方向看去。

哪知他刚飞身上树就被一道行气字诀打了下来。

狼头影被这猝不及防的一击打得有点狼狈，堪堪稳住身形落地。

站在树上的明栗低头瞧着下边有些生气的都兰珉说：“如果我是你，我就不会选崔瑶岑已经回来的时候行动。”

井宿东门入口。

守在这边的是井宿的高级弟子，或许是因为站了一天一夜，现在有些松懈，神态看起来懒洋洋的，甚至有些困倦想睡。

圆影耐心地在暗中观察许久，见没人来与这两名高级弟子轮换，正准备动手时，却见一只窃风鸟从虚空中出现在他眼前，从中传来懒洋洋的声音说："你该不会真以为井宿会在这个节骨眼上疏忽，让两个犯困的弟子来守入口吧？"

圆影把窃风鸟捏碎，借此找到它的主人，一路跟踪来到了远处的河道边。

圆影看见窃风鸟的主人立在月光照耀下的浅滩中，朝他大大咧咧地笑道："没想到啊邱鸿，你看起来挺高，却能使影子胖得像个球。"

邱鸿无语地望着月色下的程敬白："我也没想到你连影子都藏不住颜色。"

程敬白耸肩道："我学艺不精，你情报不够，大家彼此彼此。"

邱鸿谨慎道："你怎么认出我的？"

"入山挑战那会儿，你给我喝了你随身带的酒，那酒有些特别，可你以为只有你一个人才喝得出来，所以才敢放心地给别人喝。"程敬白嘿笑道，"过于自信，所以被我抓到了把柄。"

邱鸿摸了摸腰间的酒葫芦："我记住了，这辈子再也不给别人喝了。"

"你想怎么样？"邱鸿问。

程敬白惊讶道："你这么严肃干吗？我只是想问问，昨晚闯太微森的五人之一你认不认识。"

邱鸿却听笑了："看来你这边的人挺多，不仅去了潮汐之地，还去了太微森。"

程敬白谦虚道："可别这么说，我们去了四个死三个，还剩一个苟延残喘，就想知道在太微森的第五个兄弟，是不是跟你们南边地嵬有关系。"

邱鸿听他随意地点出了自己的身份，心中震惊，脸上笑意收敛："不是。"

"那就奇怪了。"程敬白摸着下巴道，"既不是北斗，也不是地嵬，东阳不来凑热闹，还有谁对南雀感兴趣。”

见邱鸿戒备的样子，程敬白好笑道：“敌人的敌人就是朋友，你跟我戒备什么？”

邱鸿老实道：“你的来历不好猜。”

程敬白啧了声：“也不知道南边的地嵬怎么回事，要么聪明得成精，要么傻得像狗。”

“没猜错的话你刚才是骂了我吗？”

“今晚可不是去井宿玩的好日子。”程敬白没好气白了他一眼，转身消失在夜色下，“你要是想死就去。”

邱鸿站在原地沉思片刻后，默默离开了井宿。

此时此刻，早已回南雀的崔瑶岑正在井宿院里等着。

第13章 暗影浮白

明栗能肯定崔瑶岑已经回来，甚至就等在井宿，是因为她清楚朝圣者们的行事作风。崔瑶岑最要面子，如果只是有人偷溜进南雀闯禁地杀弟子，她虽然愤怒却不会气急败坏。可有人将她弟弟的八卦以听音石保存，再播放给整个朱雀州的人听，崔瑶岑必然怒火冲天，满心杀意。

都兰珉若是今晚进入井宿必死无疑。

怎么说也是自己人，肯定要拦一拦。

都兰珉却被这声音吓一跳，懵懂地看着树上的身影："是你？"

周栗怎么会在这儿！他脑子飞速转动思考，明栗却回头看向往这边来的守卫，示意都兰珉先走。两人趁着夜色悄无声息地离开原地，赶来查看的守卫没有发现异样后离开了。

月色皎皎，两道身影在夜色中疾行，一直到林外小道才停下。

路边往下看是河道，连接着鬼宿院的水流，夜里水流声声，偶尔能掩盖风声。

都兰珉落地后就看向站在他后边的明栗，佯装无事发生，却随时注意着她的一举一动。

明栗跟他一对比可就放松多了，看向都兰珉的目光还带着点友善："我见你杀江家人时用的诛玉剑，那你应该是玉衡院弟子？"

都兰珉脸色微变，反应也快，立马明白她说的是自己应七星令去救人那天。

当时在鬼宿通过入山挑战的弟子打起来还放火烧了新舍，被鬼宿院长罚去山外，他正好趁机去山里踩点，顺便挖点药材赚钱，可没想到会有七星令召唤。他的位置离得很近，又是常听“黑狐面”念叨的摇光院师兄的七星令召唤，怕“黑狐面”他们来不及赶到便自己先去了。谁知道去了后发现求援者不是摇光院的周师兄，反而是南雀新招的弟子千里。

都兰珉对明栗友善只因为他想策反南雀这名八脉觉醒的天才，谁知道人家好像根本不需要被他策反。

“那天晚上你也在？”都兰珉试探性地问道。

明栗说：“我跟崔瑶岑差不多时间到，所以没有出来。”

都兰珉听得心里又咯噔一下，她知道崔瑶岑也在，她没撒谎，难道除我以外还有别的弟子在南雀卧底？

都兰珉心里怒骂“黑狐面”怎么不跟他说，又觉得不对，如果真有，“黑狐面”不可能不说。他当时说有个单脉满境过入山挑战的天才其他人都还觉得挺惊讶，付渊还要他把人策反了。

都兰珉犹豫道：“你为什么去？”

“因为七星令召唤。”明栗说，“你应该入玉衡院还不到五年？”

都兰珉大惊：“你怎么知道？”他是在北斗惨淡时期入的宗门，那会儿玉衡院长已经死了，玉衡院由天璇院长曲竹月代管，这两年管理权才转交给了玉衡院的大弟子梁俊侠。

明栗感叹道：“不然你看到我这张脸就不会是这种反应，而我也不会没认出你。”

都兰珉对明栗的警惕放松了一些，挠头道：“不知道是哪院的师姐？”

“摇光院。”

都兰珉一怔："可是摇光院的师兄师姐我都见过啊！"

明栗说："你若是见过就不会认不出我，也不会认不出江盈那张脸。"

都兰珉顺嘴道："我师兄说我没见过的摇光院师姐就两个，两个都死在北境鬼原，其中一个还是大名鼎鼎的……"

咦？

那位大名鼎鼎的朝圣者叫什么名字来着？

见都兰珉愣在原地，一双眼不可置信地望着自己，明栗也没有吓小朋友，只说："崔瑶岑这次回来肯定会严查南雀，这时候联系付渊师兄他们会被查到，所以万事小心，在她下次离开前最好不要轻举妄动。"

她连付渊师兄都知道！

"摇光院弟子青樱也没有死，只是被崔元西关在了边界峰山巅，那边有结界禁制无法进去，我还在想办法。"

明栗将有关青樱的情报分享给了都兰珉，看他仿佛石化般愣在原地也很有耐心，她对北斗惨淡时期还选择加入北斗的弟子十分包容怜爱。

都兰珉不敢相信某个事实，于是恍然大悟道："我知道了，你姓周，肯定是那位下落不明的摇光院周师兄的妹妹！"

明栗问："相信我没死很难吗？"

好像确实有点难。

明栗笑道："较真儿来说我随父姓东野，但我不喜欢，所以叫明栗。"

都兰珉脑子里那根线啪的一声断掉，满脑子只剩下两个字：天啊。

崔瑶岑在井宿等了一晚上，却什么也没有等到，于天明时神色难看地起身。

刚醒来的鱼眉撑着床沿坐起，山思远立马上前给她披上狐裘大衣防寒。

死了十多名井宿弟子，这对井宿院长来说是个噩耗，本就心有郁结的鱼眉这会儿脸色很差，眉头紧蹙就没有松开过。

崔瑶岑说："你心中可有想法？"

鱼眉轻声道："看起来闯潮汐之地与太微森的是不同的人。"

崔瑶岑道："元西说潮汐之地里的是四个不同的人，其中两个是北斗的人，剩下两个不明。"

鱼眉目光微闪，捂嘴轻轻咳嗽，在山思远要上前时轻轻摇头，示意他先退下，等人走后才道："北斗还在修养期，靠东野狩一人撑着。若是他倒下了，攻下北斗只是时间问题，所以这次北斗就算心有不甘，也不会再有所行动。"

"北斗的人还在朱雀州里等着。"崔瑶岑道，"不过你说得没错，按照东野狩的性格，他若知晓自己的徒弟落在我手里，早就从北斗过来了，到今天也没有动静，要么伤还没好，要么就是北斗离不得他，侧面说明其他人的伤还没好。"她冷哼一声，怒意逐渐消减，人也冷静下来。

北斗如今与南雀比不得，就剩下一帮老弱病残，东野狩也撑不了多久。外界以为北斗在修养，可她却清楚，北斗正在慢慢从内部自己垮掉。它撑不了太久的。

"北斗的目标是无间镜。他们自己没了超品神武石蜚，长久来说对北斗不利，所以才想让我们也失去无间镜。"鱼眉轻声细语地分析着，"而前往太微森的这批人行事却不是北斗的作风，如今北斗就算有杀意也要克制，因为他们承担不起后果，可当晚在太微森的五人却肆无忌惮，见人就杀……"

鱼眉目光微凝："这作风更像是地嵬的。岁秋叁知道他儿子成了你的徒弟，肯定不会无动于衷，南边的地嵬们在这两年的异动也不少。"

"地嵬，岁秋叁。"崔瑶岑似乎没把这事放在心上，说话的语气有些轻慢，"他与赵婷依的儿子倒是不错，聪明，会说话，修行天赋也不差，且掌握了真正的赵氏神迹异能天罗万象。"

神迹异能分两种，一种是靠星脉觉醒，一种是靠血脉继承。

赵氏的是后者，可岁秋叁却能将靠血脉继承的神迹异能破解再教给别的人，最后让所有人都能学会其中皮毛，将赵氏的骄傲与底气按在地上摩擦，踩得粉碎。

“他虽然无法感知星之力，可心智之深，与别的地鬼不同，甚至能将一盘散沙的南边地鬼聚集起来。”与崔瑶岑的轻视不同，鱼眉感到有些危险，“地鬼残暴，擅作恶，他们只是没有普通人的同理心，而不是蠢，相反，一个个心机都挺深。若是地鬼开始集体行动，对整个大陆来说都是灾难。”

崔瑶岑微眯下眼道：“这次朝圣者聚会就是为了对付地鬼，已经准备行动，不会让这种事发生。”

鱼眉听后这才放心些：“既然朝圣者们一心制止，那应该没问题。”

崔瑶岑道：“北斗暂时不足为惧，但藏在南雀的地鬼却要先找出来。”

鱼眉沉思片刻后，神色却越发凝重：“越快越好，因为他们可能发现了藏在太微森里的石蜚。”

崔瑶岑听后，眼中冷意再起，却听鱼眉咳嗽声渐大，转身走到床边伸出一指点去，将她暴动的星脉安抚。鱼眉脖颈青筋若隐若现，在暴动的星脉逐渐安静后才得以喘息，不过几个瞬息就已是满头大汗。

“你最近星脉混乱的频率变高了？”

鱼眉摇头，细若无声：“还撑得住，只要再过一月，我就能将这咒术化解。”她垂眸看着自己手腕上若隐若现的黑纹咬牙，想到如今北斗的惨状，又深吸一口气强制恢复平静，嘴角噙着点点笑意。

东野狩你看，最终还是我赢了。

都兰珉去了明栗说的边界峰，在这边确实发现了结界禁制。他耐心地蹲守到天明，瞧见崔元西独自上山的身影，心中对明栗的话已信了十分，但该怎么将消息传递出去又是个问题。

如今崔瑶岑已然回来，正如明栗所说，他暂时不采取行动最好，否则就可能引火烧身。只能祈祷这位师姐再撑一会儿，等到四方会试的时候几位院长们过来再商议这事。

何况院长跟师兄们知晓明栗没死肯定会高兴疯，他光是想想都觉得激动，这消息一定得传达到才行。

都兰珉悄无声息地回到新舍，一溜烟地跑到明栗的房门口，却见有人比他还早到。

“你在这干什么？”都兰珉问门口的千里。

千里说：“问你们想吃什么早饭啊。”

都兰珉想到他是崔瑶岑的徒弟，脑内警铃大作。正要将他赶走防止他策反自家人，刚伸出手又想起昨日在斋堂千里说他打探消息最快，原本赶人的手硬是转了个弯在千里肩膀轻轻拍了下，露出两颗小虎牙笑容灿烂道：“我吃甜包子。”

千里也笑容灿烂道：“我问周栗，不是问你。”

都兰珉心道：“他果然想策反我方朝圣者，其心可诛！”

明栗在屋里听见外边的声音却没有作答，她摸了摸睡醒后有些散开的小辫子面露惆怅，小声道：“子息，辫子散了。”

周子息站在门边，侧首看了眼屋外的两个身影后慢步走到明栗身边。他伸手接过明栗抓着的小辫子看了看，低头凑近她说：“师姐，想要我再给你编辫子，就把门外那小子杀了。”

“……哪个？”

周子息微笑道：“我暂时还不会让师姐你杀北斗的人。”

“为什么杀他？”

“因为你想要我给你编辫子。”

明栗微微抬首看他没说话。周子息见她不答应，便要离开，却被明栗伸手抓住。她说：“你求我试试。”

似曾相识的一幕。

周子息垂眸看她抓着自己的手，缓缓看向明栗的眼眸，却是笑了下，低头在她唇上落下一吻。他语调懒散地在明栗耳边说：“怎么求人这种事，倒是跟师姐你学的。”

明栗想笑，却又憋着装作一本正经地看他，似乎半点不惊讶也没有。周子息仔细盯了她片刻，晃了晃被明栗抓着的衣袖说：“师姐，不答应我就走。”

抓着他衣袖的手缓缓松开。

周子息有点意外，明栗做出了他意想不到的决定，就算他不会觉得“师姐喜欢我那肯定会纵容我一切要求”，却也从以前的记忆中得出“师姐不会拒绝我”的想法，可现在师姐拒绝了他。

周子息正陷入沉思，明栗却凑上前回吻，在师弟抬眼看过来时微笑：“我也求你，给我编小辫子。”

求来求去的，没个结果。

周子息听着外边千里跟都兰珉喊明栗的声音原地消失。

明栗只好自己扒拉几下辫子出门。

明栗几人每次去南门朱雀台静修都是空着肚子，今天千里特地给小伙伴们提前带了吃的。跟其他人一起热热闹闹赶到朱雀台后，他们看着被吊在朱雀石像前的三具血淋淋的尸体全都呆住了。

程敬白捂着嘴跑去旁边吐，一边吐一边指千里，满脸不可置信：“我说你今天怎么这么好心请我们吃早饭，原来是为了在这恶心我呢！”

邱鸿忍不住摸了下鼻子，对程敬白十分佩服，好演技，更别提上边挂着的三人还是他的同伙。

千里挠着头说：“尸体会被挂起来警示这事我昨天就告诉你了吧！”

都兰珉跟程敬白站在一条阵线对千里严肃批评：“就是就是！其心可诛！”

千里道：“没这么严重吧！”

今日来监管修行的依旧是轸宿院大弟子林枭，他望着吵闹的几人摇头笑了笑，温声提醒他们静修的时间到了。

明栗仍旧主修阴之脉，因为使用灵技需要消耗双倍星之力，她对南雀的修行课程唯一在意的就是每日的星之力提纯。

自从拒绝了周子息要她杀千里的要求后师弟就不见她，夜里入梦不见，平时喊他也不出现。

这更加坚定了明栗要赶紧将阴之脉修行到满境的想法。

吊在朱雀台的三具尸体逐渐发烂发臭，可南雀没有要将他们放下来的意思，并且严查各院弟子行踪。尽管如此，明栗还是隔三岔五地去边界峰看青樱。

崔元西天天都往边界峰跑，每晚都宿于此地，就算被崔瑶岑责骂也不听。他没法忍受自己长时间看不到青樱，一旦离开太久他就开始心慌焦躁，怕北斗来人带走了青樱，也怕崔瑶岑背着他去杀了青樱。

江盈再也等不到崔元西回八离峰。她努力说服自己冷静，告诉自己崔元西变心了没关系，南雀少主夫人的位置始终是她的。

崔瑶岑最近忙着清查混进南雀的地嵬，没工夫去管江盈跟崔元西两人的事。

今日她总算抓到一个藏在七院内的地嵬。这是名潜进翼宿的弟子，在南雀生活了两年，资质不错，在今年混成了翼宿的高级弟子，被发现时试图逃跑，却被崔瑶岑随手点出的行气字诀贯穿胸膛倒下。

看着倒在血泊中眼神失去焦点的翼宿弟子，站在崔瑶岑身旁的千里心头一颤，这蔓延的血色与他的梦魇重叠了。刚恍惚一瞬，就见血泊中的地嵬忽然眼神恢复明亮，动作迅速地起身就跑。

“看清楚了。”崔瑶岑再次将对方贯穿心脏杀死，“这就是地嵬。”

千里被这变故惊得睁大了眼，刚才的情况这人必死无疑，他却能在短短瞬息之间恢复生命，连伤痕也修复。

这就是地嵬吗？

崔瑶岑望着试图跑下三圣峰望月殿的地嵬对千里说：“你去。”

千里愣住，那地嵬这次被崔瑶岑重伤，没有杀死，身形踉跄地走在望月殿前的石阶上。崔瑶岑说：“这地嵬若是跑了，你也就跟他一起离开南雀吧。”

千里懵道：“师尊……可我杀不死地鬼啊。”这世上能彻底杀灭地鬼的只有朝圣者和地鬼本身。

崔瑶岑却道：“你只是杀不灭，而不是杀不死。”

那翼宿地鬼忽然加速冲刺，用残存的力气使出体术脉灵技试图逃走，千里飞身上前将其拦下，伸手扣住对方咽喉，以星之力干脆利落地扭断他的脖子。

变得软弱无力的身体从他手中滑落，倒在地上。千里退开一步，刚才的冷静荡然无存，他抬首看向崔瑶岑忙道：“师尊你快动手！”

崔瑶岑微眯下眼，对千里刚才的行动表现颇为满意。

一个从小经历灭族变故，身负血海深仇，人生从云端跌落泥泞的少年，绝不会是个思想单纯、充满同情心的人。

崔瑶岑再度抬手将爬起来的地鬼一指点碎，血块飞溅出去老远，那具年轻的身躯似被碎尸万段，血与肉到处都是。

千里在血花中静静看着，看着血块们聚拢再次飞速生长出一具崭新的身体。

崔瑶岑却没再多看一眼，转身朝望月殿内走去：“将他带去朱雀台，给新入门的弟子们练手。”

南雀抓到一只活的地鬼，其身份是隐藏在南雀的翼宿院弟子。

这让李雁丝感到头疼和心惊。这弟子她有印象，翼宿院男弟子本就少，她几乎对每个人都有印象。在她的记忆中这是个腼腆的孩子，却没想到会是只杀人不眨眼的地鬼。她警告院内的其他弟子不要再提起这名地鬼，并告诫部分哭哭啼啼、犹犹豫豫的弟子：“他是地鬼，不再是你们认识的师兄或是师弟。”除了翼宿院与这名地鬼有过接触的弟子，最懵懂的应该属今年新入门的弟子们。

本来作为静修之所的南门朱雀台上挂了三具尸体就够瘆人的，今日又来了一个被五花大绑、封印星脉力量的地鬼，对他们始终温温柔柔的林枭师兄还宣布他们每日都要将这名地鬼的头割下来，直到他愿意供出其他同伙。

有不少弟子当场白了脸色，也有部分弟子始终保持冷静。

每日都有两名院长在旁看守，防止地鬼生变，顺便监督新弟子们是否照做。

“你们要明白它是地鬼，不是人类，是只知道作恶的怪物，没有同理心，是给人类带来灾难与痛苦的畜生。”星宿院长淡薄的声音敲打着弟子们的心脏，前排的弟子伸手拿起长刀，在各方的注视下心中一狠将其斩首。

随着地鬼的头颅被砍下又再生，人们逐渐接受了地鬼的存在，对这曾经的翼宿院弟子身为“人”的意识逐渐淡去。

这只地鬼始终不说话。

邱鸿接过上一人递来的刀眼都没眨一下就将其斩首，然后把刀递给下一个人。

方回亦是。接过方回手中长刀的是周香，她有些被吓到，拿刀的手都在抖，泪花在眼眶里打转，望着地鬼说：“你、你不要动。对不起，我不是故意的。”

站在旁边的星宿院长说：“周香，我之前说的什么？”

周香话里带了颤音：“可是院长……我没有杀过人。”

星宿院长看着她的目光威严：“它是地鬼，是怪物，不是人。”

“地鬼是不死之身，他作乱杀的那十多名井宿院弟子可不是不死之身。”

周香握着刀斩向前边的地鬼，然后捂脸哭起来。

程敬白拉着她去后边。

星宿院长皱眉，林枭却道：“都是些才刚入门的孩子，又是第一次面对地鬼，院长再给他们些时间吧。”

都兰珉没想到南雀会这么狠，地鬼这玩意他倒是没打过交道，不好评说，只是无论在哪儿都会被教导地鬼是不好的东西，从小就被如此教育的思想根深蒂固，因此也没有多想什么直接动手。

沾满血的刀最终落到明栗手中，她对这件事自然也不抵触。此前她杀过许多地鬼，只是每一个都没有用刀。

每日来朱雀台看这只地鬼的人络绎不绝。人们在边缘驻足，或是好奇或是厌恶地打量，也有曾被地鬼伤害过，控制不住情绪，试图冲进去杀了地鬼的弟子。

邱鸿与程敬白两人表现得十分正常，杀完就走，干脆利落。周香虽犹犹豫豫，在程敬白的强制下还是完成了星宿院长的要求。私下里邱鸿跟程敬白都会互怼两句。

“那不是你家兄弟？”程敬白啪啪鼓掌道，“你们南边地鬼也太无情了吧。”

“是你们的人吧。”邱鸿面不改色道，“你甚至还强迫周香向他捅刀，我可比不过。”

程敬白就当是左耳进右耳出了，吊儿郎当地问道：“你觉得这家伙能撑多久？”

“不知道。”邱鸿说，“但南雀的意思很明显。”

除去杀鸡儆猴，就是要引出同伙，谁要是坐不住，看不下去，想要带人走，那就得付出代价。程敬白与邱鸿都没有承认那人是自己的同伙，也是为了不暴露任何弱点。虽然同为地鬼，但地鬼也分各种派系，并非所有地鬼都是团结的。两人不约而同地去找崔瑶岑的亲传弟子，试图从他那里获得一些有用的情报。于是晚上在食堂吃饭时，程敬白叫上了明栗，一般叫上明栗，再叫千里就很容易。

明栗正低头吃着东西，听见程敬白问千里：“你不觉得挂在朱雀台上的地鬼恶心吗？”

正疯狂干饭的千里听得一愣：“还好吧！”

程敬白拿手肘捣了下邱鸿，邱鸿说：“恶心。”

“是吧，恶心，还天天都要面对，我们又杀不死，看着又恶心。你要不要透露下，咱崔圣什么时候才肯把这恶心玩意撤了？这样我就能知道我什么时候才能吃完早饭再去朱雀台。”

听完程敬白这番话，邱鸿不由得悄悄给他比了个拇指表示佩服。

千里完全没听出他的意思，直接道：“那你不吃早饭去朱雀台不就好了？”

他甚至还提出了第二个建议：“或者去朱雀台静修完了再回来吃早饭。”

程敬白气得翻白眼，不轻不重地拍了下桌子：“敢情挨饿的不是你！”

千里笑道：“那确实不是我。”

邱鸿说：“我看明栗这几天也不怎么吃早饭。”

千里看了眼专心干饭的明栗，挠挠头说：“我也不知道啊，这事我师尊也不会跟我商量的。为了地鬼潜入南雀这事，她还在气头上呢，估计要等到把他的同伙都找出来才会罢休。”

“还有其他地鬼吗？”程敬白惊讶道。

邱鸿忍不住看了他一眼，你就装吧。

“不清楚，但看现在这个样子，可能是有。”千里转了转眼珠，“有地鬼应该也跟我们没关系，你刚才也说了，反正我们也杀不死。”

程敬白低头叹气：“唉，我就是想好好吃个饭，不要被恶心到。”

千里说：“你不是每次都杀得挺干脆的吗？”

程敬白面不改色道：“我那是强装镇定啊，为的不是赶紧动完手赶紧离开吗？”

邱鸿心道：“呵，信你才有鬼咧。”

这只地鬼在南门朱雀台坚持了很长时间。

看守它的结界说难也不难，外界的人只要有心总能打开，崔瑶岑等的就是有人来救地鬼，可地鬼们最擅长的就是漠视。

他们无所谓这名“族人”每日都被人割喉斩首，比起去救一个死不了却会暴露自己存在的地鬼，他们还有更重要的事情要做，所以一直到入门弟子们的一月静修时间结束也不见有人来闯结界救地鬼。

鱼眉跟崔瑶岑说：“或许他们并不知晓彼此的身份，按照地鬼的性格，如果被抓出卖同伴能换取自己活命，他们会毫不犹豫地供出同伙。”

崔瑶岑不太满意：“只抓到一个，还不够。”

“如此示威，藏在暗中的人也都会夹起尾巴安静一段时间。”鱼眉轻轻咳嗽几声，收紧了拢在肩上的大衣，“再过些日子就是四方会试了，各宗门与武院都会来人，只是少主的事……处理好了吗？”

听人提起自家弟弟，崔瑶岑的脸色顿时变得难看起来。

这混账日日往边界峰跑，满心满眼只有那傀儡。

鱼眉见她的脸色就知道还未处理好，轻声叹道：“想要掌控整个南边，还是需要和江家联手才行，只不过是将江家归入南雀，而不是江氏认为的双方平等合作。”

崔瑶岑道：“今晚我会去跟他说说。”

崔瑶岑还未去找崔元西，倒是先等来了江盈。

她还没开口嘲讽两句，江盈却仰着脸微微笑道：“崔圣，我怀孕了。”

崔瑶岑第一反应竟是关我何事，随后才反应过来，不慌不忙道：“这种事你该与元西说。”

“我也想告诉他这样的喜事，可元西最近一直在边界峰跟他的小情人待一起，不回八离峰。”江盈话说得无辜，眼神却又犀利，“不知崔圣可否帮我传达这事？若是时间久了，等孩子都生下来后还未成婚，不仅是我，南雀也会沦为整个大陆的笑柄。”

崔瑶岑冷笑出声：“你有这心机胆子威胁我，怎么没这个能力把他的心留住？”

江盈被这话刺得有些许恼怒，却因对象是崔瑶岑而只能憋着。

崔瑶岑甩袖离去，眨眼已来到边界峰山巅。

察觉到动静的崔元西满身疲惫地走出屋门，朝站在院外的阿姐看去。

崔瑶岑没给他好脸色看："江盈怀孕了，你可知道？"

崔元西怔住，第一反应竟是回头去看坐在窗边的青樱。他沉着脸走过去，伸手轻轻摸了摸青樱的头似在安抚，垂首时说的话温柔似水："乖，先进去。"

傀儡听话地起身离开窗边。

崔元西将窗户关上，又将屋门关上，确保青樱听不见他们的谈话后才朝院外走去。

崔瑶岑全程面无表情地看着他发疯，等崔元西出来后就是一巴掌抽过去，目光冰冷："出息。"

崔元西却不管，低声道："只要阿姐你答应不杀青樱，我就按照你说的做。"

"照我说的做？当初要娶江盈的人不是你？"崔瑶岑鄙夷地看着他，"你费尽心思转那么大一圈找来药引治好她，如今说不要就不要，却将这傀儡奉为掌中宝，崔元西，我怎么会有你这样的废物弟弟！"她倒是越说越生气。

崔元西却跪下祈求，声色颤抖道："阿姐，你若真要杀她，我也不会独活。"

人一旦逃避自我，就会变得更加堕落。

崔元西终于肯正视他心底真实的想法，于是他的记忆中只剩下从前与青樱美好动人的过往，而自动忽略了他带给青樱的伤害与痛苦。他坚信能给青樱更好的未来，过去的就都过去了，只要向前看，他们还有很长的时间。余生那么长，足够他去弥补，所以他害怕青樱离开，害怕他没有这个机会。

此时看着跪在地上的男人绝望又疯狂的眼神，崔瑶岑抬首朝屋内看去："你既然想要她活，那就必须娶江盈，我不管你究竟喜欢谁，但江氏必须拿下。在这南边，我绝不允许还有江氏独大的领域。”

崔元西哑着嗓音道：“……好。”

崔元西忽地想起曾几何时自己想要娶的人确实是江盈，却又恍然觉得那已经是非常遥远的事了。

崔瑶岑现在是看他哪里都不顺眼，干脆眼不见心不烦。

当晚，南雀少主与江氏小姐的婚期就被定下，紧接着就是广发请帖邀请大陆各方宾客前来参宴。所有人都看得出来这婚事行程走得有点着急，虽然想到了之前听音石的事，却没人敢放在明面上说。

聪明人都知道南雀提前举办婚礼就是要破听音石的谣言，为了使大家相信什么感情不和、婚事作废，都是别有用心的人故意诱导针对南雀，事实并非如此。不过这婚事早就有所传言，各家也提前备好了礼物，就算南雀突然宣布婚礼时间也没有太大影响，都开始收拾东西准备来南雀凑一凑热闹。

不说别人，南雀自己人也被这突然宣布的婚礼时间吓了一跳，可既然是崔瑶岑亲自下令，其他人也不敢多说什么，都麻利地按照她的吩咐筹办婚礼相关事宜。

度过了新人期，不用每天早起去南门朱雀台，课程少了许多，明栗整天就待在新舍屋里修行阴之脉，顺便对空气碎碎念：“你要我杀他总该给我一个理由。”

“我不是求你了吗？”周子息只说这一句。

“你可是把自己的七星令都给他了。”

“要是当初你没给，你在被人抓的时候摔碎七星令我还能赶过来。”

“到底是谁把你变成现在这样的？”

无论明栗说什么周子息就是不出来，仿佛就是要等着她杀了千里再现身。

明栗暂时也拿他没办法，如今阴之脉还差一境才满。

这天早上静神钟刚响，就有人来敲她的门。明栗见到来人有点惊讶。

门外站着的是周香，她像是只胆小的兔子，每次跟人对视谈话时都忍不住缩缩脖子。她怯弱道："周、周栗，师尊找你，要你去一趟翼宿。"

明栗问："有什么事吗？"

周香小声道："应该是跟修行有关的事。"

于是明栗没有多问，跟她一起去翼宿找李雁丝。

路上听见其他人谈论崔元西与江盈成婚的事，七院都开始布置得喜庆起来，平日路上的石灯都换成了彩色的花灯，还拉起了长长的彩绳，上头挂着鲜红的同心结。

前段时间的阴霾被如今的喜庆吹散，压抑的气氛也终于转变，路过的人们都兴冲冲地谈论着接下来的婚礼该有多么热闹。

李雁丝不在主居，而是在高处中枢殿。

明栗有段时间没来翼宿，因为自己琢磨修行比去参加南雀各种乱七八糟的课程要快得多，所以她一直在新舍，只偶尔会去边界峰，后来去边界峰监督的任务被都兰珉自告奋勇地接走了，而她也有了更多的时间专心修行。

刚走过长长的石阶来到中枢殿，就见江盈正嘴角噙着微笑地与殿前的弟子垂首告别。她在瞥见转角处的明栗时轻挑了下眉。

江盈笑着朝两人走来。

周香小声道："江师姐，恭喜。"

江盈目光含笑地点她一眼，算是回应，视线落在明栗身上带着点高傲的意思："如何？"

明栗笑道："你要成亲了关我何事？"

江盈眼里的笑意一点点淡下去："看来你是真的不知道'害怕'两个字怎么写。"

明栗无所谓道："若是有情人终成眷属，我还能说句恭喜，可惜你与崔少主似乎差了点意思。"

周香听得悄悄捂着嘴，瞪大了眼看两人，感觉自己仿佛听见了什么不该听的。

“果然还是小孩子，只知道在乎那些无足轻重的东西。与那点儿真心比起来，我能得到的更多。”江盈走到明栗身边，侧身在她耳边轻声道，“所以你可要好好看着，看着我如何将之前受的屈辱百倍千倍还给你。”

明栗用余光瞥见她这张与师妹相似的脸，也轻声回道：“你放心，我不会杀你。”

江盈惊讶地看她一眼，不太明白她以什么样的态度说出这话，随后又觉得好笑，杀我？无论怎么看都是你该担心我杀你才对。

明栗没跟她多废话，径直朝中枢殿内走去，周香急忙跟上。

李雁丝找明栗来是出于关心她的修行。之前察觉明栗需要双倍星之力的事后她找出了适合强化阴之脉修行的古书，却因为井宿院变故与抓地鬼一事耽误，直到四方会试临近后才想起来。

明栗谢过她的好意，翻着书本说：“我阴之脉已经到六境，距离满境也不算太远了。”

李雁丝听得一愣，目光惊奇地看着她：“就这一月内你便将阴之脉修行到六境啦？”

明栗点头，又在心里想，这书她看过。

“你这修行速度实在惊人，别的人可是一辈子都不一定能将阴之脉修行到满境。”李雁丝看明栗是越看越顺眼，开心这么个好苗子是她翼宿院的人，已经想到了以后明栗在四方会试上大放光彩引得各家宗门羡慕的一幕。

李雁丝欣慰道：“周香是心之脉满境，你可以与她多多对练，以心之脉对练阴之脉是最快的。”

明栗看了眼周香，有点儿惊讶。

心之脉很难修行，是唯一一个先天满境和后天修行存在强弱差别的星脉，也是明栗修行六年才满境的星脉，当年她除了心之脉，剩余七脉皆是先天满境。

周香小声说："我是先天满境，跟后天修行的心之脉比不得。"

心之脉养性，练至满境后甚至能不动声色地影响周围人的心境与情绪，从影响到掌控，要他高兴就高兴，要他悲伤就悲伤。

不过觉醒心之脉的人是公认的少，能够满境的就更别说了。

明栗没有拒绝这个提议，与周香在翼宿院对练至晚上。

夜里落雪纷纷，各地灯火接连亮起，庆祝婚礼的彩绳也挂到了中枢殿来。让明栗惊讶的是，程敬白也混在挂彩绳的队伍里来到翼宿。

"哟，你终于舍得出来了？"程敬白招手朝她俩打招呼，把手中的小食盒递给周香，然后看向明栗说，"不知道你要出来，没你的份。"

明栗摇头表示不在意。程敬白又道："不过千里知道了肯定会给你拿来。"

明栗确实好些天没见千里了。

程敬白偷懒不去帮忙挂彩绳，坐在旁边看她俩对练，打着哈欠说："你不出来，千里都不来斋堂跟我们一起吃饭了。"没法从千里那儿得知最新的消息是多大损失啊。

明栗说："他会跟方回去的。"

程敬白摇头道："方回也不好使，听说他最近被崔圣督促得厉害，天天盯着修行。"

大忙人千里还是忙里偷闲地给明栗送了吃的来。他一落地就哇了声，搓着手掌道："翼宿的四时法阵还没修好？春季都快过去，你们这里雪却越下越大，越来越冷了。"

明栗接过千里递来的食盒，想了想，最终做了个决定。她抬手指着千里说："千里。"

千里扭头看去："怎么啦？"

明栗抬手一点，点出的行气字诀啪地打碎了他身后的雪粒，她说："你死了。"

程敬白与周香满头问号地看过来。

千里感觉脑子蒙蒙的，只听见明栗一脸认真地说："你死了。"

"啊？哦哦，哎呀……"他边说边顺势倒在雪地上，望着黑沉的天空说，"我死了。"

明栗满意了，只拿了食盒里的肉包子，将剩余的还给他。

千里抱着食盒坐起身，摇头甩了甩发上沾染的雪屑，目光诡异地看着若无其事吃着包子的明栗。

周香害怕地往程敬白身后躲了躲。

程敬白小心翼翼道："周栗，天才，修行这种事不要把自己逼得太紧，咱们都已经八脉觉醒，赢在了起跑线上，你没事多出来转转，大家陪你一起练练，可别在屋里关着把自己闷出病来，那样就不好了。"

明栗眨巴着眼看过去："我没病啊。"

程敬白点着头说："没病就好，没病就好。"

明栗成功解决杀千里的事，等他们都走后一个人坐在朱雀台边看落雪，小声道："我已经帮你杀了千里，你该出来了吧？"

周子息在朦胧的光影中盯着望向自己的人，弯下腰去凑近些才看得比之前清楚，他伸手轻轻捧着明栗冰凉的脸，指腹在她脸颊按了下，思考着如何形容自己的心情。

看得不太爽！

周子息说："师姐，你有些敷衍。"

明栗说："你可是晾了我一个多月。"

周子息说："那又如何？"

明栗微微笑着，也伸手捧着他的脸说："你以后会后悔的。"

周子息不以为意，收手直起身感受这天地间的寒意，虽然积雪深厚，还是比不得冰漠刺骨的寒。

明栗却去牵他的手，这才发现他腕上有道之前没有的伤，一时皱起眉头问："怎么伤的？"

影子不应该会有伤痕。

周子息却道："刚活过来。"

刚活过来的意思是又死了一次。

明栗听得心头一沉，能让影子也掩盖不了的伤必定是朝圣者造成的。她抓着周子息衣袖的手收紧，正要逼他说出自己被关在哪儿以及是谁做的，却听周子息说："师姐，南雀接下来可热闹了，你要小心些，可别死在别人手里。"

第14章 南雀婚宴

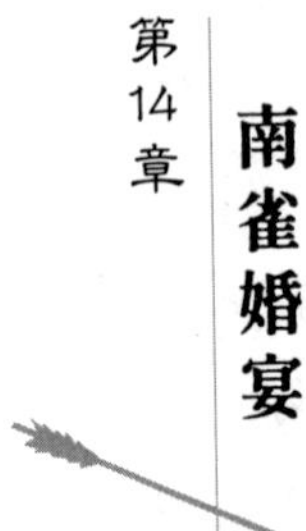

明栗抓着周子息的衣袖，却无法阻止他说完这话就消失，最终她的指尖下什么也没有，这让她感到很不悦。指尖轻搓着天上落下的细雪，冰冰凉凉，让她越加冷静。

师弟似乎不是真的要晾她一个多月，而是没法出来了。

当晚她回到新舍，都兰珉悄悄找上门来说："婚礼在四方会试之前，北斗的计划时间都被提前了。"

这时候都兰珉总算肯完全相信明栗，将自己来南雀的卧底计划告诉她："我这次来南雀是为了确定无间镜的位置，如果可能就把它拿走，但目前来看实力不够，也就只能想想。"

明栗知道他要说的是正经事，便又加固了房间的隔音阵，她问："当初石蜚是怎么丢的？"

都兰珉坐姿乖巧道："具体情况我不太清楚，只知道在你死于北境鬼原后没多久，宗主正在收拾北境鬼原暴乱的残局，北斗却遭到了袭击。这帮人几乎个个都是七脉满境，并且对北斗无比熟悉，兵分三路攻下了玉衡、天权、摇光，杀了两位院长及上百弟子，从摇光院带走了石蜚。"

明栗神色认真，将这些数字牢牢记在心里。

"事后统计袭击北斗的共有三十九人，死在北斗的有十六人。"

"他们的招数各不相同，来历也不明，而且并非同门，只是为了同一个目的而来。"

"这几年宗主和几位院长已经找到了还活着的十六人，但他们的口风很紧，绝口不提幕后主使跟石蜚的下落。"

明栗微眯下眼，三十九人攻山，如今死了十六人，找到十六人，还剩下七人。

都兰珉越说越严肃："对南雀我们起初只是有点怀疑，真正起疑是在几年前的四方会试之后。南雀取胜后毫不掩饰地打压北斗，让北斗在南边的据点全数退出，除了展现自己的高傲外，或许还因为心里有鬼。"

从这以后北斗反而对南雀重点关注，最终确定石蜚应该就在南雀。

"南雀对北斗防范得厉害，派选卧底必须用生面孔，还得防自己人。"都兰珉说到这儿叹了口气，"按照付渊师兄的猜测，北斗似乎有内鬼在向外传递消息。"

北斗有内鬼？

明栗皱眉问："谁？"

都兰珉摇头说："找内鬼的事是院长们在做，结果怎样我还不知道。我的目标就是成功进入南雀，找到无间镜的位置，若有机会也可以找找石蜚。"

明栗反问："听起来石蜚不是最重要的？"

找石蜚更像是顺带的任务。

都兰珉无辜道："是天璇院长的意思，因为这次的目的确实不是找出石蜚，而是要把南雀的无间镜毁掉。"

曲竹月的意思，找不找得到石蜚暂时无所谓，但南雀的无间镜必须毁掉。

明栗听得沉默，眼里却有一丝笑意，这确实是曲姨做得出来的事。

超品神武世间罕有，与其他神武的区别在于它拥有源源不绝的星之力，能供应一个超级宗门上千年依旧不歇。

星之力是修者最基础也是最不可或缺的存在，哪怕是朝圣者，八脉满境，星之力耗尽后也难以使出任何灵技。

北斗失去石蜚，缺少的星之力供应将让他们被另外三家超级宗门甩后面一大截，出现实力断层，日后想要追上去可就难了。这样的影响将让本就遭受重创的北斗雪上加霜，慢慢拖垮一个曾经立在顶端的超级宗门。

倘若当初袭击北斗抢走石蜚的主谋是南雀，其必然会遭受来自北斗的疯狂报复。

如果不是已经肯定有南雀的份，曲竹月也不会下这种命令。

明栗沉思道：“石蜚应该就在南雀，之前我路过井宿太微森，在那里隐约感应到了石蜚的力量。”

“在井宿吗？”都兰珉有点儿惊讶，“井宿这会儿还是封院状态，之前还以为是因为地鬼闯太微森的事，这都一个多月过去了还没有解封，恐怕也是因为怕再有人擅闯发现里边藏着的石蜚。”他越说越觉得合理。

“石蜚找到了，师姐你也回来了，这事告诉师兄跟院长他们一定会高兴疯！”都兰珉摩拳擦掌期待着，却见明栗摇摇头，平静道：“既然北斗有内鬼，先不要告诉他们我还活着，如果能跟付渊师兄或者天璇院长联系上，优先告知他们青樱的情况，还有子息……”

说到周子息明栗顿了顿，想到他地鬼的身份，最终还是决定自己解决。

都兰珉问：“有这位周师兄的消息了吗？”

“他的事我会解决。”明栗说。

都兰珉懵懂地点头：“若是有消息就好，听说摇光院长很担心他，还有院长的儿子，当初他们俩似乎是结伴离开的北斗，却至今都没消息。”

明栗听得眼皮一跳：“我哥不在北斗？”

都兰珉摇头："师兄们都说好几年没见到他，也没有他的消息，可因为他不是北斗弟子，所以不能号召弟子寻找，而且摇光院长也离不开北斗，也就天枢院长在外边找袭击者的时候顺便帮忙找他。"

东野狩不能离开如今的北斗，也正是因为有他北斗才能撑到现在。

距离八脉满境只差一境的情况称作生死境，东野狩虽是生死境，实力却已堪比朝圣者，甚至只要他想他马上就可以破境成为朝圣者。可问题就出在这里，他破境不仅能成为朝圣者，也必死无疑。

三十九人袭击北斗时，东野狩强杀十六人，其中有四名也是生死境强者，他也因此身受重伤，最终还是不敌，被抢走了镇宗之宝石蜚，昏睡不醒近七日才勉强醒来，至今伤也未痊愈。东野狩必须留守北斗才能防止更多的损失，如今其他与北斗为敌的人都是忌惮他的存在才不敢上北斗挑事，所以就算徒弟和儿子下落不明，他也不能外出寻人。

明栗知晓父亲的性格，深知他绝对会以北斗的利益为重，可也绝不会就此放弃重要之人，这么多年都没有消息，只有一个原因：他伤得真的很重。或许如今也只是强撑着，如果真到迫不得已时，他肯定会选择破境。

当年北斗遭袭时东野狩已有破境的想法，是曲竹月劝他打消了念头，因为这三十九人的目标是石蜚，石蜚可以丢，总能找回来，但他们先是没了明栗，后来宗主也受了重伤，还死了两名院长，弟子受伤者无数，这时候若再没了东野狩，北斗的未来就堪忧了。

东野狩就这么强撑到了现在。

明栗这才看清，北斗当前局势比她想象的还要糟糕，也不怪曲竹月如此心狠，都懒得想办法抢南雀的超品神武，而是要直接毁掉。她压下心中翻滚的情绪，冷静道："据我所知，那天崔元西将七星令给了青樱，到时候山上的结界一破，你就去将她的七星令摔碎。"

都兰珉点着头，不免好奇道："可是师姐，你打算怎么破掉那结界？据我这么多天的观察，那应该是有神武辅助的禁制，以你现在的境界很难解除。”

就算是朝圣者也得拿出点实力才能打破那结界，崔元西又因为上次崔瑶岑强行破开结界在修复时对其再次进行了加强，现在就算是崔瑶岑，也得花上五成的实力才能破开。

“我会有办法的。”明栗说。

都兰珉毫不怀疑，既然她说有那就是有，他对明栗信心满满。等都兰珉走后，明栗在床上躺了会儿，想到下落不明的兄长和困守北斗的父亲，实在是难以入睡，便起身朝翼宿院走去。

翼宿院的雪落个不停。

明栗来到中枢殿后方，在被雪色掩盖的小道尽头有一座高台，台上是巨大的四景法阵的定阵点，法阵图在夜里亮着光芒，无数紫色星线交叠穿梭，不是主修八脉法阵的人肯定看两眼就头晕眼花。

明栗走上高台，抬首打量眼前的天然法阵图。或许是因为天然法阵星线太过庞大复杂，除了各个院长根本没人能动摇分毫，所以没有人看守。李雁丝最近忙着也没有时间来修复。

上万条交错的星线和黑色的符文缓慢运行转动，明栗思考了下大概需要的法阵效果后便开始动手。

天然法阵的好处就在于你只要有实力，就能对它进行更改。

明栗更改四景法阵的星线过于认真，连周子息出来也没有发现。师弟也没有出声叫她，就站在后方静静地看着。过段时间后她若有所觉，回头看去，见到周子息眼里便有了笑意。

“你怎么不叫我？”明栗停手问。

周子息却一抬下巴道：“师姐，专心。”

明栗又转回头去继续捣鼓星线：“我会先把四景法阵的范围扩大到整个南雀，这样就能找一找你被关在南雀哪里。”

“师姐，别白费力气了，只需要将四景法阵范围扩至边界峰救你的小师妹就行。”周子息却漫不经心道，“我可没说过我是被关在南雀。”

“不在南雀吗？”明栗又回头看他，有点儿惊讶。

周子息走到她身边，伸手替她将被风雪吹乱的发丝拨开，没有答这话，而是看向她手中拨动的星线说：“天然法阵本身蕴藏着巨大的力量，由你施展行气字诀辅助，足以破掉边界峰的结界。”如此大的一个天然法阵，已算是神武之上的存在。

翼宿院仅靠它掌管四季，只是因为无法撼动更改它的星线布阵，如果可以改动，那四景法阵可以做的事情就多了。

明栗对于该如何改造四景法阵的思路很清晰，指尖快速拨动星线。知道师弟还是不肯告诉自己他被关在哪，若是追问他又该原地消失了，于是她换了话题说：“你是八脉法阵的天才，如果是你动手，应该比我还快。”

周子息却听得蹙眉：“师姐，这话从你这个天才嘴里说出来未免有些太嘲讽了。”

明栗大方道：“那我俩都是天才。”

周子息静静地看着她改造的星线图没说话。

明栗又道：“以前你常找我请教八脉法阵和行气脉相关的事，从你的见解和创新中我确实觉得你是个天才。”

“师姐。”周子息漫不经心道，“我如果没有独特的见解与创新，就不能让身为朝圣者的你回头看我一眼了。”

明栗拨动星线的手顿住，一个刚入门的普通弟子，纵使有着最快的八脉法阵布阵手法，却也远远不够让身处云端的人低头看他一眼。所以在落星池时，明栗问是否要带他上去，周子息才摇头拒绝。他看着站在万丈悬崖上方的明栗，即使走错一步就会坠落粉身碎骨，却也要拼尽所有爬上去。

明栗在中枢殿待到天明才离去，四景法阵被她成功扩至整个南雀，接下来只需要稳定其中的攻击咒文。

回到新舍后，明栗总是忍不住想起周子息的话，最初她只是惊讶于这名弟子的八脉法阵速度之快，并没有过多关注，直到周子息频繁出现在她眼前。起初是跟师兄一起，随后是跟兄长、师妹，又或是跟父亲，这名师弟每次看向她时，都像是收起爪牙的野兽，扮作乖巧，却又无比真诚。

明栗一开始就看穿了周子息面对她和旁人的两副面孔，只是不动声色地放纵他演下去，渐渐地连自己也习惯了。她想了许多，最后坐起身来朝虚无喊道："子息。"

过了好一会儿后周子息才出来，靠在屋门口偏着头看她："师姐，你可别说没了我就睡不着。"

明栗点点头。

周子息嘲笑道："你自己想办法。"话是这么说，可他却也没走。

明栗也笑着说："你以前是真的很喜欢我。"

周子息眯了下眼，觉得她这话真奇怪，一般人都只会说"我以前很喜欢你"，哪有对着别人说"你以前很喜欢我"。

不过看在她说的是事实的分上算了。

周子息没接话。

明栗又道："我也很喜欢你。"

周子息眨了下眼，目光慢悠悠地朝她看去。

"你以前可能不知道，但你现在知道了，你要记得，我喜欢你，很喜欢你。"

明栗神色认真，此时此刻说的每一个字都将成为咒语落在周子息心上，却无法立马生效，所以师弟仍旧是那副你继续说、我在听的平静表情。

可明栗不着急，继续说道："就算你觉醒成地鬼也喜欢你。"

周子息忍不住笑道："师姐，我也喜欢你，你可以睡了吗？"

明栗目光中倒映着他的身影，与初见时从比武台下来的回眸一望重叠，正因为我也喜欢你，所以不能原谅那些洗去你人性情感的存在。“你记住了吗？”明栗问。

周子息懒懒地抬了下眼皮，倒是没跟她耍花招地答：“记住了。”

明栗这才重新倒回床：“那你帮我灭下灯，我要睡了。”

周子息说：“你叫我出来表达爱意的真正目的，就是要说服我帮你灭灯吧？”

北斗，摇光院。

东野狩每晚都会坐在屋檐下观星。天上星星数不尽，在普通人眼里它们躲躲藏藏，时隐时现，可在他眼中，每一颗星星都按时规矩地出现又隐没。他在银河中找到自己的命星，与落在断星河里的那一颗相同，亮着微弱的光芒。

东野狩每天都算着这颗星星会在何时陨落，沉进断星河里变作一片龙鳞。他还想到，届时还能与不少老朋友做伴，也许有的老朋友在龙头，会嘲笑那些落在龙尾的，他的女儿肯定在龙头，那他就算落在龙尾也没关系，反正那帮老家伙连女儿都没有。这么一想他又赢了。

东野狩听见有人走来的动静，没有回头。屋外传来徒弟陈昼的声音：“师尊，曲姨那边已经定下时间，我们稍后就走。”

“知道了。”东野狩微微颔首，“你叫她过来。”

陈昼退下去传话给曲竹月。

一会儿后曲竹月走进屋来，看了眼坐在屋檐下的人，慢步走了过去。

东野狩侧首看她：“这一趟辛苦你了。”

“我可是迫不及待。”曲竹月微微笑着，神色恬静。

“郸峋已经在朱雀州了。”东野狩又道，“你这次去，将它也带上。”

曲竹月随着他的目光回头看去，见到了被置放在兵器架上的神木弓，有些惊讶道：“神木弓可是除石蜚外第二重要的神武，带它去南雀？”

东野狩淡声道："以神木弓毁掉无间镜，崔瑶岑会更愤怒。"

曲竹月听后了然，点头道："这倒也是。"

东野狩又道："到时候会有人通知你们崔瑶岑离开的时间，在这段时间里，你们可以在南雀随心所欲。"

曲竹月走向神木弓的位置，指尖轻轻点在它看不见的弓弦上，以虚化物将它隐藏在手中，回头看东野狩："师兄，你究竟是跟谁合作，才能让崔瑶岑在她弟弟的大婚之日必须离开南雀？"

东野狩抬头凝视天上星辰，良久才答："一个绝对不会伤害北斗的人。"

曲竹月知他现在不愿说或许是时机不到，倒也没有逼问，等这次南雀之行结束的时候自然会知晓答案。她与东野狩告别，带着神木弓离开摇光院。

天玑院长邬炎和开阳院长师文骞已经等在山下，身旁还站着摇光院大弟子陈昼、天权院大弟子殷洛，以及若干位去参加四方会试的新弟子。

邬炎问走来的曲竹月："谈完了？"

曲竹月脚步不停："走吧。"

在万千星辰的注视与沉默祝福下，他们前往南方。

距离南雀少主的婚礼还有三日，婚礼过后就是四方会试，在南边的宗门们已经提前到达。南雀的巡查与防卫比平时还要严格，氛围却也比平时更热闹。宾客们被统一接待在鬼宿，因为鬼宿离朱雀州城最近，个别位高权重者会被安排下榻处于南雀中心的八离峰，比如另外三家超级宗门的人，以及来自帝都的部分权贵。

崔元西正面无表情地跟江氏的长老商讨婚礼细节，忽然听人来报："常曦公主刚到，崔圣已亲自过去。"

这位常曦公主是当今大乾陛下最宠爱的女儿，大乾陛下为表书圣帮他攻下幽河之功，在常曦公主刚出生时就让她给书圣做了养女，特许书圣为公主的义父，意表与书圣同分这个天下。

因此常曦公主来这一趟不仅代表大乾陛下，也代表朝圣者书圣。

崔瑶岑亲自接引常曦公主来到八离峰安排住处，跟在她身旁的是位身着彩衣，从头发丝到脚后跟都无比精致的少女，水润杏眼，天真懵懂，似乎对一切都充满好奇。

江盈在不远处看见崔瑶岑那张冷淡威严的脸在面对这位小公主时都是带着笑的，心中出现微妙的不平衡与嫉妒。她就是嫉妒这些天生就受到宠爱的人，比如眼前这位公主，她一出生就什么都有。父亲是天下之主，义父是大陆的至尊强者，她想要什么就有什么，几乎所有人都对她卑躬屈膝，不敢对她有半分妄言与不敬。就连那被制成傀儡的愚蠢女人也是，哪怕是孤儿，却身为超级宗门的弟子，从小就有师兄姐们疼爱有加，危难之际会有人为之拼命。

而她有什么？

天生的病，慕强嫌弱的家族，背叛她的男人。

越是与其他人比较，江盈越是不甘和嫉妒。

她深吸一口气，手掌轻抚腹部，在崔元西朝崔瑶岑等人走去时叫住他："元西。"

崔元西停下脚步。

江盈语调轻柔又哀怨道："我们真的回不到从前了吗？"

崔元西沉默片刻，最终只冷淡地说了一句话："抱歉。"

江盈看着他离开的背影，眼里一点点凉下去。

江氏长老来到她身边，意味深长道："现在你该知道只有家族永远不会放弃你了吧？南雀想要的东西与你期望的永远背道而驰，一个男人的心不在你这里时，你就算有了他的孩子也没用。好好考虑一下我的提议，明天之前给我答复都不晚，否则你这一嫁，可就彻底成了输家啦。"

输家？

江盈才不要做一个输家！她熬了那么多年，就为了等到翻身之日，如今她见识更多，想要的也更多，一个男人的心已远远不够，她也不再稀罕。

江盈扬起一抹微笑，回头对长老说："我永远是家族的一员，自然知道该站在哪边。"

明栗一早醒来又去了翼宿中枢殿捣鼓四景法阵，在这儿待了许久都不见有人来，倒是将四景法阵扩散至整个南雀后，能借重目脉观测到进入南雀的人们。

帝都的人来得挺快，因为崔瑶岑陪在常曦公主身边所以她没有多看，怕被崔瑶岑发现。确定法阵范围已经稳定后，她将重点放在井宿院。

她挑了根星线落在井宿的位置，打量井宿的布局，最终把目光落在太微森的方向陷入沉思。

良久后她问："子息，你觉得他们为什么要把石蜚放在太微森？"

过了好一会儿后她才听见周子息冷淡地说："我可不是南雀的人，哪里知道小偷的想法？"

明栗回头看他一眼，周子息则在看她捣鼓的法阵。

"太微森星之力浓郁，灵草林木也多，能掩盖石蜚的存在，如果是放进兵器库，说不定南雀的神武们还会被石蜚影响；放在潮汐之地，两个超品神武之间反而会出现排斥引发许多动静。"明栗若有所思着，"但太微森在井宿，井宿的院长是鱼眉，主修心之脉，以静心内敛为主，可影响井宿内的人的心性与情绪。"

"她修心之脉，但与同样修心之脉的曲竹月不同。"周子息也道，"若是有人入井宿有异心，她该是最快察觉的那个人。"

"可她受了伤，所以才没能发觉那天晚上闯入太微森的五人。"

周子息的表情瞬间变得神秘莫测："师姐，好心提醒你，她的咒术解了，没事别往井宿跑。"

“什么咒术？”明栗回头问。

周子息却答非所问：“鱼眉是南雀的智囊，因为修心之脉，擅谋术，所以常被人与师尊相比，但师尊认为她心境不到，所以从未把她当作对手。”

明栗老实道：“这事我知道。”

周子息笑道：“但师尊是否把她当作对手不重要，反正鱼眉把师尊当作对手看待，所以你觉得石蜚放在井宿院是什么意思？”

明栗恍然。

鱼眉在等东野狩，又或者是在等败者来向她祈求。

明栗出入中枢殿不少人都知道，但他们只当这位小师妹是喜欢研究八脉法阵，并未多想什么，毕竟当下最热闹的事是少主的婚事。

或许由于婚事将近，所有人都忙碌起来，虽然不知道在忙什么，但平时都聚在斋堂一起吃饭的小伙伴们都不见了身影。

明栗也忙到晚上才到斋堂。这会儿已经没什么人，偌大的餐桌旁只零零散散坐着几人。她提着食盒到角落时意外发现井宿院的大弟子竟然也在。

山思远原本安静吃着饭，忽觉有人在看他，便抬起头，见到明栗时微愣：“翼宿的师妹？”

明栗点点头，与他隔着一桌的距离坐下：“山师兄。”

她问：“鱼院长身体好些了吗？”

山思远答：“师尊近日好多了，所以我才能放心出井宿办事。”

明栗哦了声：“那就好。”

“那井宿解封了吗？”

山思远说：“明日就会解封。”

明栗没说话，看来鱼眉是真的伤愈了。

要说因为婚事最忙的人，还得是南雀的少主崔元西，他需要接待宾客，应付那些来者不善的家伙，也要注意自己身边的人。好不容易忙到深夜，又得担心青樱，不放心地赶往边界峰。

他看见青樱还坐在窗边时提着的心才放下去，眼里带笑地进屋，看见挂在衣架上的嫁衣轻声哄着："这是为你定制的，喜欢吗？"

陶瓷美人无法言语，只能根据他的指令点了下头。

崔元西跪倒在她脚边，小心翼翼地握着她的手放在自己脸颊，抬头目光温柔又眷恋地望着青樱。

她的另一只手拿着七星令。

"我们会好起来的。"崔元西说，"等婚礼过后，阿姐就不会再管我们，我会再求她帮你恢复原来的样子，到时候……"

红翼朱雀鸟从虚空中飞出，落在他眼前。

崔元西脸色微变，他听见鬼宿那边传来的消息：北斗的人到了，准确说来的不仅是北斗，还有东阳与太乙，这三家说不清是谁在等谁，总之凑巧同时到达了南雀。